「どちらをご覧になっているので?」

やわらかい、優しい声で尋ねられた。

「ええと……胸です」

ヒロトは真っ正直に答えた。

「殿下、ご内密に。バレたら死刑です」
とヒロトはおちゃらけて答えた。
レオニダスはにやっと笑って、腕を上げて拳を近づけた。
ヒロトも腕を上げて、レオニダス王子と拳を突き合わせた。

「国務卿！」
れっきとしたヒュブリデ王国の重臣である。
ヴァルキュリアは喜んでヒロトに抱きつき、
ロケットオッパイを押しつけまくった。

甘えるように、愛しさをぶつけるように、身体を密着させる。
豊満な双球がひしゃげていく。
ヒロトはゾクッと身体をふるわせた。

高1ですが異世界で城主はじめました17

鏡 裕之

HJ文庫
867

口絵・本文イラスト　ごばん

目次

高1ですが異世界で城主はじめました

関連地図

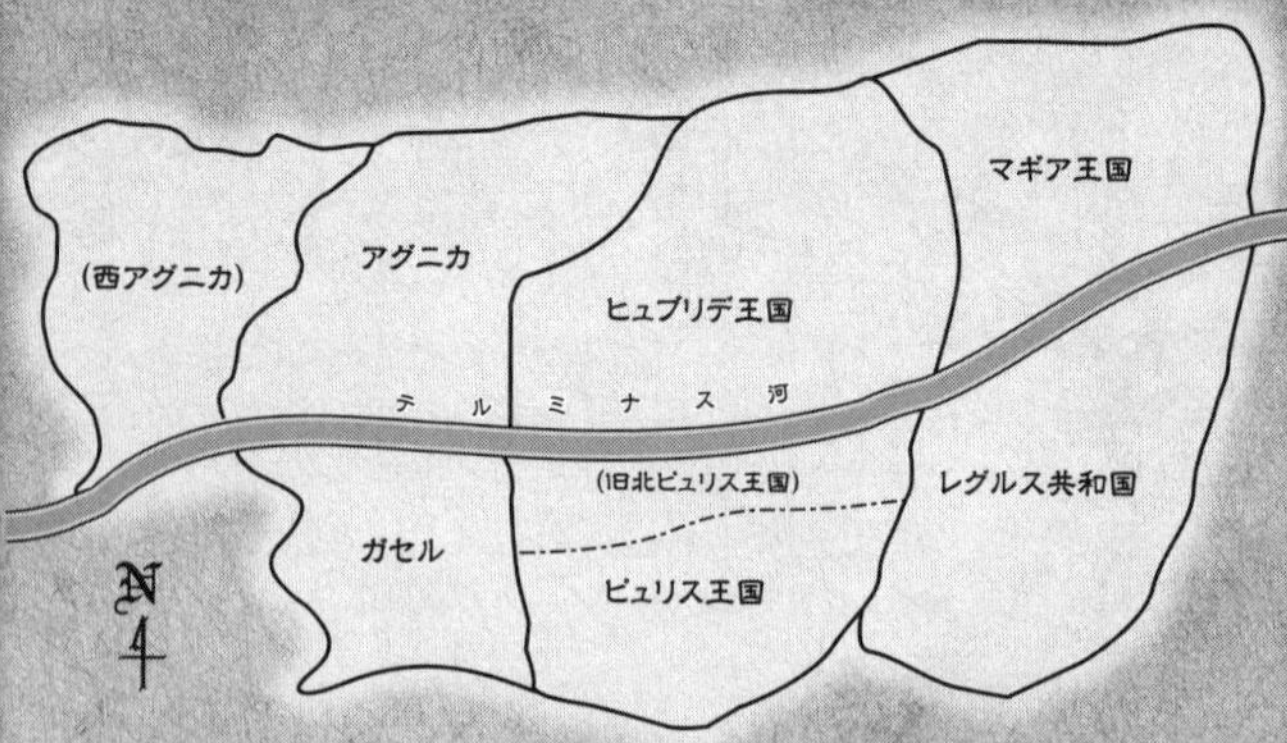

ヒュブリデ王国

ヒロトが辺境伯を務める国。長く続く平和の中、順調に経済的発展を遂げたが、そのツケが回り始めている。

ピュリス王国

イーシュ王が治める強国。8年前に北ピュリス王国を滅ぼし、併合した。

マギア王国

平和を好む名君ナサール王が統治する国。50年前にヒュブリデと交戦している。

レグルス共和国

エルフの治める国。住人はほぼ全員エルフで、学問が発達している。各国から人間の留学を受け入れている。

アグニカ王国

ヒュブリデの同盟国。

ガセル国

ピュリスの同盟国。

序章　エルフの女司教

1

その町のヒュブリデ人たちは、人間たちもエルフたちも、骸骨族もミイラ族も、精霊教会の聖堂の入り口から列をなしてその人の到着を待っていた。

その人は今、馬から下りて入り口へつながる石畳の参道を歩きだしたところだった。着ているのは、ずいぶんと袂の長い、白いロングドレスだった。ほとんど白だが、袂の下やドレスの裾が深紅に染められている。白は清楚な心、深紅は純粋な信仰の象徴である。女司教が着る正装だ。

ドレスに遮られて太腿から脚のラインはまったく見えないが、帯のような金色のベルトを巻いた腰は、司教とは思えないほど細くくびれていた。さらに視線を上半身へと転じると、舟の先端のように鋭く切り込んだ胸元から、眩しいほど白い乳房の谷間が覗いていた。若々しい肌が艶々と輝いている。

凄いボリュームの爆乳であった。くびれたウエストとは対照的に、これぞ美とエロスの恩寵とばかりに量感たっぷりに隆起して突き出している。

さらに視線を顔へと転じると、慈愛の女神のような優しそうな顔だちが目に入った。長い睫毛の目を細めて柔和な笑みを浮かべている。髪は濃いブロンドだった。男の目も女の目も奪う、さらさらのロングヘアである。

類まれなるグラマーな肉体に優しさ溢れる美貌――。その持ち主は、到来を待ち望まれていた女司教、シルフェリスだった。エルフでありながら信仰の道に入り、二十六歳の若さで司教に抜擢された、精霊教会で最もときめく人である。

「司教様！」

「シルフェリス様！」

と並んでいた者たちが声を掛けた。シルフェリスはうなずきながら聖堂へ近づいていく。聖堂の奥に、高さ四メートルの聖台――精霊の灯を安置する高い台座が見えた。桃ほどの大きさの白い聖なる光球が、台座の上で輝いている。

シルフェリスは入り口で立ち止まり、腰を九十度に折り曲げて深くお辞儀した。精霊の灯に敬意を払って挨拶したのである。

聖堂の中にいる者たちも、聖堂の外にいる者たちも、息を潜めてその時を待った。奇跡はいつもこの後に起きる。自分たちは奇跡を目撃できるかもしれない。精霊様の歓迎を、見られるかもしれない。

期待の中、シルフェリスは身体を起こすと、

「ここに集った民に幸せを！　精霊様、お目覚めを！」

と長い袂を引き上げて両手を高く上へと突き出した。ざわっと空気が動き、次の瞬間――シルフェリスの呼びかけに応えるかのように、精霊の灯が、参列している者たちが目を覆うほどの強い輝きを放った。

一瞬、聖堂が沈黙した。遅れて、呻きとどよめきが起きた。

精霊の灯は、人の上に立つ者がふさわしき行為をなした時に光り輝くと言われている。ふさわしき行為の中に、精霊教会の司祭や司教の訪問は含まれていない。つまり、司祭や司教が教会を訪れても、精霊の灯が光を増すことはないのである。

だが、シルフェリスは違っていた。シルフェリスが精霊教会に訪れて民の幸せを願うと、ほとんどの場合、精霊の灯が輝きを増すのである。そして今、この教会でも精霊の灯が光を増したのだ。

「奇跡だ！」

「精霊様がお喜びになっていらっしゃる！」

人間たちが、骸骨族が、ミイラ族が、口々に叫ぶ。冷静さで有名なエルフたちも、口を半開きにしている。

「今ここにいる者たちに精霊のお恵みとご加護があらんことを！　この町を、この国を、民の信仰ある限りお守りくださいませ！」

シルフェリスの言葉に、さらに精霊の灯が輝いた。人々の間から呻き声のような嘆声が洩れた。参列者たちは次々と両手を合わせ、祈りを捧げはじめた。

2

聖堂に集まった人たちに見送られて馬に跨がると、シルフェリスは町を出発した。信仰の道は奇跡の道ではない。だが、自分が精霊教会を訪れて祈りを捧げると、精霊の灯が輝きを増してくれる。その奇跡の所業により、自分は司教の地位まで昇りつめたのだ。

もっと多くの町を訪れて、多くの人を元気にしたいとシルフェリスは思う。多くの人の幸を願いたい。そしてこの国を、もっと幸ある国にしたい。

噂では、レオニダス王子が帰国して枢密院に入ったという。由々しきことだ。あのような不道徳な人間が枢密院に入るなど、許されぬことだ。すぐに国王が王子を解任したということだが、国王陛下にも良識が残っていたのだろう。

ヒュブリデは難しい局面を迎えている。モルディアス一世の下、王国史上最高の繁栄を迎えようとしているが、西の隣国アグニカの問題が浮上している。アグニカ国とガセル国との間に生じた紛争は通商協定の締結によって収まったが、火種が消えたとは言えない。ガセル国のバックには、強国ピュリスが控えているのだ。

「猊下に吉報です」

とお供の司祭が馬を近づけてきた。

「さきほど報せがありました。人が大勢いましたのでお伝えしなかったのですが、猊下が副大司教になられました。もしもの時には、大司教の代理をお務めになることになります」

第一章　一番と二番

1

繁栄を迎えるヒュブリデ王国首都、エンペリア――。

宮殿の一角に、王子の部屋がある。茶色い板の腰壁と白い土壁が取り囲んだ部屋に、でかいキングサイズのベッドが一つ置かれて、まるで主人のような顔を見せている。ベッド以外はあまり調度のない、シンプルな部屋である。

広い寝台には、裸の上から直接白いブラウスのような上着を着て、鮮やかな青いタイツを穿いた男が寝転がっていた。

男は金髪だった。女も羨むほどさらさらのミディアムヘアである。イケメン顔だが、虚ろな青い目で天井を見上げていた。口許はだらしなく弛緩している。身体はぴくりとも動かない。

ヒュブリデ王国王子レオニダスだった。一カ月ほど前にレグルス共和国から母国ヒュブリデに帰国し、枢密院のメンバーに加わったものの、三日ほどで枢密院から追放されたやんちゃ王子である。

「――つまらん」

退屈そうにつぶやいた。

「実につまらんぞ。けしからん」

そう言うと、けだるそうに起き上がって、部屋の真ん中でカードゲームをして遊んでいた美女二人に顔を向けた。二人とも、両肩が剥き出しの赤いノースリーブを着ている。肩口から脇までが大きくえぐれて、容赦なく横乳が覗いていた。なかなかの爆乳である。

「おい。ヒロトは来ぬのか？」

二人にレオニダスは声を掛けた。

「聞いてないけど」

美女の返答に、レオニダスは両手両脚を伸ばして大の字にベッドに寝転がった。また虚ろな、退屈そうな目で天井を見上げる。

「ますますつまらん……。ヒロトのやつめ、おれがこんなに退屈しているのにサラブリアにこもって出てこぬとは、生意気なやつだ。死刑にしてやる」

早速の傍若無人な発言である。死刑はレオニダスの代名詞である。

唐突にレオニダスはベッドからむくりと起き上がった。そして、美女二人に命じた。

「おい、ヒロトを連れてこい。今から死刑だ」

2

緑色の壁に囲まれた広い部屋に、清潔そうな大きな寝台が置かれていた。昼間だというのにベッドに寝転がっているのは、ソブリヌス大司教である。一日前に左の大腿骨を骨折して、療養の身となってしまったのである。遠出は不可能、宮廷への出仕はあきらめよとの医者からのお達しである。

「もう枢密院会議が始まる頃ではないのか？」

とソブリヌス大司教が尋ねると、世話を言いつけられた精霊教会の助祭は、

「お気になさいませぬように。今は猊下のご健康が一番でございます。もしものことがあれば、陛下もお嘆きになります。そうあっては、会議も何もございません」

とたしなめる。

おとなしくなったソブリヌスに、助祭はつづけた。

「すでにフリングス司教が代理を立てられていらっしゃいます」

「代理?」

とソブリヌスは聞き返した。

「代理というと——」

3

王の執務室で、金縁のがっしりした椅子に腰掛けて訪問者に接見しているのは、少し神経質な、しかし、凛々しさの光る四十代の男だった。髭もやや神経質な様子だが、顔は笑っている。男は、袖口に金の刺繡を施した鮮やかな紅い外衣を着ていた。

ヒュブリデ王国国王モルディアス一世だった。右の座席に腰掛けているのは、左目に眼帯を着けた背の高い男だった。黒い衣装を身に纏っている。ヒュブリデ国宰相パノプティコスである。

そして王の左の座席には、高貴な紅服をボタンで留めた壮年の口髭の男が陣取っていた。四十代か五十代のような顔つきをしている。髪にも口髭にも少し白髪が交じっている。

モルディアス一世の従兄弟、ハイドラン公爵だった。公爵はいつになく、心から楽しそうな笑みを浮かべていた。

王の接見の相手は、体重百三十キロはありそうな巨漢だった。赤い長袖の上衣に赤い膝上丈のスカートを穿き、百八十センチほどの長身に緑色のマントを羽織って、左の鎖骨の辺りで留めている。身体もごついが、顔もごつかった。まるで四角い岩石のような顔をしている。短く切った白髪まじりの髪はしっかりと頭を覆っている。眉は太かったが、目は鋭く細かった。唇は薄く、口角は下がりぎみだが、非常に意志の強そうな顔だちをしていた。

アグニカ王国の実力者にして重鎮、リンドルス侯爵であった。ハイドラン公爵にとっては、亡き妻の伯父である。アグニカ人の妻が亡くなってからも、リンドルス侯爵との関係はつづいている。一カ月ほど前にリンドルス侯爵がヒュブリデに来た時も、首都エンペリアにあるハイドランの屋敷に泊まってもらった。今日も恐らくそうなるだろう。

リンドルス侯爵は、三週間前に終わったトルカ紛争のことで挨拶に来たのだった。発端は数カ月前に遡る。

ヒュブリデの西の隣国アグニカは、対岸のガセル国と対立を深めていた。ガセル国の貴族がアグニカの山ウニを買い求めて貿易の不均衡が発生し、ガセルの銀がアグニカに大量に流出してガセルは銀不足に陥っていたのである。ガセルは銀不足をどうにかしようとして港湾税を値上げ、アグニカも対抗して港湾税を値上げして、ついにアグニカの港トルカでガセル人が殺害された。ガセル王の妃はピュリス王の妹である。ピュリスの名将メティスはガセル軍とともにトルカ港を占領、リンドルス侯爵を捕虜にしたのだ。リンドルス侯爵は不平等な和議を結ぶように圧力を掛けられたが、拒絶。和議交渉は膠着状態となった。そこへ単身乗り込んで和議を成立させたのが、サラブリア辺境伯ヒロトだった。だが、そのヒロトはサラブリアに戻っていて、王都にはいない。

　リンドルス侯爵は、メティス将軍に屋敷を占拠された時のことを面白おかしく語っていた。

「あれは凄い女狐でございますな。名将とは聞いておりましたが、それ以前に鬼神でございます。男でも勝てませぬ。剣で太刀を受ければ、大の男でも吹っ飛びます。化け物ですな。我が不幸中の幸いは、宝物をすべて頑丈な宝物庫に隠しておいたことでございます。おかげで宝物を奪われず、後にガセル兵とピュリス兵に撤退促進金を支払うことができました。持つべきものは頑丈な宝物庫でございますな。しかし、最もよいのは優れた家臣でございます――辺境伯のような」

　とリンドルス侯爵がオチをつけた。モルディアス一世が微笑む。ヒロトはお気に入りの寵臣ゆえ、優れた家臣の例としてヒロトを挙げられたのはくすぐったかったのだろう。次期王位を狙うハイドランにとっては、あまり好ましいことではない。

「わたくしは陛下が羨ましゅうございます。辺境伯のような、人の心がわかり弁も立つ優れた家臣がいらっしゃるとは、実に羨ましい。辺境伯がいれば、ヒュブリデは未来永劫、磐石でございましょう」

とリンドルス侯爵がヒロトを褒めたたえた。寵臣のことを褒められて、モルディアス一世が自然に笑顔になった。どれだけモルディアス一世がヒロトを気に入っているかがわかる。

「ヒロトには会うてきたのか？」

とモルディアス一世は上機嫌で尋ねた。

「はい。辺境伯がいなければ、わたくしの首はつながってはおりませぬ。道すがら、いの一番に駆けつけねばとお訪ねして、お礼を申し上げてきました。ヴァンパイア族の方々にもお詫びしなければなりませんでしたので」

リンドルス侯爵の答えに、

(何だと……!?)

ハイドランは、危うく眉がぴくりと動くところだった。ハイドランの亡き妻は、リンドルス侯爵の姪である。貴族にとって血のつながりは強い。リンドルス侯爵はずっと一番手の訪問相手だった。形式的に真っ先に王に訪問しなければならないとしても、王を除けば、ハイドランはリンドルス侯爵が最初に訪問する相手だったのだ。それが——。

（わたしよりも先に辺境伯に会ってきただと……⁉）

「ヴァンパイア族にも詫びてこられたのか？」

ハイドランの動揺を知らず、モルディアス一世が尋ねる。

「我がアグニカの者が非礼をいたしたゆえ、わたくし自らお詫びしてまいりました。ヴァルキュリア様は、それはお美しい方でございました。あのような美人に惚れられて、辺境伯は幸せでございますな」

とリンドルス侯爵が微笑む。笑顔で話せるところからして、ヴァンパイア族からは恐らくいい感触を得たのだろう。

だが——ハイドランは最初のショックが拭えない。

（本当にわたしより先に辺境伯を訪問してきたのか……？）

リンドルス侯爵はアグニカ国の大物である。今の女王を即位させた立役者だ。そのリンドルス侯爵が真っ先に辺境伯を訪れたということは、それだけアグニカ国にとってヒロトが重要な人物ということだ。アグニカ国にとって、ハイドランよりもヒロトの方が重要人物になったということである。

リンドルス侯爵が、笑顔からきりっと真顔に切り替わった。

「このたびのことで貴国と我が国とは深くつながっていること、より深くつながらなければならないことを痛感いたしました。我が国にとって貴国は力強き友。わたくしは我が国が貴国にとってそうなることを強く願っております。ピュリスとガセルの絆は強靭で、容易には打ち破れませぬ。ガセルと問題を起こせば、必ずピュリスがやってまいります。ピュリスと問題を起こせば、必ずガセルがやってまいります。三年前のサラブリア侵攻の時も、もし成功しておればガセルが上流から参戦する予定だったと聞いたことがございます。そのようなことを現実のものにしてはなりませぬ。是非、力の同盟を強化して、両国の平和と繁栄を確かなものにいたしたいと願っております」

談話からついにリンドルス侯爵が踏み込んできた。力の同盟を強化するとは、ヒュブリデ－アグニカ間の軍事的な互助協定を強化するということである。具体的には、軍事同盟を書き換えてさらに強固なものにしたいと言っているのだ。

ハイドランにとっては望むところだが、ハイドランが真っ先に発言できる場ではない。立ち会う時、ヒュブリデ国宰相パノプティコスからは陛下の許可を得て発言するように釘を刺されている。

両国の強化のため、発言する？

いや。

まずはモルディアスに発言させてからだ。自分は王族ではあっても、王ではない。今出しゃばれば、モルディアスへの印象が悪くなる。

「両国の交流が盛んになることはよろこばしきことだ。互助協定については――」

そうモルディアス一世は言って、宰相パノプティコスに顔を向けた。

（今が言う時だ）

「お考えになってもよろしいのでは？」

ハイドランはモルディアス一世に笑顔を向けた。ジャストタイミングの提案だった。だが、王の右側から反対の声が飛んできた。宰相パノプティコスだった。

「協定については一度辺境伯に尋ねてからということになりましょうが、貴国とガセル国との問題は、決して二国間の問題ではございません。ピュリスも合わせた四カ国の問題でございます。ピュリスとの平和協定を前提に、四カ国で平和と繁栄を目指してまいりたい。そう考えております。辺境伯もそのように話しておりました」

アグニカとの同盟強化を狙うハイドランの企てを、パノプティコスはヒロトの名前を持ち出して封じ込めた。アグニカとの軍事同盟強化の芽を、早々と摘んでしまったのである。アグニカの危機を救ったのはヒロトだけに、ヒロトの名前を持ち出されては、ハイドランもリンドルス侯爵もものが言いづらい。

「そうですか、ヒロト殿がそうおっしゃるのなら、ヒロト殿の考えを尊重せぬわけにはまいりませぬな」

リンドルス侯爵も、無理に押しても意味はないと悟って引き下がった。

4

侯爵が退室すると、

「わたくしも少し挨拶してまいります」

とハイドランはモルディアス一世の許可を得て、執務室を出た。すぐに廊下で侯爵に追いつく。

「リンドルス殿」

背中から呼びかけると、リンドルス侯爵が振り返った。向けたのは笑顔だった。いつもと変わらない笑顔、自分が知っている笑顔である。

ハイドランは、冗談を込めて嫉妬する女の調子で話しかけた。

「浮気されるとは残念ですな。最初に訪問されるのはわたしと信じておりましたものを」

冗談に気づいて、リンドルス侯爵が笑う。

「この齢でもまだ盛んでしてな」

と冗談で返す。

「それは残念」

と答えて、ハイドランは笑った。リンドルス侯爵も笑い、それから真顔になった。

「陛下の後に訪問したのでは、ヴァンパイア族の方々に誠意が伝わらぬと思いましてな」

「リンドルス殿は辺境伯の方を頼りにされていると見える」

とハイドランはやんわりと皮肉を突き刺した。自分を頼りにするのではなく、ヒロトを頼りにしているという意味である。

いやいやそのようなことはございませんぞ、という笑顔での否定をハイドランは期待していたのだが、返事は違うものだった。

「このたびはトルカの件でお礼に参った次第でしてな。ハイドラン殿にも色々とご足労いただいたことは承知しております。されど、一番にお礼を申し上げねばならぬのは、ご支援のご決断をいただいたモルディアス王。そしてアグニカと我が命を救ってくださった辺境伯。一番に詫びねばならぬのはヴァンパイア族の方々です。まずはこの三者に筋を通さねば、このリンドルス、男を保てませぬ。特に我がアグニカの商船は頻繁にサラブリアに寄港しております。ヴァンパイア族の方々に一言詫びを申さぬことには、商人も安心して商いはできますまい。ましてや貴国と我が国との交流が深まることはありますまい」

と大真面目にリンドルス侯爵は返してきた。

ハイドランは密かに失望した。大真面目に説明したということは、それだけサラブリアとの関係を――辺境伯とヴァンパイア族との関係を――重視しているということである。お世辞でも自分が一番手だというポーズを取ってくれるのではないかと期待したのだが、そのポーズすら侯爵は見せなかった。それだけヒロトの優先度がずば抜けて高いということだ。

「もし万が一の時は一番にわたしを頼っていただきたい」

失望しながらも、一切失望を見せずにハイドランが告げると、

「感謝いたします」

とリンドルス侯爵は頭を下げた。

（感謝いたします、か）

返事の中に、一番にという言葉はなかった。やはり、自分は一番の相手ではなくなったのだ。一番から陥落したのだ。

「いかがですかな。これから一献傾けるというのは――」

失望しながらも関係維持に努めようとハイドランが誘うと、リンドルス侯爵は苦笑を浮

かべた。

「是非に……とお願いしたいところなのですが、女王が早く帰ってこいとうるさいのです。これからとんぼ返りなのです。それに、すぐ大長老にもご挨拶を申し上げねばなりませぬ。酒は次の機会に是非」

5

去ってゆくリンドルス侯爵の後ろ姿に、ハイドランは自分の影響力が遠のいていくように――自分の未来が遠のいていくように感じた。

リンドルス侯爵は笑顔こそ見せていたが、明らかにヒロト優先にシフトを切っていた。侯爵にとってヒュブリデといえばハイドランであり、ハイドラン優先が侯爵の考えだったはずだ。だが、トルカの一件で優先順位が変わってしまった。侯爵にとってヒュブリデで最優先すべきは辺境伯であり、最も重視すべき相手も辺境伯、ハイドランは二番手に落ち込んでしまったのだ。

陥落を招いたのは――。

ハイドランは、若いディフェレンテのことを思い描いた。

異世界からやってきた十代の少年。宮廷顧問官にして辺境伯ヒロト――。いまだ枢密院のメンバーではなく、レオニダスよりも年下だが、ヴァンパイア族との強力なパイプを持ち、類稀な雄弁で何度もこの国の危機を救っている。ヒュブリデ王国で最もモルディアス一世に信頼され、最も勢威を伸ばしている男である。

（やはりわたしの敵は辺境伯か）

侯爵の姿が消えた廊下の先を、ハイドランは睨んだ。

（この国の未来を、そして我が王への道を阻む者は、レオニダスではない。辺境伯ヒロト――）

踵を返して、ハイドランは部屋へと歩きだした。部屋には女執事のウニカが来ているはずだ。

（このまま放置するわけにはいかぬ。放置すれば、ますますヒロトの勢威は強まってしまう。おまけにモルディアスの健康には大いに不安がある。もしモルディアスが死ねば、次の王はヒロトになってしまう。わたしが王になる道が塞がれてしまうのだ）

それだけではない、とハイドランは力を込めた。

（ヒロトは吸血鬼の女を連れている。ヒロトが王になれば、吸血鬼の女が王妃になる。あってはならぬことだ。吸血鬼が王妃になれば、宮廷にまで吸血鬼の影響力が及んでしまう。

この国は吸血鬼に支配されることになるのだ。そのようなことは、何があっても絶対的に避けねばならぬ）

　自分が屋敷を出て王都まで出てきたのは、第一にレオニダスを王にさせないためであり、第二に自分が王になるためである。

　第一の目的は果たせた。レオニダスは枢密院から追放され、王位継承レースから外れた。だが、第二の目的は道半ばだ。そしてその道を塞ごうとしている者がいる——。あと数年も経たぬうちに、ヒロトは最大の国王候補者となるだろう。国王推薦会議に推挙されれば、全会一致で王に選ばれかねない。

（時運が変わろうとしている。わたしが枢密院に上がった時には、わたしに時運があった。レオニダスも放逐できた。だが、今は——）

　忌ま忌ましいトルカの一件が、時運を変えたのだ。

（あの時、無理にでもヒロトに同行して、わたしがリンドルスを説得するべきであった。そうすればわたしが栄誉を手に入れ、わたしが国王への道に近づいていた。無理に主張すれば、わたしの印象が悪くなる、ひいては王位継承争いに問題が生じると危惧して引き下がったのがまずかった……）

　臥薪嘗胆、時を待つ？

さらに二年三年と経過した方が、自分が王になる可能性はもっと低くなる。

(真正面から当たれば、いくらわたしでも潰(つぶ)される。あの男の後ろには、ヴァンパイア族がついているのだ。ヴァンパイア族がモルディアスの面前でわたしを批判すれば、わたしが失脚(しっきゃく)しかねない。あの男に当たるのなら、背後からだ)

ハイドランは部屋に入った。眼鏡を掛けた、地味な巨乳女が鮮やかなカットグラスに蜂蜜酒(ミード)を注いでいた。女執事のウニカである。注いでいるのは、ハイドランが好きなルシャリア産のものに違いない。ハイドランは、オゼール産よりもルシャリア産の方が好きである。

ウニカはいつものように円いトレイにカットグラスを載(の)せて差し出した。ハイドランは受け取らずに、ウニカに命じた。

「辺境伯の身辺を探(さぐ)れ。いざという時のためにやつの弱みをつかんでおきたい。必ず醜聞(しゅうぶん)を突(と)き止めてまいれ」

第二章　兄と弟

1

ヒュブリデ王国西方に位置するサラブリア州――。辺境伯（へんきょうはく）ヒロトが統治する地である。その州都プリマリアのドミナス城の執務室の窓から、二人の男が外を眺（なが）めていた。

エルフ長老会プリマリア支部長アスティリスと、ネカ城城主ダルムールであった。辺境伯と副長官がともに不在のため、急遽（きゅうきょ）、代理として呼ばれたのである。ハイドランがヒロトの身辺を探れと命じて数日後のことだった。

「何度目になりますかな」

アスティリスの言葉に、

「何度目でしょうな」

とダルムールは答えた。お互（たが）い、顔は合わせない。合わせないのは仲が悪いからではない。一々顔を合わせなくても、心が通じ合う安心感があるからである。

二人は、眼下に視線を向けたままだった。眼下では、白い包帯を巻いた図体のでかいミイラ族の男が、日向ぼっこをしている。その前では、骸骨族の娘が花売りをしている。いつものサラブリア州の光景である。

「お父様」

と、眼鏡の爆乳娘がトレイを持って辺境伯の執務室に入ってきた。細い肩紐の赤いワンピースのドレスを着ている。胸はツンと豊かに盛り上がっている。

ダルムールの娘ソルシエールである。トレイにはワイングラスを二つ載せていた。アスティリスとダルムールは振り返り、グラスを手に取った。微笑を浮かべて軽くグラスを合わせ、ワインを口に含む。二人は満足そうにうなずいた。

「ヒロト殿は恐らく今度ばかりは無理でしょうな」

とアスティリスがつぶやいた。

「ええ。わたしもそう思っています」

とダルムールが応じる。

「ミイラ取りがミイラになる可能性が高い。陛下も、アグニカでの活躍を目にして是非とも手許に置きたいと願うでしょう。ヒロト殿ほど優秀な方はいらっしゃらぬ」

アスティリスの言葉に、ダルムールはうなずいた。

「枢密院に入らざるを得なくなるでしょうな……」

2

どこまでも深く緑色の水を満々と湛えた豊穣の源、テルミナス河――。真っ昼間の河の上を、サラブリアから下流へ一隻の船が下っていく。船には、真ん中に剣、剣を挟んで二つの翼が向き合う姿が描かれた紋章旗が翻っている。サラブリア辺境伯ヒロトの紋章旗である。

船の個室の中では、大きな赤いツインテールに垂れ目のちっこい女の子が、ベッドに腹這いになって目をパチパチさせていた。普段は弱気な表情が、今は期待に輝いている。背中の翼は、ゆるやかに開いたり閉じたりを繰り返していた。

ヴァンパイア族サラブリア連合代表ゼルディスの次女、キュレレである。キュレレの向かい側、ベッドの前で椅子に座って羊皮紙の本を広げているのは、長身の眼鏡の男――三年半前に堂心円高校からやってきた異世界からの人間、相田相一郎だった。これから本を朗読しようというところである。

相一郎は、扉の方に目をやった。幼馴染みのヒロトは、もう一つの個室にいる。

上京の目的は、レオニダス王子の処遇――。

（国王はヒロトの願いを聞き届けてくれるのかな……）

ヒロトはハイドラン公爵を警戒している。ヒロトは単独でアグニカに向かうことを希望したが、自分も行こうと割って入ったのが、親アグニカ派のハイドラン公爵だった。モルディアス一世の従兄弟である。軍事作戦はヒロトに任せて、リンドルス侯爵の説得は自分が行うというスタンスでハイドランはいたようだが、すぐそばに王の従兄弟がいてヒロトが存分にタクトを振るえるはずがない。公爵は自分はヒロトに従うと明言したそうだが、信頼できるものかどうか。いざヒロトが軍を率いて出陣すれば、「そのような軍事行動を取られては自分が説得できなくなる」と横槍を入れるのは目に見えている。幸い、大長老ユニヴェステルがヒロトに人選も任せるべきだと論陣を張ってくれたおかげで事なきを得たが、もし大長老の一言がなかったらどうなっていたか。ヒロトが軍を率いずに単独で乗り込み、数時間で解決するという奇跡は、絶対になし遂げられなかったに違いない。

そのこともあって、ヒロトは自分が王都にいない間に公爵に変な取り決めをされないか、警戒しているのである。公爵を封じ込めるための一番の好敵手がレオニダス王子というわけだ。だが、王と王子は決して良好とは言えない関係である。いくらヒロトであっても、王子を枢密院に戻してくれと頼んでも、聞き入れられるか……。

「本」

キュレレが一言、おねだりを発した。早く読めという催促である。

「じゃあ、『最強の赤ずきんちゃん』を読もうかな」

と相一郎は本をめくった。

「最強?」

キュレレが興味を示す。最強という言葉に惹かれたらしい。

「飛ぶ?」

「どうかな」

キュレレの質問に曖昧に答えて、相一郎は朗読を始めた。

「昔々、あるところに最強の赤ずきんちゃんがおばあさんといっしょに住んでいました。おばあさんはいろんなところが抜けていて魂まで抜けそうになっていましたが、赤ずきんちゃんはとにかく鋭かったのです。何でもかんでも、ずばっと一発で見抜いてしまうのです」

キュレレが目をパチパチさせる。興味をそそられたらしい。

相一郎は別のところに呆れていた。

(魂まで抜けそうって……何、この話)

ヒュブリデの物語は、いろんなところで突っ走りすぎている。

相一郎は朗読を再開した。

「ある日のことです。赤ずきんちゃんが遠出をして戻ってくると、おばあさんがベッドで寝込んでいました。よくあることです。おばあさんは顔まで布団をかぶっていましたが、大きな耳が突き出していました。ついでに顔の辺りも高々と盛り上がっています。『おや、赤ずきんちゃん、帰って来たのかい？　ちょっと風邪を引いたみたいでね、コホンコホン。少し水を持ってきてくれないかい？』とおばあさんは頼みました。『うん、わかった』。そう答えると、赤ずきんちゃんは、突然棍棒を手に取っておばあさんに殴りかかりました。『この馬鹿狼！　そんな下手な声真似で騙されるか！　おばあさんに、そんなでっかい耳がついてるか！　このドアホ！』。バシッ！　バシッ！　バシッ！　容赦なく棍棒が狼を襲います。狼はいっぱいたんこぶをつくりながら、ほうほうの体で逃げ出しました」

キュレレが驚いて目をパチパチさせている。

「狼、死ぬ？」

「さて、どうかな」

また曖昧に答えて、相一郎は朗読を再開した。

「数日後のことです。また赤ずきんちゃんが遠出をして家に戻ってくると、布団が盛り上がっていました。潜り込んでいるのはおばあさんのようです。でも、布団にすっぽり覆われて、顔は見えません。代わりに尻尾が出ています。『ううん、ううん』とおばあさんがベッドで唸りました。『帰って来たのかい？　おばあさんは具合が悪くてね、おまえが枕元に来てくれたら、きっと元気が出ると思うんだ。来ておくれ』。赤ずきんちゃんは再び棍棒を手に取って殴りかかりました。『このアホぅ！　尻尾のついたおばあさんがいるか！　馬鹿狼め！』。バシッ、バシッ、バシッ！　狼は骨折する前にベッドから飛び出して逃げていきました」

「また逃げられた？　血吸わなかった？」

キュレレが尋ねる。

「吸わなかったみたいだね」

と相一郎は答えて、また朗読を始めた。

「数日後、また遠出をして赤ずきんちゃんが戻ってくると、今度は狼はいませんでした。疲れた赤ずきんちゃんは『あ～、疲れた～』と言ってそのままベッドに潜り込んでしまいました。やがて、子供とは思えないほど盛大な鼾が聞こえてきました。そして、ベッドの下から狼が姿を見せたのです。なんと、狼はベッドの下に隠れていたのです。狼は、きししと笑いました。『ベッドに潜り込んでいたのがそもそもの間違いだったのだ。こうしてベッドの下で待ち構えていれば――』。そう言ってベッドに顔を向けると、眠っていたはずの赤ずきんちゃんが片目を開けていました。片手には棍棒を持っています。『部屋に入った瞬間から一発でわかったよ！　獣臭いのよ、この馬鹿狼！』。そう言うと棍棒で殴りかかりました。バシッ、バシッ、バシッ！　狼はまた手痛い数発を食らって家から逃げ出しました」

キュレレが口を半開きにして目をパチパチさせる。まさか、赤ずきんちゃんが先読みして待ち構えていたとは思わなかったらしい。

「それから数日後のことです。狼が赤ずきんちゃんの家にやってくると、また留守でした。『しめしめ、また誰もいないぞ。今日はたっぷりと薔薇の香りをつけてきたからな。獣の匂いはしないぞ。今度こそ、赤ずきんを――』。そう言ったところで、狼は首を横に振りました。『いや、やめよう。どうせまた見抜かれて今度こそ殺されるに決まっている。人生、あきらめが肝心だ。世の中、絶対に敵わないやつはいる。そういうやつには仕返しを考えないで、永遠に近づかないことが一番だ』。そう言うと、狼は赤ずきんちゃんの家から離れていきました。以後、狼が赤ずきんちゃんの家に現れることは二度となかったとのことです。おしまい」

キュレレは目をパチパチさせた。

「狼、あきらめた？」

「あきらめたみたいだね」

相一郎が答えると、

「キュレレ、あきらめない。キュレレ、絶対血を吸う。狼の血を吸う。びゅんって飛んで、狼をひっくり返らせる。ひっくり返ったら血を吸う」

とキュレレは主張した。相一郎はキュレレの髪(かみ)の毛(け)を撫(な)でてやった。キュレレは相一郎の手をつかんで自分のほっぺたに押しつけ、うれしそうに目を閉じた。

3

相一郎がキュレレとほのかな幸せを味わっている頃、通路を挟んだ隣(となり)の個室では、普段はからっと明るい顔だちに大きな明るい目をした少年が、ベッドの上で寝転(ねころ)がって呻(うめ)いていた。

原因はエルフの美女だった。脇乳の見える青いドレスを半分脱(ぬ)いで、正座した両方の太(ふと)腿(もも)の上に少年の両脚を引き上げ、エルフの爆乳美女が豊かな双乳(そうにゅう)を弾(はず)ませていたのだ。

「だめ、エクセリス、もう――」

「もっと♪」

金髪のエルフがさらに乳房をバウンドさせた。少年は呻き声を上げ、身体を痙攣させた。弛緩した表情を浮かべて、天井を見る。

少年は、宮廷顧問官にしてサラブリア辺境伯ヒロトであった。ガセル軍とピュリス軍が占領するトルカ港に単身乗り込んで話をつけた英雄と同一人物には思えない。

相手はサラブリア州副長官のエクセリスだった。ヒロトにとっては公私のパートナーである。

ヒロトがエクセリスに顔を向けると、年上とは思えない茶目っ気のある笑みにぶつかった。エクセリスは満足そうである。

（また爆発させられた……）

部屋の中は、二人だけだった。ミイラ族の娘ミミアとヴァンパイア族の恋人ヴァルキュリアは、甲板にいるはずである。

ヒロトが起き上がるとエクセリスはタオルをつかんで自分の胸元とヒロトの身体を拭い、それから背中に裸の乳房を押しつけてきた。甘えるように、愛しさをぶつけるように、身体を密着させる。白い豊満な双球がひしゃげていく。ヒロトはゾクッと身体をふるわせた。

（おれ、このままでいいのかな）

とヒロトは自問した。

ヴァルキュリアだけでなく、ミミアともエクセリスとも、そしてソルシエールとも関係を持っている。いい加減、一人と結婚した方がいいんじゃないかと思うが、一人と結婚すると洩れなく四人との関係が破綻しそうな気がする。エクセリスはサラブリア州の副長官なので、関係が破綻するのはまずい。となると、このまま不誠実な――不適切なと言うべきか？――関係をつづけるしかない。

（王子と同じだな）

とヒロトは苦笑した。レオニダス王子も、美女二人と毎日のようにいちゃいちゃしている。自分は四人――。

それで王子に親近感を覚えるのだろうか？

いや。

王子に親近感を覚えるのは、王子が自分と同じように物事を見抜く目があるからだ。自分が王都にいない間、ハイドラン公爵を見張れるのはレオニダス王子しかいない。

（でも、陛下はうんって言うかな……）

ヒロトは不安を覚えた。エルフのマニエリスとアスティリスからも、相一郎からも、渋い返事をもらっている。ヒロトが顔を見せれば、モルディアス一世は喜ぶだろうが、同時に今度こそ枢密院に入れと言ってくるだろう。

（今回頼まれても、枢密院入りは断るしかないか。アグニカとガセルの関係が落ち着いたといっても、再発しないとは絶対には言えない。自分がサラブリアにいた方が――。でも、また断っちゃうとなあ……。断ったらますます王子を枢密院には戻さないって言われそうだしなあ。自分も枢密院に入るから、殿下も戻してくださいとか、バーター取引するしかないのかなあ。あ、でも、おれが枢密院に入るのなら、レオニダスはいらぬって言われちゃうか）

　思案していると、

「真面目な顔をして、何？」

　エクセリスが後ろからたっぷりと胸をこすりつけて顔を覗き込んできた。弾力のある、しっとりと潤いのある乳房がさらに密着して、ヒロトはゾクッと身体をふるわせた。

「ちょっと」

「王子のこと？」

　ヒロトがごまかすと、

　エクセリスに言い当てられた。エクセリスはうつむいた。

「わたし、あなたに悪いことを言っちゃったかも……。アグニカの時もそうだったし、今回の王のことも……」

ヒロトはすぐに否定した。

「そんなことはないよ。アグニカの時も、言ってもらわなかったら、アグニカとヒュブリデの協定のことは知らずじまいだった。大変なことになってた」

「でも、今回は――」

とエクセリスは声のトーンを落とした。

サラブリアの名医が、エクセリスから国王の病状を聞いて、危ないのではないかと言い出したのだ。過去に同じような兆候の患者を何人も見てきたらしい。皆、一年以内に亡くなったそうだ。心臓に問題があったという。

確かに、レグルスで開かれた七者会談でも、モルディアス一世は胸を押さえて苦しそうにしていた。そして一カ月ほど前にも、寝室で胸を押さえて呻いている。その時には侍医も駆けつけて大変な騒ぎになったという。侍医からはあまり興奮せず養生するように言われたそうだが……。

モルディアス一世が亡くなったら、この国はどうなるのだろう。王位は、レオニダス王子が継ぐ？

てっきりそうだとばかりヒロトは思い込んでいたのだが、エクセリスに思い込みを指摘されてしまった。テルミナス河を挟んだ隣国のピュリス王国には王位継承順位があるが、ヒュブリデにはないという。王は、エルフが選ぶのだ。

王決定の手順はこうだ。まずエルフの各地域の支部長全員と大長老、そして司教職のエルフが、枢密院のメンバーの中から候補を出す。王が崩御すると、すぐにエルフによって国王推薦会議が開かれる。最初に候補者に対する御審問があり、候補者を推薦する推薦人の演説があり、エルフたちが誰に投票するかの意思表示を行う中間表明があり、推薦人同士が論を戦わす対論につづく。そして投票がなされ、新国王が決定する。国王推薦会議は、形式上あくまでも次期国王を推薦するものだが、枢密院は形式的に承認する任しか負っていない。この国の王は実質的にエルフたちが選んでいるのだ。

もちろん、王の候補者には条件が課されている。

一．枢密院顧問官を務める王族
二．事前投票で三分の一以上の投票を集めた枢密院顧問官

エクセリスから条件を聞かされた時、ヒロトは愕然とした。レオニダス王子は、一カ月ほど前に枢密院の資格を剥奪されている。ヒロトは国策の中心からの追放と受け取ったの

だが、実はモルディアス一世からの「おまえには王位を継がせぬ」という意思表示だったのだ。枢密院から追放されたレオニダス王子には、現時点では次期王の候補者になる資格がない。

元から、王子の枢密院資格剥奪については、国王に取り消しをお願いしようとヒロトは思っていた。エクセリスの説明を聞いて、今すぐに取り消しをお願いしようとサラブリアを発ったのである。

だが、王子に対する国王の怒りはまだ解けていないはずだ。今のままでは、国王候補に選ばれるのはおそらくハイドラン公爵一人だろう。候補が一人の時も、御審問と推薦人演説は行われるが、最終対論はなし。自動的に推薦が決まり、ハイドラン公爵が即位してしまう。

ハイドラン公爵に初めて会った時のことを、ヒロトはよく覚えている。

《お噂はかねがね伺っている。数々の働きにはわたしも感服している。陛下も貴殿の話をする時は、実にうれしそうな顔をされる》

そう言って見せた微笑が、人工的だった。一言で言えば愛想笑い。本心からは笑っていない顔、微笑で本音をコーティングしているような感じだった。それが妙に引っかかったのだ。

恋人のヴァルキュリアの感触が悪かったのも気になった。

《お噂はかねがね。ヴァンパイア族の方々のご活躍には、わたしも助けられている》

と公爵はヴァルキュリアに話しかけたが、

《おまえのためにやってるんじゃないぞ。ヒロトのためにやってるんだ》

とヴァルキュリアは反発している。

これからのヒュブリデ王国は、ヴァンパイア族との関係をどう維持していくかが鍵になる。初対面の時、ヴァルキュリアは王子に反発していない。だが、公爵には反発した。ヒロトにとっては引っかかる部分だ。

ヒロトが一番忘れられないのは、アグニカの大使から支援を要請された時の公爵の反応だった。

《相手がメティスであることを考えると、わたしは一万の兵が必要かと思う》

《さよう、一万だ。それだけあれば、ピュリスとガセルを制し、トルカを奪還できる》

トルカ港沖は浅瀬で、一万の兵を船で到着させようとすると、小さな百人乗りの船が百隻必要になる。百隻も港に押しかければ、港は混乱。メティスに狙い撃ちにされて壊滅的な敗北を喰らうのは目に見えている。現場をリアルに見ようとしない、非常に軽率な提案だった。ヒロトが、ハイドラン公爵に軍事的な見識はないと判断した理由——最も警戒した理由である。

おまけにハイドラン公爵には、アグニカの重臣リンドルス侯爵の姪が亡き妻という血縁関係がある。アグニカを贔屓しないとはとても言えない。

「わたしは公爵に会ったことがないからわからないけど、そんなに公爵ってまずいの？ 公爵があなたに同行してリンドルス侯爵を説得するって案は、公爵が言い出したことじゃなくて書記長官が言い出したことだし、そんなに悪いようには見えないんだけど。それに万が一、王子が国王から赦されても、国王推薦会議ではほとんど得票できないわよ。色々他の支部からの噂を聞くけど、王子、相当評判悪いわよ。たぶん、事前投票でも三分の一を確保できない。五分の四以上がハイドラン公爵なら、候補者は公爵一人になる。王子は国王推薦会議にも呼ばれない可能性があるのよ。あなたが王子に肩入れすればするほど、あなたも割りを食うのよ。失脚する可能性だって出ちゃうんだから」

と乳房を押しつけたまま、エクセリスは忠告してきた。

（それがみんなの、公爵に対するイメージか）

とヒロトは思った。ヒロトが会って直感したイメージとは違う。

「おれの中では、公爵がいい王になるように思えないんだ。書記長官が公爵をおれに同行させるべきだって提案した時、公爵はうれしそうだった。おれがやんわり拒絶しても、自分はおれに従うって言ってきた。まともな見識の人なら、両雄並び立たずを挙げて固辞していると思う。でも、そうはしなかった。あの人、手柄を立てたかったんだと思う。手柄を立てて、どうあっても王の道に近づきたかったんだと思う。あの人が枢密院に戻ってきたのは、表向きは王子を阻止することだけど、本当は王になるためだと思う。王になることが最優先の人って、候補としてどうなのかなって思う」

とヒロトは切り出した。

「でも、大長老が公爵を帯同させるかどうかはヒロトに任せるべきだって言った時、素直に引き下がったんでしょ？」

「言った相手が大長老で、自分も大長老と同格の枢密院顧問官だったからだよ。もし自分が王だったら、相手が大長老でも自分が行って解決するって言ってると思う。最終決定権は王が持っているんだ。家臣がどんなにやめろって言っても、王がやるって言ったらやることになっちゃう。あの人、王になったら、強化する必要のないアグニカとの軍事同盟を絶対強化するよ。ヒュブリデがアグニカと強い軍事同盟を結んでしまえば、当然、ピュリスとガセルも警戒する。ピュリスとガセルも強い軍事同盟を結ぶことになる。互いの陣営が互いの陣営で軍事同盟を結ぶことで、ヒュブリデとピュリスの平和協定が揺さぶられてしまう。ヒュブリデが一番注意を払うべきはアグニカでもガセルでもなくて、ピュリスなんだ。でも、あの人は絶対アグニカを優先しちゃうんだ」

「でも、王子よりはましなんじゃないの？」

とエクセリスが突っ込んだ。

「逆だよ。王子の方がずっといいよ。王子は、リンドルス侯爵がヴァンパイア族の支援を笠に着ようとしていたことも、ヒュブリデが無用な戦争に巻き込まれることになることも見抜いていた。外交についても人間についても、結構見抜く人だよ」

とヒロトはすぐに言い返した。

レオニダス王子は、口は糞がつくほど悪い。だが、洞察力はある。ものがよく見えているのだ。モルディアス一世がアグニカとの軍事協定を再確認したと聞いた時、王子は激怒していた。

《アグニカは寄生虫だぞ！　ただ、たかりに来ただけだぞ！　ヒロトの空の力が欲しくて、来ただけだぞ！　虎の威が欲しくて来たやつに、ほいほいと虎の威を貸す馬鹿があるか！》

《ガセルがアグニカに進軍したら、ヒュブリデは戦争に巻き込まれることになるんだぞ！　ヒュブリデを守るための戦争ではない！　アグニカを守るための戦争だ！　あんな糞みたいな国を、なぜ守ってやらねばならんのだ！》

《なぜ協定を破棄しなかったのだ⁉　協定を破棄して新たに協定を締結しようなどとほざ

いて時間稼ぎをしてやれば、馬鹿な戦争に巻き込まれずに済むのだ！　アグニカとガセルの戦争は、ただの馬鹿どもの喧嘩だぞ！　なぜ協定を破棄しなかった！》

言い方こそ激烈だが、王子の言う通りだった。そして王子が激しい口調で非難した通り、ガセルはアグニカに進軍し、ヒュブリデはアグニカを守るための、無用な戦争に巻き込まれた。ガセル軍にはピュリスの名将メティスというおまけまでついていた。レオニダス王子の警告は的中したのだ。ヒロトが軍を率いずに単独でメティスに相談を持ちかけ、協定案を提案し、リンドルス侯爵を説得していなかったら、ヒュブリデは無用な軍事協定のためにピュリスと戦争をする羽目に陥っていた。

「あなたが公爵を警戒するのはわかるけど、まがりなりにも前回の国王推薦会議で今の王と争った人なのよ？」

「でも、落ちた。そういうことでしょ？　おれが一番気になるのは、公爵は今、必要なのかってことなんだ」

「今必要？」

エクセリスが聞き返す。

「公爵が活躍していたのは十七年前から八年前のことでしょ？」

「ええ、引退したのは、北ピュリスが滅亡してから」

「公爵の時計は八年前で止まっている。つまり、世界の見方、価値観は十年ほど前の人だってこと。でも、この三年間でヒュブリデを取り巻く世界は劇的に変わった。ヴァンパイア族が凄(すご)い重要な要素を占(し)めている。時代は変わってるんだ。変わった時代に対しては、新しい価値観を持っている王がふさわしい。でも、公爵の価値観は十年前の古いもの。そんな人が王になって、果たして、世界の変化に対応した国づくりをしていけると思う?」

　エクセリスは黙(だま)った。ヒロトはつづけた。

「次の王を誰にするかで、ヒュブリデの未来が決まりそうな気がする。選択(せんたく)を間違えれば、一気に衰退(すいたい)する」

　エクセリスが密着させていた身体を離した。

「あなたの言うことはわかったけど、それを国王に言っても無駄(むだ)よ。王は王子のことを、傍若無人(ぼうじゃくぶじん)な乱暴者としか思ってないし、絶対亡き兄君と比較(ひかく)してしまうわ」

「兄君?」

　ヒロトは聞き返した。そういえば、レオニダス王子も、おれは兄と違って……と口にしたことがあった。

「ユリアヌス様といってレオニダス様より五つ年上で、とても優秀な方だったの。すべての王令を覚えていて。最高法院の裁判官が舌を巻くほどだったわ。ハイドラン公爵が引退したのも、ユリアヌス様が大人に育ってきて枢密院で政務を取れるようになったからだって噂があったくらい。陛下も自分の跡継ぎはユリアヌスしかいないって、よく公言されてた。うちの父も、次の国王推薦会議は全会一致で決定だろうなって話をしてたわ。でも、ユリアヌス様は風邪をこじらせてしまって、そのままお亡くなりになってしまった。国中が嘆いたわ。王宮でも、なぜ弟君が死なかったのか、弟君が死ねばよかったのにってこぼす者もいたみたい。それがレオニダス様の耳にも入った。レオニダス様がレグルスに留学されたのはその後よ」

ヒロトは絶句した。

《早く部屋から出ていけ。おれの部屋にいると、失脚するぞ。おれは国の貧乏神みたいな男らしいからな。昔からそうだ。兄貴と違って、出来の悪い弟だ》

最後に会った時の、王子の言葉が蘇る。

扉の隙間から、心細そうに、寂しそうにヒロトを見ていたレオニダス王子――。

《おれは……本当に枢密院に必要か？》

そう寂しそうに尋ねた王子は、まるで子供みたいだった。

レオニダス王子は、兄がいる限り、王位を継承する可能性は低かったはずだ。兄が死んだ今、可能性は高くなった。にもかかわらず、レグルスに留学したのは――。

優秀な兄と、放蕩の弟。

優秀な兄と、毒舌の弟。

なぜ兄君が亡くなったのか。弟君が亡くなればよかったのに。

(だから、あんなふうにおれを見て、あんなふうに聞いたのか……)

死刑だ。

おまえは死刑だ。

レオニダス王子はよく死刑だを口にするが、あの叫びは、自分も兄と同じ王族なのだ、王位継承者なのだという、劣る者からの必死のアピールなのかもしれない。自分が王族であることを確認するための、乱暴な、でも、悲しいおまじない——。

「王子が陛下のことを父上ではなく親父って言い出したのも、その頃だって聞いたことがあるわ。多くの人たちが、なぜユリアヌス様が……って思ってた。同時に、なぜレオニダス様が亡くならなかったのかって思ってた。その中で、一人だけレオニダス様をかばった者がいたの。書記長官補佐のキルデリスで、レオニダス様が生き残ったのは精霊様の思し召しだって言ってた。王子は喜んでたわ。でも、キルデリスは弁護に力が入りすぎて、精霊様の思し召しでユリアヌス様が亡くなり、レオニダス様がご健在なのだと言ってしまったの。それが国王の耳に入ってしまった。『ユリアヌスは死ぬべきだったと申すのか！』

って王の逆鱗に触れて、左遷された。一年後にユリアヌス様と同じように風邪をこじらせて亡くなった。左遷されなければ書記長官になるのは確実って言われてたの」

ヒロトは黙っていた。レオニダス王子の言葉が、頭の中に蘇っていたのだ。

《おれに味方すると、失脚するぞ。おれが十六の時にも一人失脚した》

王子は、キルデリスのことを言っていたのだ。

エクセリスが、止めを刺すように忠告した。

「あなたは国王に凄く重用されている。でも、一歩間違えば、キルデリスになるかもしれない。王子に肩入れするのはやめるべきよ」

第三章　苦戦

1

辺境伯（へんきょうはく）がいなくなったサラブリア州最大の港に、二人の男女が到着したところだった。

一人は顔が浅黒く、無骨な顔だちをしていた。身体つきもがっしりしていて、ベージュの上衣とその上に羽織ったマントの上からも、筋肉質の身体がわかる。

もう一人は豊満なバストを白いブラウスで包み込み、さらに赤いビスチェでバストの下から胴体（どうたい）を包み込んでさらに胸の隆起（りゅうき）を高く目立たせていた。赤いスカートも少ししゃれた感じである。

ハイドラン公爵の放った密偵（みってい）であった。テルミナス河を遡（さかのぼ）ってきたのである。

ふいに黒い影（かげ）が上空を遮（さえぎ）り、二人は慌（あわ）てて空を見上げた。上空をやや低空で通過したのは、五人のヴァンパイア族の編隊だった。この空はおれたちのものだと領有を宣言するかのように悠然（ゆうぜん）と飛行して北の方へ飛んでいく。

二人を見ていた小太りの男が笑いながら近づいてきた。

「あんたたち、よそから来たんだな。びっくりしたろ？」

「ああ。初めてだ。シギルから来たんだ」

と男は答えた。シギルからというのは嘘だった。正確には王都からである。

「こんなのでびびってちゃ、サラブリアでやってけないよ。これがサラブリアの当たり前さ」

と得意気に小太りの男が語る。初対面の男に話しかけてくるというのは、サラブリアの人間は開放的らしい。

「シギルよりも活気がある感じだな」

と男はサラブリアを持ち上げた。

「そうかい？」

と小太りの男は少しうれしそうである。

「そうさ。活気がある。治めている方が国王に叱られた方と今をときめく方とじゃ、そりゃ違いが出るだろ」

と男が言うと、

「違いない！　そういう意味じゃ、あんたの州はうちに借りがあるってことだ」

と言って小太りの男は笑った。シギル州の州長官はフェルキナ伯爵である。伯爵が国王から叱責され、北ピュリス王国の王族ヨアヒムとの接触禁止を食らったこと、その禁止をサラブリア辺境伯ヒロトが解いたことを言っているのだ。

「辺境伯には会ったことがあるのかい？」

男が尋ねると、小太りの男は即答した。

「あるよ、間近じゃないけどね。馬車から下りて船に乗り込むところをさ」

「他の人間と違う雰囲気はあったかい？」

「そりゃ違うよ。思っている以上に若いけどね。年はうちのガキと変わらないくらいだけど、普通の人間と違うよ。ついでにいつもヴァンパイア族の娘といっしょだしね」

と小太りの男が答える。

「会いたいって人間も多いんだろうな」

「多いさ。毎日、ドミナス城の前は陳情の行列だよ」

「賄賂を贈ろうってやつもいるんだろうな」

そう男が言うと、小太りの男は一笑に付した。

「贈っても無駄だよ。副長官がエルフだからね。ついでに護衛にもエルフがいる。プリマリアとセコンダリアの支部長とも昵懇だからね、贈ろうものならどやされておしまいさ。

悪い噂は聞かないよ」

「女の方の噂もないのかい？」

「だって、ヴァンパイア族の娘がいつもいっしょにいるんだよ？　浮気なんかしたら、即、殺されるよ」

と笑顔で答えて、小太りの男は二人を誘った。

「ところでうちはちょっとした小料理屋をやってるんだけどね。寄ってかないかい？」

2

相一郎とヒロトたちは、テルミナス河から上がって陸路北方へと向かい、途中のフェルキナ伯爵邸に立ち寄ったところだった。このところ、ヒロトが上京する時にはフェルキナを訪問するのがお決まりのコースになっている。フェルキナもそれがうれしいようだ。

ヴァルキュリアは、リンドルス侯爵からもらった真珠のネックレスを首に掛けてフェルキナに披露した。

「侯爵閣下はとてもいいものを贈られたのですね。とても大粒で、恐らく、侯爵がお持ちの中でも一番のものだと思います」

とフェルキナは目を細めた。

「他の連合のやつがやっかんでるらしいんだ。特にゲゼルキアとデスギルド」

と答えてヴァルキュリアが笑う。フェルキナは微笑み、それからヒロトに顔を向けた。

「上京の目的は――」

「殿下を枢密院に復帰させることなんだけどね」

とヒロトが答えると、フェルキナの顔から笑顔が消えた。

「陛下にご請願されても無理でしょう。わたしが陛下のお怒りを買った時のことを思い出してください。あの時はなんとかヒロト殿のおかげでわたしへの処置が取り消されましたが、陛下は本心では取り消したくないという顔をされていました。血のつながっていないわたしに対してもそうです。血のつながりがあれば、感情のしこりはより強まるもの。昔からの確執があるとなれば、無理でしょう」

とフェルキナ伯爵は冷静に答えた。

「それよりも、今度こそ枢密院に入れと説得されます。断るのは難しくなりますよ」

3

フェルキナとの夕食が終わると、相一郎はヒロトたちの部屋に集まった。いつもはすぐ本をおねだりするキュレレは、珍しくおとなしくしている。きっと美味しい赤ワインをたっぷり飲んだからだろう。キュレレはチビだが、超飲んべえである。

「枢密院入り、断るのか？」

と相一郎はヒロトに尋ねた。

「そのつもり」

「けど、国王が納得しないだろ」

と相一郎は反論した。

「でも、アグニカとガセルのこともあるしね」

「おまえがいたら、衝突を防げるのか？　ヴァンパイア族はアグニカに味方しないんだぞ？　またガセルが進軍したとしても、おまえにできることなんて、小さな船をいくつも率いて駆けつけるだけだろ？　きっとまたメティスも援軍に加わるぞ」

相一郎の指摘に、ヒロトは苦笑した。

「そうなんだよね……いてもいなくても、実は変わらないんだよね」

「じゃあ、なおさら枢密院に入れって言われるだろ」

相一郎の指摘にヒロトは答えなかった。

「枢密院に入るのか？」

とヴァルキュリアが話に加わってきた。

「わたしは反対よ。枢密院顧問官になったら、ずっと王都にいなきゃいけないじゃない。そんなの、いやよ」

とエクセリスも話に参加した。

「ヒロトがおまえも王都に連れていくって言ってもか？」

とヴァルキュリアに聞かれて、エクセリスは沈黙した。視線が大人のものから恥じらう少女のものになり、エクセリスはまごついた。

「……それなら、いいけど」

と小さな声で答える。ヴァルキュリアが爆笑した。ヴァルキュリアは、人間の感情を読むのが得意らしい。

「わたしは別にいいぞ。いつでもどこでもヒロトといっしょだからな～。もちろんミミアも連れていくんだろ？」

ヴァルキュリアの話に、ベッドを整えていたミミアが、聞き耳を立てた。ミミアも自分の動向は気になるらしい。

「ミミアももちろん連れて行くけど、もしもの話だから」

とヒロトが断りを入れる。ヒロトは枢密院入りには前向きではないらしい。

「もし受けることになったら、相一郎とキュレレはどうするの？　王都に連れていくの？」

とエクセリスが突っ込んできた。

（そうだ。おれたちはどうなるんだ？）

相一郎はヒロトの顔を見た。自分たちがどうなるのかは大問題である。王都に滞在したい気分もあるし、同時に、この町はどこか胸くそ悪いという気分がしないわけでもない。

「連れていくって言ったら一っ飛びだけど、ゼルディスが絶対納得しないよ。ゼルディスのところからプリマリアまでだったら、ゼルディスは絶対反対するよ。エンペリアまではそうはいかない。キュレレはまだ小さいから、ゼルディスは絶対反対するよ。副官のバドスだって反対する。かといって、相一郎だけ連れていくわけにはいかない。相一郎が王都に行くってなったら、絶対キュレレはついてくる。二人には残ってもらうのが一番だと思う。――って、なんで、枢密院入りが決まったような話になってんの？」

とヒロトが苦笑する。

「だって、一応考えておかないと。前もっていろんな選択肢を考えるのが、あなたの流儀でしょ？」

エクセリスに指摘されて、ヒロトはまた苦笑した。今日のヒロトは苦笑が多い。レオニダス王子の枢密院復帰が難しいことがどんどんわかってきて、苦笑が多くなってしまうのだろう。

「わたしをあなた専属の書記官にしてくれるのなら、別に枢密院に入ってもいいわ。でも、そうじゃなきゃ、反対」

とエクセリスはついにはっきりと明言した。意味するところは、あなたといっしょにいたいである。

「だから、おれはまだ枢密院に入るつもりはないから」

とヒロトは苦笑を浮かべて断った。

「でも、レオニダスを復帰させてくれって言ったら、絶対王に言われるわよ。『そちが入ってくれればそれで片づく』。実際そうじゃない？」

ヒロトは沈黙した。エクセリスの言う通りである。ぽりぽりと頭を掻いて、ヒロトはまた苦笑を浮かべた。

「おれだけが戻ってもだめなんだ。殿下も戻らないと」

「じゃあ、あなたが枢密院に入って、それから一カ月待って王子の枢密院復帰を……ああ、だめだ。枢密院資格剥奪処分の取り消しは陛下の専権事項だから、枢密院顧問官にはどうにもできないんだ」

とエクセリスが自己完結した。

「どういうこと？」

相一郎が尋ねると、

「王子は枢密院に入る資格を持ってるの。でも、その資格を、陛下が怒って剥奪しちゃったでしょ？　剥奪処分を取り消すのは、王にしかできないのよ。取り消したら、即、枢密院に復帰ってなるんだけど」

とエクセリスが説明してくれた。

「あいつ口悪いからな。ヒロトにも死刑だとか抜かすからな」

とヴァルキュリアは、あまり王子のことをよく思っていない様子である。

「フェルキナにもだめだって言われたしなあ……今のところ、いけるって言ってくれた人が一人もいない」

と珍しく弱音を吐くヒロトを、エクセリスが撃墜した。

「当たり前でしょ。無理なんだから」

第四章　王の壁

1

馬車はすでに王都に入っていた。王宮まですぐそこである。馬車の中で、ヴァルキュリアはヒロトに首を預けて目を閉じていた。自分の前にはエクセリス、その隣にはミミアがいる。もう到着するというのに、ミミアは林檎を剥いている。

「ヒロト様」

と林檎を差し出した。

「もう着く――」

断ろうと思って、ヒロトは考えを改めた。きっとミミアは、王宮に着いたらすぐ国王との話で食事を摂る時間もないと思って、少しでも食べ物をと思って林檎を剥いてくれたのだ。

「退治してくれる」

とヒロトはおどけて林檎を手に取り、齧りついた。

美味い。だが、王宮での話はこの林檎のように美味いものにならないだろう。むしろ、渋いものになるに違いない。

(みんなは無理だって言うけど、無理だからってあきらめるわけにはいかないんだ)

林檎を齧りながらヒロトは思った。

(殿下の予言が当たっていたことは、枢密院のメンバーも高く評価すべきだ。未来の状況を見事に予測した者を枢密院に入れないというのは、ヒュブリデの国家的損失だ。どんなに口が悪くても、殿下を枢密院に戻すべきなんだ)

2

かつて、その馬車は目立たぬように麗しい塗装もされず、木の素の色合いがそのまま出ていた。今やすっかり、白く塗り直されて、明らかに普通の人でない者が乗車していることを示していた。

乗っているのは、黒髪の美女だった。褐色の美しい肌の持ち主である。肌の美しさは、白色だけではない。褐色にもあるのである。そのことを痛感させるような、しっとりとした美しい褐色の肌だった。

美女は、はっきりとした鮮やかな顔だちをしていた。切れ長の目で、睫毛が長い。唇も上下の厚みがほぼ同じで、ふっくらしている。顎のラインで切り揃えた美しい黒髪の上から金色の髪飾りを着けていた。北ピュリス王の血を引く証である。

服は、ヒロトたちの世界で言うチャイナドレスだった。白いチャイナドレスである。エルフの間で、チャイナドレスが流行っているのだ。世界が変わっても、人の衣装的な想像力はそれほど変わらないらしい。肉体的構造が同じだからかもしれない。

馬車に揺られていたのは、ラケル姫だった。ヒロトが上京したという報せをフェルキナから聞きつけて、早速馬車に乗り込んだのだ。

（ヒロト様に会いたい）

とラケル姫は思った。一カ月ほど前の時はアグニカのことでばたばたしていて、とても落ち着いてお会いできる感じではなかったのだ。

でも、今回はきっとゆっくりごいっしょにお時間を過ごせるに違いない。

3

ヒロト上京のニュースを聞きつけたのは、ラケル姫だけではなかった。暴れん坊王子レオニダスもそうである。宮殿に到着したという話を聞いて、レオニダスは真っ先にヒロトの部屋に駆けつけた。

「この不届き者め！　おれの毬を食らえ――」

毬を放り投げて蹴り飛ばそうと準備動作に入ったレオニダスは、いつもと違う面子に気づいて凍りついた。

部屋に入ってすぐに壺があった。そしてその壺から離れて、相一郎とミミアとエクセリス、そして――。

「またおまえかよ」

ヴァルキュリアがうんざりした口調で吐き捨てた。

「それはおれの台詞だ！　ヒロトはどこへ行った！　せっかくおれが来てやったというのに、まさか――」

レオニダスが嚙みつくと、

「おまえの親父のところだよ。大事な話があるって」

とヴァルキュリアが答えた。

（親父？　何の話だ？　またアグニカか？）

先日、アグニカ国の大物リンドルス侯爵が父親を訪問したのは知っている。

「生意気な。せっかくおれが不意打ちをかけてやったのにおらんとは、死刑だ」

暴言を吐くと、

「おまえが死ね」

とヴァルキュリアがさらに暴言を吐いた。ぷっとエクセリスが笑った。

「何っ⁉」

レオニダスは素っ頓狂な声を上げた。王国広しといえど、王子に向かって死ねと言うのは、ヴァルキュリアだけである。

「それが王子への言葉か⁉」

「自分の彼氏に死刑だと言われて黙ってる女がいるか！　おまえこそ死刑だ！」

とヴァルキュリアも怒鳴り返す。ヴァルキュリアの向こう気の強さは、半端なものではない。

（くそ、気の強い女め……！　いい女なのに、なんでこいつはこんなに口が悪いんだ？　おれはこの女は苦手だ）

そう思ったところで、相一郎の後ろから翼の生えたおちびちゃんが顔を覗かせていることに、レオニダスは気づいた。

（ややっ、あのチビではないか！）

　ヴァルキュリアの妹、キュレレである。相一郎を指でツンツンして、レオニダスの手許を指差した。どうやら、毬が気になっているらしい。

「なんだ、チビ。この毬が欲しいのか？」

「ちびとか言うな、キュレレだ」

　とヴァルキュリアが文句をつける。

「おい、欲しいならやるぞ。それ」

　レオニダスは毬を放り投げた。キュレレの目が獲物を狙う鷲のように光った。

　次の瞬間、キュレレはさっと飛び上がると凄いボレーシュートを放っていた。毬はレオニダスの肩をかすめて凄まじい速さで飛んでいき、派手な音を炸裂させた。

　ヴァルキュリアが、あんぐりと口を開いた。相一郎もミミアも、口を開いた。レオニダスは振り返った。

　壺が粉々に砕け散っている。

「キュレレ、何やってんだ！　壺を壊して――」

　ヴァルキュリアが大声を上げる。

「キュレレ、わざとじゃない、キュレレ、蹴っただけ」

とキュレレが泣きそうになる。歪んだ表情に、子供の頃の記憶がレオニダスの脳裏に蘇った。自分が割ったわけじゃないのに、濡れ衣を着せられた時のことだ。

《誰ですか、壺を割ったのは！　またレオニダス様ですか！》

《ぼくじゃない！　兄上が――》

《兄上のはずがないでしょう！　陛下にうんときつく叱っていただきます！》

《違う、ぼくじゃない！》

子供の頃の自分の声が、悲痛に耳に響く。

「もう王都に連れてきてやんないからな」

ヴァルキュリアが妹を脅している。妹は、わざとじゃない、わざとじゃない～と泣きそうになっている。

レオニダスは壺の欠片を拾った。わざと床に投げつける。小さな、だが派手な音が飛び散った。

ヴァルキュリアが少し驚いてレオニダスの方を見た。レオニダスはさらに欠片を拾って、床に投げつけた。派手に破片が飛び散る。

「あまり妹を責めるな。おれがやったことにすればよい。おれは悪名高いんだ。おれが割ったと言えば、誰も疑いはせん」

ノックの音が鳴った。早くも侍女が駆けつけたらしい。

レオニダスは扉を開いた。扉の向こうには侍女が一人、驚いた顔で立っていた。子供の頃からレオニダスのことを知っている女だ。自分が濡れ衣を着せられた時にも、駆けつけて自分を叱責したのはこの女だった。

「おい、毬を蹴ったら壺が割れたぞ。片づけておけ」

レオニダスはいきなり言いつけた。

「また殿下は――。ユリアヌス様が天国で嘆いていらっしゃいますよ。どうして殿下は兄君のように品行方正におなりになれないのか」

「嘆かせておけ。おれの生きがいは壺を割ることなのだ」

言い捨ててレオニダスは部屋を後にした。宮殿の廊下を歩きながら、胸の中でつぶやいた。

（どうせおれは、出来の悪い弟だ）

4

ヒロトは王の寝室で、モルディアス一世に請願したところだった。だが、話を切り出すまで上機嫌だったモルディアス一世は、途端に表情を曇らせた。すぐに降り出しそうな、濃い曇り空のような表情を浮かべている。その表情だけで、もう答えがわかってしまった。

「ヒロトよ。余はできるだけそちの頼みを聞いてやりたいと思うておる。そちは、本当に何度も余を救ってくれた。余は何度も過ちを犯したが、そのたびにそちが余を救うてくれた。余はその恩に報いてやりたいと思うておる。だが、レオニダスだけは叶えられぬ。余を罵倒する者を枢密院に置くわけにはいかぬ」

顔色から予想した通りの答えだった。ヒロトの知人たちが予言した通りの返事である。

ヒロトは粘りに出た。

「もし陛下に万が一のことがあれば、ハイドラン公爵が跡を継ぐことになります。公爵閣下は、あまり軍事と外交において優れた見識をお持ちのように感じません。大長老の一言がなければ自分は公爵とともにアグニカに向かうことになっていました。そうなっていれば、軍を率いずに単独で乗り込み、三人を説得するということはできなかったでしょう」

「ハイドランが不満か？」

とモルディアス一世は訝しげな視線を向けた。

「不満ではなく、不安なのでございます」

とヒロトは答えた。

「だが、ユニヴェステルの意見で覆ったのなら、心配する必要はないのではないか？」

「あの時覆ったのは、大長老が意見され、その意見を陛下が採用されたからです。公爵閣下が王になれば、大長老の意見を受け入れるも退けるも公爵閣下ご自身ということになります。もし公爵閣下が王ご自身ならば、恐らく退けられていたと思います。自分に対しても、とにかく大軍を率いて攻めよ、何としても奪い返せとご命令されていたと思います」

ヒロトの力説に、ふむ……とモルディアス一世は考え込んだ。

「確かに、ハイドランは亡き妻がアグニカ人だ。アグニカのことは大切にしようと思うであろうな」

（自分の懸念が通じた？）

ヒロトは一瞬、期待した。

「だが、ハイドランにも聞く耳はある。少なくとも、暴言を吐いてばかりのレオニダスよりはよい。レオニダスは死刑を連発しておるそうではないか」

「じゃれているのです」

とヒロトは答えた。モルディアス一世は首を横に振った。

「ならん。どんな理由であれ、王族が軽々しく死刑を口にするものではない。軽々しく死刑を言う者が登位すれば、必ず死刑を頻発し、暴君になるに決まっておる。そうなれば、エルフたちに廃位されよう。レオニダスを枢密院に戻すということは、レオニダスが即位する可能性を開くということだ。レオニダスに王の資格はない。与えるべきでもない」

とモルディアス一世は譲らない。

「エルフも同じ考えではございませんか？　ならば、国王推薦会議でエルフが王子を選ぶ可能性は低いのでは？」

「余はエルフたちに、王になるべき資格のない者を戻したのかと思われたくはない」

とモルディアス一世が突っぱねる。

「自分が心配しているのは、自分が王都にいない間のことでございます。自分がいない間、外交や軍事の話になった時、公爵閣下が間違った意見を具申され、それが通ってしまうことなのです。でも、王子がいれば、公爵閣下の意見に異を唱え、道を間違えないようにしてくれます」

ヒロトはなおも粘ったが、

「レオニダスの物言いに素直に耳を貸す者はおらぬ。たとえどんなに正しくても、乱暴な物言いでは人は同意せぬものだ。第一、それほどそちが不在の時のことが心配ならば、そちが枢密院に入ればよいではないか。余はその方がよっぽどよい」

と、エクセリスが予言した通り、妙な風向きになってきた。

「余はレオニダスよりも、そちに枢密院に入ってもらいたい。そちがサラブリアのことを、ピュリスのことを気にしているのはようわかっておるが、できればずっと王都にいて余のことを支えてもらいたいと思うておる。レオニダスがおらずとも、そちがおれば充分だ」

ヒロトは答えなかった。

自分が枢密院に加わるだけではだめなのだ。レオニダス王子も加わらねば、意味がないのだ。

（やっぱり王子を戻すのは無理か……）

第五章　聖女の壁

1

王の寝室を退室すると、ヒロトは胸の中でため息をついた。

やはり壁は厚かった。

レオニダス王子のあの毒舌が、復帰の道を阻んでいた。モルディアス一世は、レオニダス王子を低視している。すなわち、低く見積もっている。暴言を吐いて掻き回すだけの、お邪魔虫と考えているのだろう。

でも、王子は必要な存在なのだ。どんなに暴言を吐く存在だったとしても、あの洞察力、あの知性は必ずヒュブリデ国の役に立つようになるのだ。優れた人材を、枢密院から遠ざけるべきではない。

（まわりから固めるしかないかな。大司教に頼んでみようか）

大長老は王子に対してかなり辛口だが、大司教ならまだ可能性はあるかもしれない。大司教が賛成してくれて、そして宰相パノプティコスも賛成してくれれば、国王は王子の枢密院復帰に対して考えてくれるかもしれない。枢密院からの追放処分の取り消しは、国王の専権事項だ。つまり、家臣の同意がなくても、国王が単独で取り消しを決められるということだ。王が感情的になって誤って枢密院から追放した場合、過ちを認めて取り消しができるように定められた制度だとエクセリスは話していた。

(まずはソブリヌス大司教から)

ヒロトは扉を叩いた。すぐに司祭が顔を見せる。

「大司教に――」

と告げると、

「どなた?」

と女性の声が聞こえた。

(え? 女性!?)

ヒロトは面食らった。なぜ大司教の部屋に女性が!?

「辺境伯です」

と司祭が告げる。

「お通しして」

言われてヒロトは部屋に入った。奥にいた女性が笑顔を見せた。

女性は長い金髪を背中に垂らしていた。顔は見るからに優しそうな、柔和な顔だちである。耳は大きく尖っていた。

（エルフ……）

エルフの女性は、ずいぶんと袂の長い、白いロングドレスを着ていた。袂の下の部分とドレスの裾の部分とに深紅の縁取りがしてある。ウエストが細く、バストが盛大に突き出している。ボートネックラインの襟元からは、容赦なく豊かな胸の谷間が覗いていた。

（で……でかっ……！）

思わずヒロトは胸の谷間に見とれてしまった。ヴァルキュリアやラケル姫に匹敵する胸のボリュームである。

「どちらをご覧になっているので？」

やわらかい、優しい声で尋ねられた。

「ええと……胸です」

ヒロトは真っ正直に答えた。ごまかしてもバレるだろうと思ったのだ。だが、それが戦術的な失敗だった。柔和な表情が一変し、眉間にきりっと皺が入ったかと思うと、

「辺境伯というのは、初対面の女性の胸を無遠慮に見るような不埒な方のことなのです

か？」

　と尋ねてきた。声が、少し冷たい。

「いえ、隠してもバレてるだろうと思って――」

　とヒロトが答えると、

「返事のことを言っているのではありません。視線のことを言っているのです。辺境伯という高位にありながら、初対面の女性の胸を無遠慮に見るのはいかがなものかと聞いているのです」

　厳しい口調にヒロトは黙った。ほんわかした、優しそうな女性だと思ったら、意外に頭の固い、道徳に厳しい女性だったのだ。人は見かけによらずである。

「あなたには王子と同じ匂いがします。不謹慎で、不道徳で、人の範となろうという強い意志を感じません。人の上に立つ者は、人の範になるように振る舞うべきです。あなたはディフェレンテだと聞きましたが、なぜ精霊の呪いが起きるのか、ご存じですか？」

　とエルフの女性は畳みかけてきた。

「人の上に立つ者、高位の者が人にあらざる行為を犯した時に、その者への罰として精霊の呪いが起きるのです。精霊の灯の消滅は、精霊様の怒りであり、罰であり、啓示なのです。辺境伯としてのご自覚が足りぬのではありませぬか？」

と鋭い視線を向ける。

「え～と、女性の胸を無遠慮に見ると、精霊の呪いが起きるので？　名乗りもせずにいきなり説教から始めるのも、相当無礼か非礼だと思いますが」

　とヒロトは返した。

　女エルフは、無言でじっとヒロトを見た。言葉を返さぬところを見ると、ヒロトの反論にむっとしたらしい。

「大司教はいらっしゃらぬようなので、失礼します」

　とヒロトが踵を返そうとすると、

「大司教猊下はしばらくいらっしゃいません。わたしが猊下の代理を務めます。何か大司教にご用があったので？」

　とヒロトの背中に声を掛けた。

「ありましたが、次にします」

「何のお願いを？」

　と女のエルフがしつこく尋ねる。

「名を知らぬ方にお話しすることはできません」

　とヒロトがやり返すと、

「これは失礼いたしました。副大司教のシルフェリスです。それでご用件は？」

と女のエルフは答えた。

「王子の枢密院復帰を後押(あとお)ししていただこうと思ったのですが、お願いをしても――」

「お断りいたします。王子は枢密院にふさわしい方ではありませぬ。昼間から女二人と不埒なことをするような方は、国の枢要(すうよう)な場所にいるべきではありませぬ」

とシルフェリスは即答(そくとう)した。ヒロトはむっとした。

「道徳だけで人をご覧になっているようですが、枢密院顧問官に必要なことは女といちゃいちゃせぬことではなく、正しい見識をもって陛下に正しい意見や献策(けんさく)をすることです。不埒でなかろうと間違った状況判断をして間違った意見や献策をし、陛下に間違った道を取らせる者の方が、枢密院にいるべきではありません。ある人間を不埒かどうかだけで判断して枢密院には不適切だと断じるような偏(かたよ)った見識の方のほうこそ、枢密院にいるべきではありません。失礼」

とヒロトは大司教の部屋を出た。出てから、ヒロトはため息をついた。

（やっちまったぁ……）

頭ごなしにやってくる女性に対しては、どうしても脊髄(せきずい)反射的にやり込めてしまう。小学生の時からの癖(くせ)である。そのためにヒロトは、同級の女子に敵をつくってきたのだ。逆にヒロトのことを大人びているとか頼もしいとかいう女子もいたのだけれど、女子の中心的な人物を口でやり込めてしまうので、女子の中心グループからはそっぽを向かれていたのである。

（大司教の代理ってことは、あのエルフが枢密院にも加わるってこと？　最悪。王子のことを頼んだって、絶対無理じゃん。あの女、絶対おれの敵に回る）

失敗したぁとヒロトは顔面を片手で覆った。覆ったが、もう遅い。

（いいや。最初にむっとした女とは、遅かれ早かれぶつかるんだ。ぶつかるんなら早いほうがいい。誤差だ、誤差）

ヒロトは首を横に振って、大長老の許に向かった。

2

女の壁の次にヒロトがぶち当たったのは、予想通り、大長老の壁だった。

「ヒロト殿の見識には敬意を持っておる。だが、レオニダスに関しては、よい見識をお持ちとは思えぬ。あのような暴言の者を枢密院に復帰させるなど、我が国を何度も救ってきた英雄とは思えぬ言葉だ。むしろ、今までの名誉を穢す発言だ」

と大長老ユニヴェステルからは手厳しい言葉を食らった。

「トルカ紛争（ふんそう）を無事収束させることができたのは、大長老閣下がぼくに人選を一任すべきだと発言してくださったからです。それを陛下が受け入れてくださった。それでハイドラン公爵はぼくに同行しないことになった。その結果、単独で乗り込んで、解決することができたのです。でも、もしあの時陛下が公爵閣下ならば、大長老のご意見は却下（きゃっか）されています。今のままでは、陛下に万が一があった時、公爵閣下が即位されます」

「それで何か問題でも？」

とユニヴェステルは突っ込んだ。

「間違った軍事作戦と間違った外交が展開される可能性が、極限に上がります。それで今の国威（こくい）を保てると？」

そうヒロトが答えると、

「貴殿（きでん）の今の答えは、レオニダスを王にせよと言っているように思えるが。ますますもって貴殿の今までの名誉を損（そこ）なう答えだな」

とユニヴェステルはぴしゃりとやり返した。

「ハイドランがアグニカに執心（しゅうしん）しているのは、わしも理解しておる。わしがおる限り、自由にはさせぬ。それで充分ではないか」

「軍事と外交の見識は、殿下はぴか一です。ぴか一の者を枢密院から外すのは、国益に反します」

「暴言で枢密院の場を掻き乱され、穢されるほうが国益に反する。そもそも、貴殿が枢密院におればすべて片づくことだ」

とヒロトは完璧にやり返された。さらにユニヴェステルはつづけた。

「今の話は聞かなかったことにしておく。英雄は英雄らしく、英雄でいることだ」

3

二人のエルフの壁に弾き返されて、ヒロトは退室と同時にため息をついた。王子復帰の道は絶望的である。エクセリスとマニエリスとアスティリスと相一郎の言う通りだ。

（絶対王子は必要だと思うんだけどなあ。おれだけなのかなあ）

そう思って、ヒロトは宰相パノプティコスを訪ねてみた。

「貴殿の懸念はわたしも共有している」

それがパノプティコスの答えだった。

「だが、ユニヴェステル殿の言う通りだ。貴殿が枢密院に入れば、すべては解決する。陛下もそれをお望みのはずだ。なぜ枢密院入りを拒む？」

と逆に聞かれてしまった。

「貴殿がいれば、わたしも心労は少ない。いい加減、陛下の願いを受け入れるべきではないのか？」

と逆に説得を試みられる始末である。

「副長官とも相談します」

とヒロトは答えて部屋を出たが、またため息であった。

（絶望的……）

まさに絶望的だった。四面楚歌とはこのことである。

（あきらめれば答えが出るのかな？　殿下を戻そうとするから袋小路に陥るのかな）

とヒロトは思った。

（じゃあ、あきらめてみよう。殿下を枢密院に戻すのはあきらめる）

ヒロトはあきらめてみた。

頭の中では何も反応が起きなかった。

（だめだ）

ヒロトは本当にあきらめて、部屋に戻った。扉を開けたところで、ちょうど侍女とすれ違った。

「どうしたの？」

とヒロトはヴァルキュリアに尋ねた。

「キュレ――」

と言いかけて、ヴァルキュリアが口をつぐんだ。侍女が部屋を出ていくと、ヴァルキュリアは扉を閉めて、

「キュレレが壺を割ったんだ」

と答えた。ヒロトは、お尻を向けて相一郎に顔をうずめているキュレレを見た。キュレレが顔を上げて姉の方を見た。

「わざとじゃない……」

とキュレレが涙目になる。もう泣きそうである。

「姉ちゃんもそれはわかってる」

とヴァルキュリアは妹をなだめて、

「あの馬鹿王子がまたやってきたんだ。それでキュレレに毬を放り投げて、キュレレが思い切り蹴ったら壺に当たったんだ」

とヴァルキュリアは説明した。あの侍女は、その後片付けに来ていたらしい。

「そしたら、王子が、おれが割ったことにすればいい、おれは悪名高いからって。おれが割ったと言えばみんな信じるって」

(殿下が？)

「それで侍女が入ってきたら、おれが壺を割ったって言って帰ってった」

ヒロトは慌てて扉を開けた。もちろん、レオニダス王子の姿はない。

(殿下、キュレレをかばったんだ)

意外？

ハイドラン公爵なら、意外と思ったに違いない。だが、レオニダス王子なら、ヒロトにとっては意外ではなかった。

(やっぱり王子を枢密院に戻さなきゃいけない)

ヒロトは改めて強く思った。

だが、宰相も反対。大長老も反対。そして、大司教代理のシルフェリスも反対。というか、ヒロトもぼこぼこに言い返してしまったので、どうあがいても反対されるに決まっている。

(おれが枢密院に入るって言っても、絶対反対するよな)

そう思ったところで、いきなり閃いた。

反対。
絶対反対。
枢密院。
顔がにやけた。
（いけるかも）
王子を枢密院に復帰させるように、もう一度国王に頼む？
まさか。
国王に頼むのは――。
ヒロトはエクセリスに顔を向けた。
「ちょっと確認したいことがあるんだけど――」

第六章　枢密院の壁

1

王宮に参上する前に、シルフェリスは精霊教会のエンペリア大聖堂を参拝したところだった。エンペリア大聖堂だけは、シルフェリスが訪れても奇跡が生じない。自分如きでは何も起きないということだ。

まだ午前だというのに、大勢の信者たちが訪れていた。巨大なヴォールトが数十メートルの高さを生み出していて、その巨大な空間の奥に、高さ二十メートルの聖台が設置されていた。台上に輝くのは、直径一メートル以上の巨大な光球——ヒュブリデ王国最大の精霊の灯である。

いつもの大きさ、いつもの輝きだった。この大聖堂の精霊の灯が輝くのは、相当高位の者がしかるべきことを行った時だけだ。モルディアス一世の即位が決まった時、大聖堂の精霊の灯は一瞬、明るさを増したと聞いている。正しき人選であることを、精霊の灯が一瞬だけ示したのだ。

（さあ、今日は初めての枢密院会議よ）

とシルフェリスは自分に活を入れた。ソブリヌス大司教の代理として、大役を果たさねばならない。

（ヒュブリデの民のために、よき政治が行われますように）

2

ヒロトが再び国王の寝室に姿を見せると、モルディアス一世は不思議そうな表情を向けた。ついさっき会ったばかりではないか、という顔である。

執務室ではなく寝室に招き入れてくれるのは、ヒロトへの信頼の表れである。信頼度が低い者は、寝室には入れてもらえない。ヒロトがつづけて謁見を申し込んで許可されたのもまた、相手がヒロトだからこそだろう。

「余に話があるとは何用じゃ」

とモルディアス一世は訝しげに尋ねた。

「枢密院のお話、お受けしようと思います」

先制攻撃を食らわせた途端、モルディアス一世はぽかんとした表情を浮かべた。まさか、ヒロトが承諾するとは思っていなかった顔だった。

「王都で陛下にお仕えいたします」

再びヒロトが言うと、

「枢密院に入ってもよいと申すのか⁉」

とヒロトに確かめてきた。

「陛下のおそばでご奉仕させてくださいませ」

とヒロトは頭を下げた。驚愕の表情に歓喜の表情が加わり、完全に欣喜の表情へと変わった。

「そうか！　ついに決心してくれたか！　そちがおれば百人力だ！　何も憂うことはない！　ヒロトよ、よくぞ言うてくれた！」

とヒロトの両肩をつかんで揺さぶり、それから抱き締めた。

「枢密院の方たちが認めてくださるといいのですが」

とヒロトは軽く牽制した。

「誰も否定するものか！　昼から枢密院の会議がある！　すぐにそちの枢密院入りを発表しよう！」

3

昼から王の執務室に、枢密院のメンバーが全員集まった。宰相パノプティコス、大長老ユニヴェステル、シルフェリス副大司教、フィナス財務長官、ハイドラン公爵、そして大法官と書記長官、国王の八名である。

「ヒロトが、枢密院に入ってもよいと承諾してくれた。余はヒロトを枢密院に加えたいと思う。そちたちにも承認してほしい」

とモルディアス一世は切り出した。

枢密院の規定で、王族以外の者が枢密院に入るためには、王を含めてメンバーの三分の二以上の同意が必要とされている。加入して一カ月以内の者は新しいメンバーの決定権がないが、ハイドラン公爵は条件をクリアーしている。

「反対の方はいらっしゃるか？」

と宰相パノプティコスが発言を促す。

「わたしは、まだ辺境伯にはサラブリアに留まっていただくべきだと思う」

真っ先に反論したのはハイドラン公爵だった。

「ハイドラン！　そちは反対すると申すのか！」

モルディアス一世が睨みつける。

「アグニカとガセルの問題が解決したとはいえ、まだ完全に火が消えたわけではございませぬ。もしまた同じようなことが起きた時、辺境伯がいるといないとではずいぶんと大きな差が出ます。我々は先日のトルカ港の件で、辺境伯の有能さを改めて知りました。されぱこそ、今はまだサラブリアに留まっていただくべきかと存じます」

とハイドランは説明してみせた。

「わたしも公爵閣下に同意でございます。アグニカとガセルの問題が落ち着くまでは――」

とフィナス財務長官も同意する。

「わたしも公爵閣下と同じ考えでございます」

とシルフェリス副大司教も公爵に賛意を示した。まさか反対されるとは思ってもいなかったモルディアス一世は、大きく目を見開いてシルフェリスを見た。

王族以外の者が枢密院入りするためには、三分の二の承認が必要である。反対が二名だけならば、賛成は六／八で成立する。だが、今、反対は三――。五／八では、三分の二以上に達しない。つまり、シルフェリスが枢密院入りに反対を示した時点で、ヒロトの枢密院入りは否決されたのである。

「ヒロトを枢密院に加えるのは余の宿願だ！　ようやくヒロトが入ると申してくれたのだぞ！　それを踏みにじるのか！」

とモルディアス一世が怒りをぶつける。

「陛下、どうかお許しを。アグニカとガセルの火種は片づいたばかりとはいえ、まだ完全に安心できる状態ではございません。今はまだ――」

とハイドラン公爵がなだめようとする。

「もうよい！　余は誰にも会いとうない！」

そう言い捨てて、モルディアス一世は身を翻した。そのまま執務室から奥に入って、寝室に引きこもってしまった。

放り出された、息の詰まった気まずい沈黙だけが残った。元々モルディアス一世は感情的になる傾向があるとはいえ、枢密院会議を途中で投げ出すのは初めてである。

「道理は公爵閣下のおっしゃる通りだが――」

と書記長官がこぼす。

「閣下が間違っていると？」

とフィナス財務長官がハイドラン公爵の肩を持つ。

「いや。だが、辺境伯は必要な人間だ。枢密院に入れてもよいと思ったが――」

とこぼして、それっきり書記長官は黙った。大長老ユニヴェステルが口を開いた。

「いつもなら陛下を叱責するところだが、今日ばかりはその気にはなれぬ」

そう言って、シルフェリスに顔を向けた。

「ソブリヌス殿なら、お認めになっていたであろうな」

シルフェリスは答えなかった。パノプティコスが代わりに言葉を継いだ。

「本日の会議は終了とする。明日同じ時間に」

4

宰相から結果を知らされると、ヒロトはすぐに執務室の隣の控室を出た。

残念だった？

別に。

まったくの予想通りだった。自分の枢密院入りに対してシルフェリスが反対することも、フィナスとハイドラン公爵が反対することも、読み通りだった。自分が枢密院入りを表明しても、必ず枢密院で否決される――。

そうヒロトは読んでいたのだ。

（でも、勝負はこれからだ）

敗北の後に勝利の秘策あり。

というか、すでにもう反撃は始まっている。まずは——。

ヒロトは自分の部屋の前で、衛兵といっしょに白いシャツの金髪の青年が腕組みをしているのが見えた。金髪の青年が、くるっと顔を向けた。

（げ）

「遅いぞ、この不届き者！」

レオニダス王子は真っ先に暴言を向けてきた。

「夜這いですか、殿下」

「今は昼だ、不届き者！　真っ先におれのところに来ぬか！　おれが退屈しているのに、何たるやつだ！　おまえは死刑だ！」

とレオニダス王子が罵詈をぶつける。

「では、殿下もいっしょに」

とヒロトは冗談を返した。

「なぜおれがおまえといっしょに死刑にならねばならぬのだ！」

王子が全力で叫んで返す。

「殿下、退屈されているんでしょ？　ならば、ごいっしょに」

「ごいっしょなどするか！」

「ヴァルキュリアが苦手なので、外で待っていらっしゃったんですね」

　ヒロトに図星を衝かれて、レオニダス王子は黙った。それから、声のトーンを落として口を開いた。

「あの女の口の悪さはどうにかならんのか」

「殿下の口の悪さと同じです。慣れるとかわいいですよ。感じたことをちゃんと言ってくれるから」

「そういう問題か。おれに死ねと言ったぞ」

「ヒロトは死刑だと言ったんでしょ」

　王子がまた黙った。やはりそうらしい。王子が顔を近づけてきた。

「よくあんな女と付き合えるな。あいつ、ずばずば言い過ぎだぞ」

「探らなくていいから付き合いやすいですよ」

「そんなものか」

「そんなものです。殿下、お喜びください。自分も殿下と近い境遇になりました。枢密院に入ると陛下に申し上げたのですが、否決されたのです」

「何⁉」

　レオニダス王子が素っ頓狂な声を上げた。

「反対したのは誰だ！　フィナスと叔父か！　数が足りんぞ！」

「シルフェリス副大司教です」

「最近昇格したとかいうやつか！」

「シルフェリス殿とは不幸な衝突がありましたので」

「不幸？　何をした？」

「思わず胸の谷間に見とれてしまって、それを咎められました。自分は殿下と同じで不道徳で、初対面で女の胸の谷間を見るような者は高位の者にはふさわしくないと」

「谷間を見せる服を着てくる方が不道徳だ、馬鹿者め！　死刑だ！」

　フェミニズム主義者が聞いたら激怒しそうなことを、レオニダス王子がぶちかます。

「フィナスも死刑だ！　あの腰抜けめ！　おれの家庭教師をしながら、こんなところで親父の邪魔をするのか！　愚か者め！　せっかくおまえが枢密院に入る機会を潰すとは、大馬鹿者だ！　おれが殴ってきてやる！」

「殿下には是非部屋で待機を。今から魔法を使ってまいります」

　とヒロトはウインクしてみせた。

「魔法？」

「陛下に再提案をしてまいります」

「何の再提案だ。親父は怒っているだろ？　当たり散らされるぞ」

「さればこそ、再提案です」

とヒロトは微笑んだ。レオニダスが訝しげな視線で、じ〜っとヒロトを見る。

「おまえ、何を企んでる？」

「殿下は――」

言いかけたところで、ユニヴェステルとパノプティコスの姿が見えた。どうやら、宰相の部屋で話をするつもりらしい。

ヒロトはレオニダス王子に念を押した。

「とにかく、殿下は部屋で待機を」

5

寝室にこもってから、モルディアス一世は荒れていた。ずっとヒロトを枢密院に迎えたいと思っていた。ヒロトは今まで枢密院入りを表明してこなかったが、ようやく、入ると言ってくれたのだ。

だが、愚かな家臣どもが台無しにした。友だと思っていた従兄弟のハイドランが、まさか反対の先陣を切るとは思わなかった。シルフェリスの反対も予想外だった。フィナスの裏切りも――。

（そんなにヒロトを枢密院に加えたくないのか！　ヒロトがいなければ、我が国はどうなっていたと思うのだ！　皆、ヒロトに国を救われてきたのではないか！　一番の国の英雄を、枢密院から遠ざけるというのか！）

怒鳴りたかった。手当たり次第にものを投げ飛ばして暴れたかった。

だが、名君がそのようなことをしてはならない。名君は己の感情を抑え、常に冷静に判断しなければならない。

怒って退室すべきではなかった？

本当ならば。

だが、我慢できなかったのだ。皆、賛成してくれると思っていたのに――。

寵姫オルフィーナは気遣って部屋を出ていた。寝室には自分しかいない。モルディアスは、亡き長男のことを思い出した。ユリアヌスならば、どうしただろうか。ユリアヌスなら、きっと自分に賛同してくれただろう。

（余はヒロトに何といえば――）

「陛下」

とオルフィーナの声が聞こえた。

「余は誰にも――」

「ヒロト様がお見えです。自分を枢密院顧問官にする妙案があると」

モルディアスは思わず扉に顔を向けた。

妙案？

ヒロトを枢密院に入れられる妙案がある？

「ヒロトがそう言っておるのか？」

と扉に向かってモルディアスは叫んだ。

「はい。是非謁見をと」

「入れよ！」

モルディアスは叫んだ。少ししてオルフィーナが扉を開き、ヒロトが姿を見せた。

ヒロトは、いつものようにからっと明るい表情を浮かべていた。目は希望に輝いている。

自分が突っぱねられたことを知っているはずなのに、まるで響いていない。

「すまぬ、ヒロトよ。余は――」

王なのに、そちを枢密院に加えることができなかった。

言い切らぬうちに、

「陛下。先に自分を叱ってください」

とヒロトは切り出した。

「怒鳴りつけてください。ひっぱたいてください」

「何を言い出すのだ？　そちが撥ね除けられたのはそちのせいではない」

とモルディアスは遮った。

「でも、これから陛下の最も気に入らないことを申し上げます。陛下は激怒されます。自分への信頼もなくされます。それゆえ、先に叱り、怒鳴り、ひっぱたいてください」

とヒロトは神妙な調子でつづけた。

「何をするつもりだ？」

「三人の反対で否決されたと聞きました。でも、もう一人、絶対に陛下のお考えに反対しない者が枢密院に加われば、ちょうど六／九、三分の二で承認されます」

とヒロトが穏やかに説明する。

「その者を入れるのにも三分の二の承認が――」

「いいえ。陛下の専権事項です。一度なされた資格剥奪処分を取り消すだけで、その者は枢密院に復帰します」

　モルディアスは半開きに口を開いた。

「まさか、そちは――」

「陛下、お叱りください。自分は殿下を枢密院に戻す案を、陛下に奏上しようとしております」

　モルディアスは絶句した。

　自分の予想通りだった。ヒロトは、レオニダスを枢密院に戻せと言っているのだ。

「ならん。レオニダスを戻すなど――」

「陛下、殿下が加わった状態で自分の枢密院入りを再提案すれば、五／八から六／九になって承認されます。殿下は決して陛下に反対はされません。さきほど殿下にお会いしたら、もう結果をご存じでした。大変激怒されていました。こんなところで親父の邪魔をするのかと。せっかくヒロトが枢密院に入る機会を潰すとは、大馬鹿者だ、おれが殴ってきてやると怒っていらっしゃいました」

　モルディアスは沈黙した。自分と同じく怒ってくれていたという報せに、思わずモルディアスは反論の拳を引っ込めた。

（レオニダスも、怒っておったのか……）

人は怒っている時、自分と同じように怒ってくれている人間がいるとわかると、少し落ち着くものである。それが近親者となればなおさらだ。

ヒロトがつづけた。

「殿下を枢密院に戻せば、自分は今日にでも枢密院に入ることができます」

（今日？）

一瞬、考えて、

「それは無理だ。今日戻しても、新しい者が枢密院に加わるかどうか賛否を投じられるのは、枢密院に加わって一カ月以上経ってからだ。今日にはそちを枢密院に入れることはできぬ」

「できます。殿下が再提案すれば」

とヒロトがささやいた。

（再提案……？）

はっとした。

再提案。

「再提案でいけるのか？」

「エクセリスにも確認しました。いけるそうです。ただし、殿下が再提案するのが条件です」

モルディアスは黙った。

確かに、ヒロトの言う通りにすれば、ヒロトは枢密院に加わる。しかし、そのためにレオニダスを――。

「実は今日、キュレレが壺を割りました」

とヒロトは変なことを切り出した。

「殿下が差し出した毬を、喜んで蹴り飛ばしてしまったのです。それがたまたま壺に当たりました。殿下は、自分のせいにしろとおっしゃったそうです。事実、駆けつけた侍女におれが割ったと言って帰られたそうです。殿下は口は糞悪い御方ですが、性根は腐った方ではございません。陛下の誠実な部分をしっかりと受け継いでいらっしゃいます」

とヒロトが畳みかける。

(レオニダスが？)

「殿下とヴァルキュリアにお確かめなさいますか？」

とヒロトは尋ねた。モルディアスは答えなかった。しばらく黙っていて、ようやく、

「少し……考えさせてくれぬか」

「では、一つだけ陛下にささやかなお願いを」

とヒロトは答えた。

「キュレレのことは陛下の胸にそっとしまいこんでおいていただきたいのです。殿下の思いやりを大切にしてあげてくださいませ。壺は殿下が割ったということでお願いいたします」

ヒロトはそう告げて退室した。モルディアスは答えなかった。自分の次男に対しては、複雑な感情がある。ずっと子供の頃から悪さをしてきた子だった。壺も何度割ったかしれない。

そういえば、一度だけ、壺を割っていないと強く否定したことがあった。あの頃はまだフェルキナの父ラレンテ伯爵が存命で、ちょうど自分のところに来ていたのだ。

《部屋の中で毬を蹴るものではない》

モルディアスが叱責すると、

《ぼくがやったんじゃない！　兄上が――》

とレオニダスは珍しく抵抗した。

《ユリアヌスが割るはずがない！》

《ぼくじゃない！　兄上が割ったんだ！　自分で運ぼうとして割ったんだ！》

《王子の仕事は嘘をつくことでは――》

自分の言葉を遮ったのは、フェルキナの父ラレンテ伯爵だった。

《陛下。子供が頑強に抵抗するのは、本当にそうではない時です。レオニダス王子の申される通りではないのですか？》

家臣の言葉に驚いた。ラレンテ伯爵は、基本的に口を挟まない男だったからだ。

《だが、ユリアヌスが割るとは思えん》

《レオニダス王子の申される通り、ユリアヌス様はご自分で運ぼうとして落としてしまったのでしょう。自分でも驚いてしまって、なおかつ決まりが悪くて黙っているのでしょう》

《なぜそう思う？》

《わたしも同じことを経験しましたので。こう見えて、子供の頃はやんちゃでございましたので。一度、ユリアヌス様だけをお呼びしてみては？》

その一言が気になって、モルディアスはレオニダスを下がらせ、ユリアヌスを呼んでみた。ラレンテ伯爵が話しかけた。

《壺を運ぼうとして、うっかり落とされましたね》

ユリアヌスはうつむき――

《すみません……》

と謝った。モルディアスは驚いた。長男は公明正大な性格で知られていたのだ。

《なぜ――》

咎めようとすると、ラレンテ伯爵が畳みかけた。

《自分が割ったと言い出そうとしたら、侍女がレオニダス王子の仕業だと勘違いして騒ぎだして、言い出せなくなってしまった。自分でも、割るつもりがなかったから割れたのに驚いて本当のことを言えないままになってしまった。そうではありませんか？》

ユリアヌスがうなずいた。

《ごめんなさい……レオニダスに悪いことを……》

すぐにユリアヌスを下がらせ、レオニダスを呼んだ。レオニダスは、少しふてくされているように見えた。

《レオニダスよ、許せ……余の誤りであった……そちは何もしていなかった……》

そうモルディアスが言うと、

《だから、割ってないって言ったのに……》

とそっぽを向いた。

《すまぬ、許せ。父を許せ》

モルディアスがレオニダスを抱き締めると、嗚咽が聞こえた。レオニダスは泣いていた。

《ぼく、割ってないのに……兄上が落としたのに……》

《すまぬ……許せ、レオニダス……すまぬ……》

モルディアスは天井を見上げた。あの時の、息子への申し訳ない気持ちが蘇って、鼻の奥がツンとなった。レオニダスが自分にきつい物言いをするのは、子供の頃からレオニダスがやんちゃだったこともあるが、そういうこともあっていつもレオニダスにきつく当たってきたからなのだ。

子供は親からの冤罪を忘れない。親は世界で一番の公正な裁判官だと信じているからだ。だからこそ、裏切られたこと、冤罪を受けたことを忘れない。

ヒロトの言葉が蘇った。

《殿下は、自分のせいにしろとおっしゃったそうです。事実、駆けつけた侍女におれが割ったと言って帰られたそうです》

本当にレオニダスが？　自分に暴言を吐いたあの傍若無人の次男が？

部屋の扉が開いた。オルフィーナが姿を見せていた。

「もうお話は終わったのですか？　それとも、まだ大事なお話が——？」

ずいぶんと気づかう口調である。自分が怒りまくっていたから、いつもより気を遣ってくれているのだ。

オルフィーナに申し訳ないことをしてしまった。愛する女を怖がらせてしまった。

「もう心配はいらぬ。余はもう怒ってはおらぬ」

声を和らげると、オルフィーナは頬を緩ませた。自分の大好きな、オルフィーナの笑顔だ。

「では、殿下をお通ししてもよろしい？」

とオルフィーナが確かめてきた。

「お話があるそうです」

6

モルディアスの前に現れたレオニダスは、憤慨した表情を見せていた。何かに怒っている顔である。

「親父、聞いたぞ。フィナスは何だ⁉　シルフェリスも何だ⁉　なぜヒロトを拒む⁉　今この国の枢密院に一番必要なのはヒロトだろ！」

と父親に怒りをぶつける。

レオニダスが怒っているというヒロトの話は、本当だった。確かにレオニダスは怒っている。

「余も怒っておる」

「怒って当然だ。ソブリヌスが骨折などしておらねば承認されたのに。ベッドごとソブリヌスを連れてきて再提案すべきだ」

と無茶苦茶なことを言ってきた。だが、息子の提案に対して怒りは覚えない。息子が本当に自分と同じように怒ってくれているのがうれしい。そのせいだろう。モルディアスは確かめてみようという気になった。

「そちに確かめたいことがある」

とモルディアスは切り出した。

「キュレレが壺を割ったそうだな」

鎌をかけると、一瞬驚いた表情を見せてモルディアスに視線を向け、また視線を斜めに向け直して、

「おれが割った。おれは昔から壺を割るのが趣味だからな」

と答えた。

モルディアスはじっと息子を見た。息子はそっぽを向いている。

「そうか。では、下がれ」

「え？」

「そちの怒りは余の怒りだ」

「ソブリヌスは連れてくるのか？」

「ヒロトと考える」

ヒロトの名前を持ち出したことで、レオニダスは納得したようだ。すぐに部屋を出ていった。

（おれが割ったか……）

モルディアスは、息子の言葉を反芻した。

子供の時から変わらない癖だった。父親に向かって嘘をつく時、レオニダスは斜めを見る。ラレンテ伯爵が教えてくれた癖だ。そしてレオニダスは、斜めを向いていた。おれが割ったとレオニダスは嘘をついたのだ。恐らく、キュレレ姫をかばうために。

モルディアスは、オルフィーナに顔を向けた。

「どう思う？　壺の件」

「嘘をついていらっしゃるように思います」

とオルフィーナが答える。

「余もそう思う。なぜ息子はキュレレ姫をかばっているのだろうな」

モルディアスが半ばつぶやくように尋ねると、オルフィーナは少し考えて提案してみせた。

「ヴァルキュリア様にも事情をお聞きになっては？」

7

寝室に現れたヴァルキュリアは、なぜ自分が呼ばれたのだろうという表情を見せていた。

「わたしに何か用か？」

と遠慮のない、砕けた調子で尋ねてきた。他人から見れば、王に対してずいぶんと無礼な言い方だが、モルディアスは気にならない。もうすっかり慣れてしまった。ヴァンパイア族にとっては、この馴れ馴れしい物言いが逆に親しさの表現なのだ。おまえという言い方も、モルディアスは気にならない。それがヴァンパイア族の言い方なのだ。同じ「おまえ」という言い方でも、敬意がある時とない時がある。それがわかるようになってきたからかもしれない。

「キュレレ姫が壺を割ったのは本当か？　レオニダスは自分が割ったと言っておる。どっちが割ったのかと思うてな」

そうモルディアスが尋ねると、ヴァルキュリアはちょっと怖じ気づいた表情を見せ、

「キュレレが割った壺、もしかして高かったのか？」

と心配そうに尋ねてきた。

「いや、たいしたものではない。ただ、聞きたかっただけだ」

とモルディアスは微笑んだ。

「なんか知らないけど、レオニダスのやつ、かばってくれたんだよ。おれが割ったことにすればみんな信じるって言って、侍女にもおれが割ったって。侍女、信じてたな。片づけている間も、殿下は昔からこうなんだからって、ぶつぶつ言ってた。あいつ、壺割るのが好きだったのか？」

とヴァルキュリアが尋ねた。思わず、モルディアスは笑顔になった。

「子供の頃はよく割っていた」

「あいつ、やんちゃそうだもんな」

とヴァルキュリアが同意する。それからまた心配そうな顔になって、

「キュレレのやつ、怒られるのか？　お尻とか叩かれるのか？　まだちっちゃいから、叱るのなら姉のわたしを叱れ。ぶつのならわたしをぶて。わたしがそばにいたから、わたしのせいだ」

とヴァルキュリアが妹をかばいに来た。

（やはり姉なのだな。妹のことを――）

と思ったところでモルディアスは、はっとした。もしかすると、レオニダスは壺を割って叱られる自分の姿とキュレレ姫の姿を重ねたのかもしれない。

壺を割ったことで、宮殿でヴァンパイア族に悪評が立つのを恐れた？

それはわからない。そこまで気が回るのかもわからない。だが、自分が壺を割ってよく怒られていたから、咄嗟にキュレレ姫をかばおうとしたのかもしれない。

モルディアスは、少し優しい気持ちになった。

レオニダスは、ヒロトが枢密院入りを拒絶されたことにも真剣に怒っていた。そしてキュレレ姫の罪を自分が背負って、かばった。侍女たちに、おれが割ったと嘘をついたのだ。そして、それを父親の自分に対しても貫き通している――。

モルディアスは優しい声音になって、ヴァルキュリアに話しかけた。

「キュレレ姫が叱られることも罰せられることもない。もちろん、我が国がヴァンパイア族に何か申し上げることもない。壺はいつか割れるものだ。それに、レオニダスが割った以上、キュレレ姫に何かを申し上げる必要もなかろう」

そうモルディアスが言うと、途端にヴァルキュリアはほっとした表情になった。

「キュレレのやつ、壺を割ってしゅんとしてるんだ。わたしもちょっときつい声を上げちやったからな……」

モルディアスは微笑んだ。

「キュレレ姫には元気を出すように伝えてほしい。それから、ヒロトに執務室へ来るように言うてくれぬか。少し話したいことがある」

8

あの辺境伯がいきなり枢密院に入ると言い出すのはおかしい、とハイドランは疑っていた。

何かが引っかかる。

今はアグニカとガセルの問題がある時だ。辺境伯にもそのことはわかっている。にもかかわらず、サラブリアから離れてもよいと言う。

(何を考えている?)

疑問に思っているところで、ヒロトがまたモルディアス一世に会いに行ったという報せが飛び込んできた。

その瞬間、ピンと来たのだ。

（そうか……！　狙いはレオニダスか！）

モルディアス一世は、レオニダスの枢密院資格を剥奪している。しかし、国王の独断によって剥奪処分を取り消すことができるのだ。処分取り消しは国王の専権事項——国王が単独で決断できることなのである。

（読めたぞ）

ヒロトがシルフェリス副大司教と一戦やらかしたことは知っている。ヒロトは、枢密院入りの問題があがれば、シルフェリスが反対するのはわかっていたはずだ。恐らく、自分とフィナスが反対することも。

モルディアスは怒る。そこへ、妙案があると唆す。レオニダスの枢密院資格剥奪処分を取り消し、レオニダスを枢密院に戻して一カ月待てば、レオニダスも枢密院の新規メンバーの是非を言える立場になる。その段階でヒロトを枢密院に再び推薦すれば、六／九でぎりぎり勝利できる。

（牽制せねばならぬ）

とハイドランは思った。

ヒロトが枢密院に入れば、ヒロトは枢密院でさらに輝きを増すはずだ。自分が国王になる可能性が低くなる。

それだけではない。ヒロトが枢密院で活躍すればするだけ、大貴族の間で反感が高まることになる。それに、ヒロトが枢密院に入るということは、あのヴァンパイア族の娘も来るということなのだ。そうなれば、ますますこの国はヴァンパイア族の影響下に置かれることになる。ヒュブリデを化け物の巣窟にしてはならない。この国は、あくまでもヒュブリデの人間とヒュブリデのエルフとで運営されるべきだ。

ハイドランは国王の執務室へ急いだ。扉の入り口で警備する衛兵に、陛下にお会いしたいのだがと告げると、

「ちょうどよいところにいらっしゃいました。これから枢密院会議が開かれます」

と衛兵は答えた。

「今から？」

胸騒ぎがした。

（まさかレオニダスを――）

ハイドランは慌てて執務室に入った。

すでにヒロトが待っていた。そばには大長老ユニヴェステルも宰相も、大法官も書記長官もいる。モルディアスの姿はない。

さらに胸騒ぎが強くなった。ヒロトがいるのが、余計に気になる。

（早く止めねば）

ハイドランの背後から、フィナス財務長官とシルフェリス副大司教が入ってきた。

（まずい）

衛兵が奥の方へ行った。追いかけようとすると、すぐにモルディアスとともに戻ってきた。

（間に合わなかったか……！）

苦渋の表情で見る。

「急に呼び立てしたことを許せ」

と開口一番、モルディアスは告げた。

「皆に告げたいことがある。我が息子レオニダスに対して、余は枢密院の資格剥奪を言い渡したが、取り消すことにいたす」

第七章　国務卿

1

（やはりそうだった……！）

ハイドランはまったく表情を変えず、だが、心の中では悔しさを噛み締めていた。自分の看破した通りだった。この奇策は、きっとヒロトの入れ知恵に違いない。

ハイドランはヒロトに視線を向けた。ヒロトは涼しげな表情を浮かべている。きっと心の奥では、してやったりと思っているに違いない。

（小僧め……）

とハイドランは心の中で睨んだ。もちろん、表情はまったく変わらない。

（読むのが遅かった……）

とハイドランは悔いた。後悔に遅れて、

（それにしても、なぜモルディアスは息子を戻すつもりになったのか？）

と疑問が浮上してきた。

（モルディアスは怒っていたはずだ。昼前にヒロトは二度モルディアスに会っている。恐らく一度目はレオニダスの枢密院資格剥奪の取り消しの請願。二度目は枢密院入りの表明。つまり、一度は断っているということだ。だが、三度目は――）

いったい、ヒロトは何をしに行ったのか？

「それはさすがにまずいのではございませぬか？　陛下に対して罵倒を行った者をまた枢密院に入れるなど……。一度決めたご決断は変更されるべきではないと存じますが」

とフィナス財務長官が反対を仄めかした。すぐに宰相パノプティコスが噛みつく。

「フィナス殿はお忘れか？　資格剥奪の取り消しは、王の専権事項だ」

専権事項――つまり、王が他の者に相談せずに独自で決定できるということ、決定に家臣の承認が必要ではないということである。

（専権事項である以上、覆すことはできぬ。ただ、翻意を促すことしか――）

「陛下がお決めになったこと、それなりの理由はあるものと考えておりますが、家臣としては、不道徳な方を枢密院に戻すべきではないと存じます」

とシルフェリスが牽制してきた。

「殿下が女を連れて執務室に来られたという話は聞いていません」

とヒロトがぴしゃりとやり返す。

「宮廷顧問官の方が意見できることではないと存じますが」

とシルフェリスもやり返す。

「余が頼んで来てもらったのだ」

とモルディアス一世が伝家の宝刀を抜いた。枢密院資格剥奪の取り消しを通達する場に、宮廷顧問官がいてはならないという規則はない。おまけに、国王直々の要請とあっては、家臣は文句が言えない。シルフェリスは完全に黙り込んだ。

沈黙を突き破ったのは、ずっと重苦しい表情を浮かべていた大長老ユニヴェステルであった。

「陛下に一つお確かめしたいことがあります。また殿下が暴言を吐いた場合はどうなさるおつもりで？」

見事な牽制だとハイドランは思った。

「わたしもそれが心配だ。陛下の威は守られねばならぬ」

とハイドランは言葉をつづけた。自分と大長老との牽制で、モルディアスが翻意してくれれば一番よい。

「それにつきましては、自分が陛下に代わってお答えします」

　とヒロトが口を開いた。

（この男に返事させてはならぬ）

「貴殿に答える資格はない。大長老は陛下にお聞きしているのだ。陛下がお答えするのが義務だ」

　とハイドランは割って入った。

「ヒロトに返答を任せる」

　とモルディアス一世が改めて宣言した。

　ジ・エンドだった。

（モルディアスはヒロトの味方か……！　突っ込まれるのを覚悟していたな。対応はヒロトに任せることにしていたか……！）

　きっと三回目の接見の時に、ヒロトと相談したのだろう。

　ヒロトが言葉をつづけた。

「殿下が性懲りもなく陛下に対して暴言を吐いた場合は、侍女とともにまる一日宮殿を掃除するという処罰を科すことを、陛下は考えていらっしゃいます。二回目になれば、まる二日。三回目になればまる三日。上限は三日で、殿下に処罰を科すべきだと」

「侍女といっしょに宮殿の掃除か」

と大法官と書記長官が笑う。王子が掃除とは滑稽である。これほど屈辱的な処罰はない。それならさすがの王子も堪えるだろうという顔である。

「そういうお考えでいらっしゃるのならば、我々は陛下のご判断を尊重するしかございません」

ユニヴェステルが引いた。陛下のご判断を尊重するしかない――つまり、翻意を促すことはあきらめて、モルディアスの決意を受け入れるということである。

終幕であった。

元々、枢密院の資格剥奪取り消しは王の専権事項である。家臣の承認を得ずに決められることだ。もはや、家臣が割って入る隙間はない。

モルディアス一世は満足そうに口を開いた。

「レオニダスを呼べ」

2

（なぜ、おれは呼ばれたのだ？）

レオニダスはわけのわからないまま、王の執務室に入った。さきほど父親の寝室に乗り込んだ時には、なぜか壺を割ったことを聞かれた。父親はキュレレが壺を割ったことを知っていた。もちろん否定したが——そのことか？　だが、壺を割った程度で王の執務室に呼ばれるのか？

執務室には、枢密院のメンバーが集まっていた。大長老ユニヴェステルも宰相パノプティコスも、叔父(おじ)のハイドランもフィナス財務長官もシルフェリスも、大法官も書記長官もいる。枢密院のメンバーが勢ぞろいである。

ヒロトの姿を見つけて、レオニダスは少し心強さを感じた。ヒロトは自分の味方だ。自分が枢密院を追放された時、唯一(ゆいいつ)自分をかばってくれた存在である。王子には軍事と外交において洞察力(どうさつりょく)があると言ってくれた。あの言葉は忘れていない。ヒロトがいるのなら、決して悪いことにはなるまい。

（もしかして、悪いことになるのか？　壺のことで怒(おこ)られるのか？）

一瞬不安になったが、壺のことで枢密院のメンバーがいる前に引き出されるとは思えない。

「またおれを叱りつけるつもりか？」

とレオニダスは口を開いた。

「そうです、殿下。お楽しみに」

とヒロトが明るい声で即答した。レオニダスは沈黙した。到底自分が罰せられるような雰囲気の声ではない。

（親父は？）

モルディアス一世は、いささか神妙な顔つきをしていた。自分を見ようとはしていない。大長老ユニヴェステルも、シリアスな表情を浮かべている。

（やはり、おれへの叱責か？）

「壺のことなら――」

不安になってレオニダスが言い出そうとすると、ヒロトが、し～っと指を唇に当てて沈黙を要求した。相変わらず、ヒロトの表情は明るい。

（何をするつもりだ？）

レオニダスの疑問が最高点に近づいたところで、父王が口を開いた。

「我が息子レオニダスに対して科していた枢密院資格剝奪処分を、本日より取り消す。たった今より、レオニダスは枢密院に再び加わるものとする。甘んじて受けよ」

レオニダスは一瞬、目が点になった。

（資格剝奪を取り消す？）

思考が遅れて頭の中で反芻する。

（枢密院に加わる……）

「おれを戻すってことか？」

と思わず尋ねた。

「不満か？」

父の問いに、レオニダスは首を横に振った。不満があるはずがない。枢密院から追放された時、本当に悔しかったのだ。おまえは用なしだ、おまえは無能だと言われた気がして、心が傷ついた。戻れるのなら戻りたい。

だが、すぐにレオニダスは、

「なぜ……？」

と尋ねた。

「そちのアグニカに対する知見は、間違ってはいなかった。暴言は許しがたいことであるが、そちは枢密院にふさわしいと判断する」

と父王は威厳のある言い方で答えた。

（怒ってたんじゃないのか？）

レオニダスは、父親を見た。父親は相変わらずレオニダスと目を合わさない。

（やっぱり怒ってるんじゃないか。なのに——）

レオニダスはヒロトに視線を向けた。ヒロトはとびきりのウインクをしてみせた。その瞬間、

（あぁっ！　おまえだな！　おまえが何かしたな！　親父の耳に何か吹き込んだろ！）

気づくと同時に、ヒロトが父親に会いに行く理由を「再提案」とだけ言ったことを思い出した。

（あの時——！　おれを戻す話をしに行ったのか！）

きっとそうだ。あの後、ヒロトは自分を枢密院に復帰させてくれと頼みに行ったのだ。再提案というのはそういうことだったに違いない。

だが——何か腑に落ちない。父親は自分のことを相当怒っていたはずなのだ。なのに、いきなり自分を戻したのか？

（おれの知っている親父は、そう簡単におれを許すようなやつではないぞ。なぜおれを許す気になった？）

わからない。

「ただし、余に向かって暴言を吐いた場合、まる一日宮殿の掃除を言いつかわす。また暴言を吐いた場合、まる二日宮殿の掃除を申しつける。さらに暴言を吐いた場合、三日だ。よいな」

のだ。

(なるほど、罰則か。それが他の顧問官を納得させるための条件だな)

レオニダスはうなずいた。自分は枢密院に入るために、レグルス共和国から戻ってきたのだ。

「殿下、ご着席を」

宰相パノプティコスに促されて、レオニダスはヒロトの右隣の席に陣取った。座るとしたら、ヒロトの隣しかない。叔父の隣など、頼まれてもいやだ。

「おい、何をした?」

とレオニダスはひそひそ声でヒロトに尋ねた。

「魔法を」

とヒロトが答える。

「嘘をつけ。親父と取引をしたのか?」

「全然」

「親父が普通におれを許すはずがない。おまえ、何をした?」

「陛下の寛大なるお計らいです。陛下は殿下が思っている以上に寛大な御方ですよ」

そう言ってヒロトは前を向いた。パノプティコスが会議を取り仕切りはじめていた。

(まったくわけがわからん。なぜおれは許されたのだ? おれは何もしておらんぞ)

レオニダスは再びヒロトの横顔に視線を向けた。

(絶対こいつ、何か企んでいる)

3

ハイドランは、フィナス財務長官からの財務報告を聞きながら、ヒロトとレオニダスの様子を窺っていた。

レオニダスは、なぜ自分が戻されたのか腑に落ちない様子である。

(ヒロトがモルディアスを説得したのだ)

それは間違いない。問題は、レオニダスに怒っていたはずのモルディアスをどうやって説得したか、である。モルディアスは、ヒロトの枢密院入りを否決されて激怒していたはずなのだ。それが、一時間もせぬうちにレオニダスを枢密院に戻すと宣言した。

ありえないことである。

(どうやって説得した？　何の餌をちらつかせた？)

すぐ隣の書記長官が、大法官に小声で話しかけるのが聞こえた。

「辺境伯がだめだったから、仕方なく殿下をということなのでしょうか？」

違う、と頭の中で声がした。モルディアスなら逆だ。レオニダスはいらぬが辺境伯は枢密院に欲しい。辺境伯の代わりにレオニダスなどいらぬ。モルディアスはそういう男だ。このものをと思ったら、その代わりに気に入らないものを手に入れることはしない男だ。妻を失って以来、再婚していないのがその証拠である。

（だが、レオニダスを入れた。なぜだ？）

狙いはレオニダスではないはずだ、とハイドランは思った。恐らく、ヒロト――。レオニダスは、枢密院に入って一カ月をすぎるまでは、新しいメンバーの加入について賛否を投じる資格がない。だが、一カ月になれば、賛否を投じることができるようになる。その時を待って、ヒロトの枢密院入りを再び提案。前回は五／八で否決されたが、次は六／九で承認されることになる。

（大法官か書記長官か、どちらかを翻意させねばならぬ）

戦いは一カ月――。

そう考えて、そんなにモルディアスは待つだろうか、と疑問が起こった。自分を罵倒したレオニダスと顔を突き合わせるなんてことを、一カ月もモルディアスが耐え忍ぶだろうか？　ヒロトを枢密院に入れるために？　数カ月すれば、ソブリヌス大司教は復帰する。ヒロトの枢密院入りに反対したシルフェリス副大司教に代わって、絶対にヒロトの枢密院入りに賛成するソブリヌスが復活するのだ。わざわざレオニダスを入れる必要はない。

（だが、レオニダスを入れても、今すぐには――）

そう思って、はっとした。いつか王令集で見た記憶が蘇ってきたのだ。

（再提案……）

4

シルフェリスは、会議が始まって少しの間、ヒロトとレオニダスを見ていた。不道徳な者、枢密院にふさわしくない者が一人、枢密院に入ってしまった。露出度の高い衣装を着た巨乳の女をいつでも二人引き連れて歩いている不埒な男を、枢密院に入れてしまった。

噂では、レオニダスを枢密院から追放する時、モルディアス一世は相当激怒していたという。今日、ヒロトの枢密院入りが否決された時も、モルディアス一世は相当怒っていた。ユニヴェステルも怒っていたと思う。わざわざ、ソブリヌス殿なら反対しなかったと告げたほどなのだから。

あとでソブリヌス大司教の耳に入れれば、大司教からはお叱りを受けるかもしれない。だが、自分は自分の考えで、枢密院にふさわしくないと思った者を入れなかっただけだ。ハイドラン公爵の考えにも、確かにその通りだと感じた。アグニカとガセルの紛争が終わって、まだ一カ月しか経っていないのだ。辺境伯を王都まで移動させるのは、あまり得策ではない。

だが――。

気になるのはヒロトの表情だった。自分の枢密院入りが否決されたというのに、まるで響いた様子がない。からっと明るい表情を浮かべている。

なぜ？

元々枢密院には入りたくなかった？

陛下の度重なる要請に対して、敢えてポーズとして応えた？　そして目論見通り、否決されたことで喜んでいる？

5

レオニダスは、会議の間、ずっと考えつづけていた。父親が自分を許すはずがないのだ。なのに、なぜ入れたのか。

わからないのはそれだけではない。自分を呼んだ時、恐らくすでに自分の枢密院入りを考えていたところだろうが、なぜ自分を呼んで壺のことを聞いたのか。

わからない。ヴァルキュリアにも会っていないので、わからない。

「おい」

とレオニダスは小声でヒロトに聞いた。

「チビは叱られたか?」

チビとはキュレレのことである。

「え? 何の話?」

ヒロトは聞き返してきた。

「壺だ」

「殿下が割ったって聞きましたけど。え? 違うの?」

とヒロトが驚く。

(嘘か本当か、どっちだ……?)

わからない。わかったのは、どうやら壺は関係がなさそうだということだ。

(おれを入れたのは、親父に利益があるからのはずなんだ。でなきゃ、親父がおれを枢密院に戻すはずがない。親父はおれを嫌っているはずだ)

親父が一番欲しいものは何だろう、とレオニダスは考えた。

わからない。

（くそ、親父のやつ、さっぱりわからん。ヒロトの枢密院入りを拒絶されたのに、よくおれを入れる気になったな。ヒロトのやつ、どんな魔法を使ったんだ？）

ヒロトは再提案だと言っていた。

再提案。

そう繰り返していた。親父に再提案するのかと思っていたが――。

（再提案？）

何かが引っかかった。頭の中が、一瞬スパークした。

（そうか……！　ヒロトのやつ、親父のやつに、再提案しろって言いに行ったんだな。ヒロトの枢密院入りを再提案しろと。そうすれば――）

一瞬生じた興奮が、収束した。

（いや、だめだ。再提案したって、五／八で終わりだ。フィナスがヒロトに賛成を投じるとは思えない。あの巨乳エルフも賛成を投じるとは思えない。再提案は一度しかできない。今再提案して否決されたら終わり――）

そこまで考えて、

（待てよ）

という気になった。

（そんなことぐらい、ヒロトだってわかってるはずだ。再提案したって、五／八——）

その途端、レオニダスは閃(ひらめ)いた。

（そうか……！）

一つだけ、手が残っていた。それも、自分しか使えない手。他の人間が使っても意味がない手。自分だけができる手。ヒロトは自分に話していないが、それを期待しているに違いない。

（それか……）

ようやくレオニダスは得心した。だから、親父は激怒の中で翻意して、自分を枢密院に戻したのだ。だからヒロトは、再提案を繰り返して口にしたのだ。

ハイドランが、はっとした表情を見せていた。目が虚(うつ)ろにどこでもない場所を見ている。

いやな予感がした。

もしかして、ハイドランも気づいたのかもしれない。

（ってことは、他のやつを説得するに決まってる）

とレオニダスは見抜(みぬ)いた。

ヒロトはこの後、自分に話して明日実行するつもりなのかもしれないが、妙案(みょうあん)はすぐに実行しろだ。勝利の女神に後ろ髪はない。

（先手必勝だ）

「何か意見は？」

とパノプティコスが首を向けた。レオニダスは挙手した。

「意見ではないが、提案がある。枢密院に入ったら、すぐ提案するのがおれの流儀だ」

とレオニダスはまたかました。

フィナス財務長官が呆れた表情を見せた。大法官も書記長官も不安の表情を見せている。ユニヴェステルも、警戒の目を向けた。

（警戒してろ。また馬鹿なことを言うと思っているがいい）

レオニダスは、少しためて一気に言い放った。

「ヒロトの枢密院入りについて、再審議をおれは提案する。もう一度枢密院で採決を行うことを、おれは提案する」

ハイドランの表情が固まった。いつも笑顔の下に心を隠しているハイドランが、珍しく狼狽を見せた。

くそ。やられた。

そういう表情だった。

（やっぱり気づいてやがった）

　ユニヴェステルは、落ち着いた、しかし威厳のある視線を自分に向けていた。軽蔑の色はない。

　大法官と書記長官は驚いていた。シルフェリスは、よくわかっているような、いないような様子である。そして父親は——モルディアス一世は——予期していなかったかのように目を見開いていた。

（親父、予想していなかったのか？）

　レオニダスはヒロトに目を向けた。ヒロトは相変わらず、すこんと抜けた明るい表情を浮かべている。だが、レオニダスにはわかった。

（おまえ、本当は笑ってるだろ！　おまえが考えていたこと、おれにもわかったぞ！）

「今日行ったものをまた再提案でございますか？　そのようなこと——」

　呆れた調子で言いかけたフィナス財務長官を、

「その場に居合わせなかった者が再提案することは禁じられていない。ただし、回数は一度だけだ。なお、再提案した場合、再提案した者は同意したと看做される」

　とパノプティコスが遮った。

「同意した……」

そこまで言って、フィナスは性感帯でも刺激されたかのように、ビクンとすくみあがった。同意が示す意味がわかったのだ。

本来なら、枢密院に入って一カ月未満のレオニダスには、ヒロトの枢密院入りについて賛否を投じる資格はない。しかし、一カ月未満であろうと再提案することはできる。そして再提案した以上、レオニダスは賛成に一票投じた計算になるのだ。つまり、賛成の数に、レオニダスの一票が加算されることになるのである。

「採決するにあたり、辺境伯はご退室を」

促されてヒロトが王の執務室を出ていった。残ったのは枢密院メンバーだけになった。

風向きの悪くなったフィナスは、落ち着きがない様子で辺りを見回している。

「一つ確かめさせてください。今日否決されたものを、もう一度採決する必要があるのですか？」

とシルフェリスが割り込んできた。

「多数決で決める場合のみ、最初に決定した時に居合わせなかった者のみが、一つの問題につき一度きりで再提案することが許されております」

とパノプティコスが答える。

（その通りだ！）

レオニダスは微笑(ほほえ)んだ。王子は子供の頃(ころ)から王令を読まされる。いくら勤勉なエルフとはいえ、枢密院に加わったばかりの者とは違うのだ。

「再び議論する必要はなかろうと思う。陛下、ございますか?」

パノプティコスの確認(かくにん)に、モルディアス一世は首を横に振った。父親の表情は、心なしか不安と期待であふれかえりそうになっているみたいである。

「では、殿下以外の御方(おかた)、挙手を。賛成は右手を。反対は左手を。では採決を!」

全員が手を挙げた。

左手を挙げたのは、ハイドラン公爵とフィナス財務長官、そしてシルフェリス副大司教の三人だけだった。残り五人は右手である。五人の賛成に、レオニダスの一票が加わることになる。

前回は五票。

今回は六票——。

「六/九の賛成で、辺境伯の枢密院入りを決定します。辺境伯ヒロトはただ今をもって、宮廷顧問官より枢密院顧問官(すうみついん)に任じられます」

いささか気高くパノプティコスが決定を告げた。それから声のトーンを少し落として、

「陛下。新しい枢密院顧問官には通称(つうしょう)の役職・称号(しょうごう)が必要となります。すでに財務卿はフ

イナスが有しております。ヒロトにはいかなる称号を？」

と問うた。

「レオニダスには軍務卿を、ヒロトには国務卿を」

とモルディアス一世は即答した。

「では、直ちに辺境伯を中へ！」

とパノプティコスが告げ、衛兵が外の待合室へ出ていった。モルディアス一世は少し斜め上を見て、鼻をふくらませた。やっと念願が叶った、ようやくヒロトを枢密院に加えられた。そういう顔であった。

レオニダスは視線を叔父に転じた。ハイドランは、斜め下を向いて、少し沈んだ渋い表情を浮かべていた。

（やられた……）

そんな心の声が聞こえてきそうな顔だった。

（ざまあみろ。おれはおれにしかできぬ仕事をしてやったぞ）

レオニダスは無言で会心の笑みを浮かべた。枢密院に入って、最も枢密院のメンバーらしい仕事をやってのけたのだ。

第八章　思惑

1

自分が枢密院顧問官となり、国務卿の称号を得たことを、ヒロトは笑顔で受け入れた。ついにヒロトは枢密院入りを果たしたのである。そしてレオニダス王子も、枢密院復帰を果たした。

狙い通りだった。

自分が枢密院入りを表明したところで、三人の反対に遭って自分が拒絶されるのはわかっていた。わかっていて、それを利用してレオニダス王子を枢密院に戻したのだ。国王が果たして王子の復帰を受け入れるのかどうか、それが一番の懸念だったが、国王は受け入れてくれた。きっと、王子がキュレレ姫をかばったこととヒロトのことで怒ったことが、国王に好印象を与えたのだろう。

ヒロト自身は、途中の休憩時間にでもレオニダス王子に内緒の話をして再提案をしてもらうつもりでいたが、王子は自分で意図を読み取って、国王の望むことを実行したのである。

見事だった。

王子は決して無能ではない。低能でもない。むしろ、優秀な王子、とても頭の切れる王子だ。ただ、口が糞悪いだけである。

（これで、万が一陛下が亡くなってもハイドラン公爵が自動的に即位するという事態は避けられる）

ヒロトは一安心した。だが、最悪の状況を脱しただけのことに変わりはない。レオニダス王子は、とにかく評判が悪いのだ。今陛下が亡くなれば、国王推薦会議でハイドラン公爵が選ばれてしまう。

（これからの一年間、会議の中でだんだん殿下の優秀さがみんなにわかっていけば、ハイドラン公爵ではなくレオニダス王子が第一候補になる）

そうヒロトは思った。

次の王がハイドラン公爵になるかレオニダス王子になるかで、きっとヒュブリデ王国は大きな分岐点を迎える。次の王が誰になるかで、ヒュブリデの盛衰が決まる。ハイドラン公爵が王になれば、ヒュブリデは衰退。そしてレオニダス王子が王になれば、ヒュブリデは繁栄をつづけることになる。

ヒロトが王子の隣に着席すると、すぐレオニダス王子は顔を寄せてきた。

「おまえの魔法、わかったぞ」

と囁く。

「殿下、ご内密に。バレたら死刑です」

とヒロトはおちゃらけて答えた。レオニダスはにやっと笑って、腕を上げて拳を近づけた。ヒロトも腕を上げて、レオニダス王子と拳を突き合わせた。

同志の証である。

「殿下に深く感謝いたします。陛下もきっとお喜びです」

ヒロトがそう言うと、

「親父はどうでもいい。おれは満足だ」

とレオニダス王子は嘯いた。どうでもいいはずがなかった。親父の考えを台無しにするとは！　と王子は怒っていたのだ。

「自分も殿下を枢密院に戻すことができて満足です」

とヒロトは微笑んだ。

「また死刑を連発してやる」

とレオニダス王子は嘯いた。

「言ったら死刑です」

すかさずヒロトが突っ込むと、

「やかましい」

ひそひそ声で言って、楽しそうにレオニダス王子は笑顔を見せた。屈託のない、心から微笑んだ純真な笑顔だった。この人、こんな笑顔を見せられるんだ、とヒロトは心を打たれた。

2

モルディアスはこの上なく上機嫌だった。これほど気分よく枢密院会議を迎えることができたのは初めてである。

ようやく、ヒロトを枢密院に迎えることができたのだ。ヒロトはレオニダスに再提案の話をしてくれていたらしい。レオニダスも期待通りの役目を果たしてくれた。

（これで我が国は磐石だ。余の過ちも少なくなろう。余が道を踏み外しかけた時は、ヒロトが正してくれる）

自分は幸せな王だとモルディアスは思った。ヒロトのような優れた家臣を持てる王ほど、幸せな王はいまい。

モルディアスはヒロトに視線を注いだ。レオニダスは、内政の報告についてヒロトに教えているようだ。

正直、レオニダスに対しては不安がないわけではない。また暴言を吐くのではないかという心配がある。自分も、今朝は息子を戻すつもりなどまったくなかったのだ。

だが、レオニダスが怒ってくれたこと、そしてキュレレをかばったことで心を動かされた。人のことなど考えずにやりたい放題やる男だと思っていたのだが、そのレオニダスが、キュレレの罪を背負ったのだ。

息子ながら天晴れだと思った。それでようやくヒロトの提案を受け入れる気になったのである。

（このまま何事もなく進んでくれるとよいがな）

3

会議を進めながら、パノプティコスはヒロトとレオニダス王子を見ていた。二人はまるで友人のように身体を寄せ合って、何やら囁いている。

ヒロトは軍事と外交のスペシャリストだが、国政においてはまだ知らぬことがある。子供の頃からの英才教育のおかげで、国政についてはレオニダス王子の方がよく知っている。

「そんなことも知らぬのか、愚か者め」

とレオニダス王子がひそひそ声をぶつけている。

「どんどん化けの皮が剥がれている最中です、殿下」

とヒロトは笑っている。

レオニダスは口こそ毒舌だが、表情は穏やかだった。そして、どことなく楽しそうだった。会議でこんなに穏やかなレオニダス王子を見るのは初めてだった。前回はあからさまに意気盛んで、何かをぶちかまそうとしている感じだった。だが、今日は力が抜けて、いい感じにリラックスしている。

枢密院に戻れたから。そして、ヒロトが枢密院に入ったからに違いない。すべてはヒロトのおかげというわけだ。

パノプティコスはヒロトに顔を向け、

（策士め）

と胸の中でつぶやいた。

再提案は、きっとヒロトが言い出したことに違いない。モルディアス一世を説得したのも、再提案だろう。

誰もが予想しなかったことだった。息子の暴言に激怒して息子を枢密院から追放したモルディアス一世が、まさか一カ月ほどで息子を枢密院に戻すなど、誰も予想しなかったに違いない。

身内のことは、理だけでは説得できない。ヒロトがどんな手段を使って説得したのか興味があるが、これで万が一の時の最悪の状態は避けられることになる。

望ましきことだ、とパノプティコスは思った。ヒロトが枢密院にいるのが、この国にとって最も望ましい。レオニダス王子の存在も、望ましい。ハイドラン公爵では、正直、外交と軍事において不安が強すぎる。

4

策を弄するとは、まるでベルフェゴルのような手を使うようになったな、とユニヴェステルは思った。

けしからん？

それもまた政治だ。ヒロトは法の枠内で見事に枢密院入りを果たしたのだ。モルディアス一世には、王子を戻せば自分が枢密院に入れますと説得したのだろう。

不純な目的？

純粋な目的ではない。だからといって、ヒロトの枢密院入りに反対の票を投ずるべきだったか？

答えは否だ。

たとえ目的に不純があったとしても、ヒロトが枢密院にいることは好ましいことだ。ヒロトが枢密院にいれば、ハイドラン公爵の牽制役になってくれよう。

ハイドラン公爵に対しては、ユニヴェステルも少し警戒している。公爵は次こそ王になるために枢密院に戻ってきたのだ。

公爵の即位を阻止する？

まさか。

レオニダス王子に比べれば、ハイドラン公爵は百倍ましだ。レオニダスは子供の頃からの暴れん坊で、自分に対しても敬意を欠いている。すぐに死刑だを連発し、傍若無人に振る舞う。確かに軍事と外交においては瞠目すべきものがあるが、枢密院のメンバーにふさわしいとは思えない。いわんや国王をやでである。

（ヒロトの存在で、果たしてどれだけ傍若無人ぶりが抑えられるのか。恐らくまた放逐になろう）

5

サラブリア辺境伯とは、このように卑怯な手を使う男だったのですね、とシルフェリス副大司教は冷めた視線をヒロトに向けていた。

やはり初対面で不快感を覚えた男は、枢密院で再会しても不愉快なままだった。せっかく自分が枢密院に加わったのに、よりにもよって不道徳な男を二人も枢密院に加えることになるとは……。

精霊様は歓迎していらっしゃるのだろうか？

高位の者、人の上に立つべき者がふさわしからぬことを犯した時、精霊は呪いを降りかからせる。

今回のことで呪いが起きる？

わからない。

人選ミスで呪いが起きた例がないわけではないが、枢密院レベルで起きたとは聞かない。

精霊は呪いを起こすが、人に代わって判断するわけではない。お伺いを立てた者も数知れぬが、決して精霊は明確な形で答えを示さない。もし精霊が明確な形で答えを出すようになれば、人は自ら判断することを捨て、すべての決断を精霊に任せるようになるだろう。それは、人の姿として終わっている。決められぬ者、決断できぬ者に、そもそも生きる力はない。朝起きて何をするのか、何を食べるのか。そういう微小な決断も、また決断だ。それすらできぬようになれば、人に生きる力はない。生命として生きる力はない。生きるとは、大小の違いはあれ、決断を繰り返しながら次の生へと向かうことなのだから。

シルフェリスは、このたびのことは人選ミスだと思った。モルディアス一世は誤った決断をなされた。レオニダスを追放したのは正解だったが、よりにもよって戻してしまうとは……。おまけに辺境伯まで加えてしまうとは……。

恐らく、辺境伯がそのように仕組んだのだろう。もしかすると、初対面で自分の胸を見て反感を買うようにしたのも、元から仕組んでいたことなのかもしれない。裏技を使って自分を枢密院入りさせるなど、許されることではない。

それも政治の世界？

清濁混ざり合う怪物の世界？

さよう。

さればこそ、濁一点の者は排除されねばならない――清一点の者も排除されねばならないのと同じように。

会議が終わったら、一言申さねばならないとシルフェリスは思った。あなたは卑怯です。そう言ってやらねばならない。

6

ハイドランは優雅な微笑みを湛えて、退屈な会議をまるで楽しんでいるかのようににこやかな表情を浮かべていた。

だが、心の奥底は真逆だった。

自分が気づくのが遅かった。思えば、辺境伯が枢密院入りを受け入れた時点で、再提案のことは思いついていたのだろう。とんだ、知恵の回る男である。

辺境伯の狙いは、自分の枢密院入りではない。

レオニダスの枢密院復帰――。そして恐らくその復帰の先に、レオニダスの即位がある。

辺境伯は、自分の即位を阻止するつもりなのだ。

（あくまでもわたしの敵として立ちはだかるということか）

ヒロトと対決するのは得策ではないと一カ月前は考えていた。好ましくないのは今も変わらない。ヒロトのバックにはヴァンパイア族の連合が控えている。おまけにヒロトはモルディアスの信頼を得ている。正面から対決すれば、自分が弾き飛ばされる。

だが、もはや対決する以外、道はないようだ。

（ヒロトがずっと王都に滞在することはないはずだ。まだサラブリアでの引き継ぎはしていまい。自分の代理を改めて指名せねばならなくなる。近日中にサラブリアに帰郷するはずだ）

中期戦を睨んで、足固めをする以外ない。ヒロトが枢密院に加わったことで、多くの大貴族たちも警戒しよう。その者たちの力を背に受けることが、自分の力となる。

（ヒロトの影響力がこれ以上増すことは、何としても避けねばならぬ。ヒロトの後ろには吸血鬼がついているのだ。吸血鬼が宮殿にも勢力を伸ばす糸口とさせてはならない。この国は、あくまでもヒュブリデ人のものだ。吸血鬼のものにさせてはならぬ。そのような糸口とさせてはならぬ……）

そうハイドランは決意した。

（明日は外交の討議だ。レオニダスを引っかけて、永遠に失脚させるか）

第九章　反撃の姫

1

エンペリア宮殿の広い中庭で、巨大な鳥が空中で毬を蹴り合っていた。

いや、鳥ではない。黒い翼を伸ばした二人の姉妹――ヴァルキュリアとその妹キュレレである。ヴァルキュリアがぽかんと毬を空中で蹴り上げると、負けじとキュレレも毬の弾道へと向かい、ぽかんと蹴り返す。それをさきほどから十分以上つづけているのだ。

二人を見上げながら、相一郎は途方に暮れていた。最初は三人で遊びはじめたはずなのだが、すっかり置いてきぼりを食らっている。

思わず相一郎は、心の中で叫んだ。

（運動能力が違いすぎてついていけない……！　ハンデきつすぎるよ～っ！　ヒロト～～っ！　早く帰ってこ～～～い!!）

2

白く塗り直された二人乗りの美しい馬車が、宮殿の正門から入ってきた。ラケル姫の馬車である。北ピュリスの王族の馬車は、北ピュリス王への敬意と安全の面から、中の者が下車せずに門を通ることが許されている。

ラケル姫の馬車は整備された庭の道を通過し、王族専用の停車場に到着した。すぐに褐色肌の黒髪の美女が飛び出してきた。ラケル姫である。ヒロトに会うために、わざわざやってきたのである。

（やっとヒロト様にお会いできる！）

文字通り、心理的な意味と物理的な意味で胸を弾ませながら、

「ヒロト様は？」

とラケル姫は衛兵に尋ねた。

「執務室に。今は枢密院会議の最中かと存じます」

3

ヒュブリデ王の執務室では、一日目の、内政についての枢密院会議が終了したところだった。ヒロトはレオニダス王子とほぼ同時に席から立ち上がった。もう午後四時頃である。この後、王子もいっしょにモルディアス一世との夕食に招待されている。ヴァルキュリアもキュレレも相一郎もエクセリスもミミアも、連れてきていいそうだ。

「くそ、腹が減ったぞ。早く飯にしろ」

とまた勝手なことをレオニダス王子が言う。

「自分は一旦部屋に戻ります」

とヒロトが言うと、

「出られぬようにおれが扉に釘を打ちつけさせてやる。覚悟しろ」

と王子が冗談を言ってきた。

「殿下の服にもいっしょに釘を打ちつけるようにお願いいたします」

「なぜおれの服もいっしょなのだ」

「その方が退屈しないでしょ」

「ふざけるな」

とレオニダス王子がにやにや笑う。ヒロトと冗談を言い合えるのがうれしいらしい。

「今日はおとなしかったが、明日は頼むぞ」

と宰相パノプティコスに言われ、ヒロトは握手をして部屋を出た。

「お待ちなさい」

突然、後ろから女の美声に呼び止められた。

のほほんと温和な顔だちのシルフェリス副大司教だった。顔だちだけは柔和なのだが、恐らく用件は違うものだろう。

「何か？」

ヒロトが尋ねると、

「枢密院に入るために殿下を利用することは、高位の者がすることではありませぬ。やり方が卑怯ではありませぬか？」

と批判の矢を向けてきた。

「法に則っておりますが」

「法に則ればよいわけではありませぬ。高位の者は、卑怯や不道徳から離れて振る舞うべきではありませせぬか？」

ヒロトはうんざりした。なかなか頭の固い女エルフである。エルフと言えば物分かりがいいというイメージを持っていたヒロトは、明らかにいやそうな表情を浮かべた。

（おれ、この人好きじゃない）

「何か問題が？」

聞き覚えのある女性の声に、ヒロトは振り返った。褐色肌の黒髪の美女――ラケル姫が到着したところだった。白いチャイナドレスを着ている。チャイナドレス姿を見るのは初めてだったが、似合っていた。褐色の肌といいコントラストをなしていて映える。おまけに、爆乳の隆起具合が見事なほどよくわかる。思わず、胸に視線を走らせてしまった。

「あの……少しぴったりすぎて……」

とラケル姫が赤面する。

「とても似合っています。似合いすぎて危険な服です」

とヒロトは笑った。ラケル姫がはにかむ。

「ところで……何か問題でも？」

とラケル姫が尋ねた。

「辺境伯が奸計を用いて枢密院に入られたのです」

とヒロトの代わりにシルフェリスが答えた。途端にラケル姫は両手を合わせて、目を輝かせた。

「まあ、ヒロト様が！　枢密院に！　おめでとうございます、ヒロト様！」

「わたしは祝福する気分になれませぬ。人の上に立つ者は、不道徳であっても卑怯であっ

てもなりませぬ」

　とシルフェリスが言葉の冷水を浴びせる。ラケル姫が美しい眉間に皺を寄せた。

「不道徳？　ヒロト様のどこが不道徳なのです？」

「初対面で女性の胸を凝視するような方を不道徳でないと申せますか？　枢密院に入るような方が不道徳では、精霊様の呪いを受ける可能性が高くなります。枢密院の者が精霊の呪いを引き起こせば、どのような惨事が国に降りかかるか」

　とシルフェリスが言い返す。すぐに、恥じた時とは打って変わった凛とした声で、ラケル姫が言い返した。

「不道徳でなければ、ピュリスに勝てますか？　不道徳でなければ、フレイアス姫の奸計を打ち破り、ヒュブリデの国益を守れますか？　不道徳でなければ、軍を率いずに単独で敵占領地に乗り込み、リンドルス侯爵を説得して和議を成立させられますか？」

「それは……」

　とシルフェリスがたじろぐ。さらにラケル姫が追い打ちを掛けた。

「貴殿は不道徳ではいらっしゃらないのでしょうけど、不道徳一点でヒロト様をご判断なさって批判なさるなど、不遜ではありませぬか？　敬意を払うべき方には敬意を払うべきです。それとも、貴殿なら不道徳ではないから、軍を率いずに単独でメティス将軍の許へ乗り込む勇気があるとおっしゃるのですか？　乗り込んで、いがみ合っている者たちを合意させられる自信があるとおっしゃるのですか？　貴殿がどうでもよいことを懸念されているとは思いませぬが、少々偏狭な視点でご覧になりすぎているのではありませぬか？」

「辺境伯は、初対面でわたしの胸を凝視なさったのです。それが不道徳でないと、批判するべきではないと言えますか？　まさか、ラケル様は胸を見られても不愉快を覚えないと？」

シルフェリスの突っ込みに、途端にラケル姫がうつむいた。耳まで赤面している。

「ヒロト様ならば、別に……」

一瞬、シルフェリスがぐらっときた。完全に予想外の答えだったらしい。ラケル姫が、赤面の中から反撃に出た。

「胸を見られるのは、胸の豊かな女の仕事のようなものです。背の高い者が、常に背の高さに瞠目されるのと同じです」

「男はぶしつけに女の胸を見るべきものではございません。辺境伯ともなれば、なおさらです」

とシルフェリスが反撃に反撃する。だが、ラケル姫も負けてはいなかった。

「辺境伯の第一の仕事は、不道徳にならぬように振る舞うこと、女の胸をぶしつけに見ぬことではありません。この国を外敵から守ることです。女の胸を見ぬが国を守れぬ辺境伯と、女の胸を見るが国を守れる辺境伯と、どちらが必要だとおっしゃるのです？」

「女の胸も見ず国も守れる辺境伯です」

とシルフェリスが即答する。ラケル姫もすぐに言い返した。

「貴殿は人にあまりに多くを、完璧を求めすぎます。人は完璧ではありません。枢密院の方には何が一番求められるべきか。貴殿は見当違いのところからご覧になりすぎです。この国を最も救ってきた人間を道徳だけで批判しようというのですか？　それが精霊様の願いですか？」

精霊の願いを持ち出されて、シルフェリスはついに沈黙した。

（強え……さすがお姫様……）

ただ道徳だけで責めるシルフェリスと、国家の観点から論じるラケル姫では、端から勝負は見えていた。亡国という悲劇を乗り越えてきたラケル姫は、普通の女性とは芯の強さが違う。その理屈は、悲劇の経験から生み出された骨のあるものだ。

もはやシルフェリスが反論してこないのを悟ると、ラケル姫は明るい表情をヒロトに向けた。

「ヒロト様、参りましょう。ヒロト様のお祝いをしなければ」

「では、姫も夕食に。陛下から誘われているのです」

とヒロトは誘った。

「是非！」

ヒロトが歩きだすと、すぐにラケル姫は並んで身体を寄せてきた。本当は思い切って身体を密着させたいけれど、人の目があるから、恥ずかしいからぎりぎりで寸止めする――そんな感じの寄せ方だった。

（この人も、ぎゅ～っとしたい！）

咄嗟に思ってヒロトは、心の中で首を横に振った。

（そんなことしたら、それこそ王子）

4

王宮を後にしたシルフェリスが向かったのは、ヒュブリデ精霊教会最大の聖地、エンペリア大聖堂だった。高い尖塔を五本も持つエンペリア大聖堂の姿が近づいてくると、我が家に帰って来たような気分になる。ここが自分の地、ここが自分のいる場所だ。

ラケル姫の反撃は予想外だった。同じ女ならば、自分に同意してくれるものと思い込んでいた。だが、ラケル姫は真っ向から自分に反論し、ヒロトをかばってきたのだ。

屁理屈を使われた？

その逆だった。ラケル姫が放ったのは正論だった。ラケル姫はヒュブリデ国の人間ではないが、まるで正式な枢密院のメンバーであるかのように、高い、まともな見識を持っていた。ラケル姫の主張はまっとうなものだった。

不道徳でなければ、ヒュブリデを外敵から守れるのか――。

確かにその通りだ。シルフェリスも、ヒロトの功績を否定するつもりはない。だが、だからこそ、ヒロトには不道徳から離れた存在であってほしいのだ。国務卿という称号は、いかに国王がヒロトに重きを置いているかを示している。国務卿という役職は、宰相に次ぐ位置づけだ。国王はヒロトを国の中心と考えているのだろう。それだけの仕事をヒロトはしてきたのだ。だからこそ、ヒロトは高潔でなければならないのだ。もしヒロトが不道徳にまみれてよからぬ方へ流れれば、それこそ精霊の呪いを呼びかねない。否、今の時点でも精霊様は少しお怒りかもしれない。二人も不道徳な人物が枢密院に招き入れられたのだ。

今朝の精霊の灯は覚えている。もしかすると、輝きは落ちているかもしれない。

シルフェリスは大聖堂に踏み入った。すぐに巨大なヴォールトへ向かって突き出す聖台に目を向ける。二十メートル上に輝くのは、精霊の灯――。

（え……？）

シルフェリスは立ち止まった。精霊の灯は、今朝と同じ色合いで、今朝と同じ輝きを見せていた。色も変わっていなければ、輝きも弱まってはいなかった。

（どういうこと……？）

シルフェリスは絶句した。あの卑怯な方法を、精霊様はお咎めになっていない？

まさか――。

（二人の枢密院入りを、精霊様はちっとも怒っていらっしゃらない……？）

第十章　晩餐会

1

ヒロトが枢密院に加わったと聞いて、ヴァルキュリアは狂喜した。人は誰かと相思相愛になると、好きな相手の悲しみが自分の悲しみとなり、好きな相手の喜びが自分の喜びとなるものである。

好きな相手の慶事は自分の慶事だった。ヒロトとは、ヒロトがまだ城主でも何でもなくて兵士だった頃に知り合った。そのヒロトがたちまち城主になり、州長官になり、辺境伯になり、宮廷顧問官になり、さらにその上の枢密院顧問官となった。肩書は国務卿だそうだ。

国務卿！

れっきとしたヒュブリデ王国の重臣である。

ヴァルキュリアは喜んでヒロトに抱きつき、ロケットオッパイを押しつけまくった。ヒロトが気持ちいいのを知っていて、わざと押しつけたのだ。ヒロトはゾクゾクと身体をふるわせていた。

晩餐会には、ヴァルキュリアも同席した。ヒロトの左隣がモルディアス一世で、ヒロトの右隣が自分だった。さらに自分の右隣がキュレレで、次が相一郎である。国王といっしょの食事はテンションが上がる。

料理は豚の丸焼きが出てきた。肉切り係の騎士が丸焼きを切って、最初にモルディアス一世に、次にレオニダス王子に、そして次にヒロトに恭しく差し出した。四人目がラケル姫で、自分は五人目だった。肉はほくほくしていて、美味だった。

一番驚いたのは、偽物の林檎だった。林檎を焼いたものかと思ってかぶりついたら、肉汁が溢れだしてきたのだ。見た目を林檎に似せてつくった、挽き肉の塊だったのだ。

タルトも豊富だった。林檎のタルト、ベリーのタルト、洋梨のタルトが出てきて、ヴァルキュリアは欲張って全部頬張った。おかげでお腹が破裂しそうになってしまった。

赤ワインも美味だった。非常に深みのある渋みが口の中で優しく広がっていくのである。調子に乗って飲みすぎて、足がふらついてしまった。

でも、気分は最高だった。ヒロトは、国内でたった十人しかいない枢密院のメンバーになったのだ。

故郷からは離れてしまう？

それはちょっと寂しいけれど、ヒロトとはいっしょだ。ヒロトといっしょならどこだっていい。これから、王都でのヒロトとの暮らしが始まるのだ。

2

ミミアは思い切り緊張していた。自分はミイラ族の娘、ヒュブリデ王国の下層階級の出身。王族と席を並べるなど、到底できぬ存在なのである。ヒロトにいっしょに食事をするよと言われて一度はお断りしたのだが、もう陛下には言ってあるから、陛下は承諾してくださったからと言われて、おっかなびっくり晩餐会に参加したのだった。

ミミアの席は、ヒロトとは反対側だった。ミミアの右隣はラケル姫、左隣はエクセリスだった。エクセリスの隣がレオニダス王子である。夕食の間、エクセリスがずっと食べ方やナイフの使い方を教えて面倒を見てくれた。それでも緊張はほどけなかった。ワインもびっくりするくらい美味しかったが、やっぱり緊張は抜けなかった。周りは凄い人ばかりなのだ。

（こんな身分の低い女といっしょなんていやだって言われないかな……）

とミミアはビクビクしながらレオニダス王子を見てみたが、王子は意に介さずマイペースで黙々と食べていた。珍しく暴言も飛び出さない。

「今日の豚焼きは美味いな」

と珍しく褒めた。

「料理人に伝えます」

と肉切り係の騎士が頭を下げる。ヒロトが席を立って、反対側のミミアのところまで来てくれた。

「誰も咎める者はいないからね。いっぱい食べてこう」

そう言ってヒロトは自分の席に戻った。

やっぱりヒロト様は優しかった。初めて会った時、雨に濡れた自分を木の陰に引き入れてくれた時と同じように優しかった。緊張している自分を心配して、わざわざ来てくれたのだ。

三種類のタルトが出てくると、またヒロトが席にやってきた。

「めっちゃ美味いよ。全部食べて、あとでどれが一番美味しかったか教えて」

そうウインクしてヒロトは去っていった。ミミアは三種類ともタルトを頬張った。ミミアの中では、洋梨のタルトが一番だった。ベリーは自分でもつくれそうだ。林檎のタルトも近いものはつくれる。でも、洋梨はものが違っていた。きっと相当いい洋梨を使っているのだろう。

（この洋梨、手に入るかな……）

3

相一郎はかなり緊張していた。すぐ左隣がキュレレというのは別にかまわない。問題は右隣だった。ヒュブリデ国王子レオニダスである。ヒロトは王子が得意のようだったが、相一郎は正直苦手だった。中学時代も高校時代も、この手のモテる系の男、イケメン系の男は苦手だったのだ。一番自分に接点のない相手だった。

「おい、眼鏡。なぜおまえは本ばかり読む？」

いきなりレオニダス王子に声を掛けられて、相一郎は飛び上がった。

「キュレレに頼まれるので……」

と相一郎がしどろもどろに答えると、王子はさらに質問してきた。

「読んでて楽しいか？」

「楽しいですけど……」

「変なやつだ」

レオニダス王子がそう言って片づけようとすると、

「相一郎、変じゃない」

とキュレレが相一郎の隣から言い返した。相一郎は驚いてキュレレを見た。キュレレは大真面目な顔をしている。

レオニダス王子が尋ねた。

「では、どんなやつだ？」

「絶倫」

（なっ！　ぜ、絶倫って、そういう意味じゃないし、今使う言葉じゃないから！）

相一郎は焦った。自分はまだ童貞なのだ。絶倫でも何でもない。こんな、国王や王子がいる前で絶倫なんて間違って捉えられたら――。

「キュレ――」

キュレレ！　と叫ぶ前にレオニダス王子が爆笑していた。モルディアス一世が驚くほど、豪快な哄笑を轟かせていた。

「そうか、絶倫か！　うはははははは！」

とさらに爆笑を響かせる。

「何だ、レオニダス」

「キュレレはこの眼鏡が絶倫だと言っているぞ！　うはははは！」

　さらに王子の笑い声が響く。

「絶倫というのはキュレレが物語で覚えた言葉で、キュレレの最近のお気に入りなんです。きっと凄いという意味で絶倫と言っているのだと思います。陛下も一度、キュレレから絶倫か尋ねられたことがあったのでは？」

　とヒロトが説明する。

「そういえばあったな」

　とモルディアス一世は笑った。そして相一郎に悪戯（いたずら）っぽい顔を向けた。

「相一郎とやら。そちも絶倫らしいな。なかなか捨ておけぬやつだ」

「ち、ちが――」

　言い返そうとして相一郎はやめた。か～っと顔が赤くなる。

（キュレレ、困るよ～！）

4

最初、キュレレはモルディアス一世の顔色ばかり見ていた。壺を割ったから怒っているのではないか、だから自分を呼んだのではないかと警戒していたのだ。

でも、モルディアス一世は上機嫌だった。キュレレが相一郎のことを絶倫と言った時も、にこやかに微笑んでいた。

（怒ってないみたい）

ようやくそのことがわかると、キュレレは飛ばして赤ワインを飲んだ。渋みと深みがあって、絶妙の味わいだった。王都に来ると、美味しいお酒が出てくる。

隣を見ると、ヴァルキュリアも飛ばして飲んでいた。

「お姉ちゃん、飛ばしすぎ」

とキュレレは忠告したが、姉は聞かなかった。案の定、酔っぱらってヒロトに抱きついた。

（お姉ちゃん、弱いくせに飲むんだから）

キュレレはまた一気に赤ワインを呷って、レオニダス王子に顔を向けた。レオニダス王子は一人、マイペースで赤ワインを飲んでいる。

正直、レオニダス王子はよくわからない人だった。知らない人である。相一郎と仲がよいわけでもないし、よくお姉ちゃんと言い合っている。お姉ちゃんの彼氏とは仲がよいみたいだ。

でも、今日、キュレレをかばってくれた。本当はキュレレが壺を割ったのに、自分が割ったと言ってかばってくれた。おかげで侍女に怒られずに済んだ。侍女がぷりぷりして王子の文句を言っているのを聞いて、キュレレは申し訳ない気分になった。本当はキュレレが割ったからキュレレが怒られなきゃいけないのだ。

給仕係の騎士が赤ワインを持って近づいてきた。キュレレはふと閃いた。

「キュレレ、注ぎたい」

とキュレレは騎士に言ってみた。

「ご自分でお注ぎになるので？」

キュレレはうなずいた。騎士が赤ワインを渡す。キュレレは椅子から下りて、赤ワインを持ってレオニダス王子のところに歩み寄った。自分をかばってくれたお礼をしようと思ったのだ。だが、何と声を掛けたらいいのかわからない。赤ワインの瓶を持ったままじっとしていると、レオニダス王子が顔を向けた。

「おれに何か用か」

「キュレレ、注ぐ」

とキュレレは言った。レオニダス王子は驚いた表情を見せた。

「おれにか？」

キュレレはうなずいた。

「そうか、注いでくれるのか。よし」

とレオニダス王子はグラスを差し出した。キュレレはなみなみと赤ワインを注いだ。

（任務完了〜〜〜〜っ！）

キュレレは騎士に瓶を渡して、席に戻った。それから、洋梨のタルトにかぶりついた。

（おいち〜〜〜っ！）

第十一章　公爵の罠

1

翌日の枢密院会議にも、シルフェリスは出席した。昨夜は国王が晩餐会を開いてヒロトたちと食事をしたそうだが、自分は声も掛けられなかった。ハイドラン公爵も呼ばれなかったと聞いている。レオニダス王子とヒロトの枢密院入りに反対した者が外されたわけだ。だが、そこに特別な感情はない。ヴァンパイア族も招いたというから、ヒロトとの親睦を深めるためだったのだろう。

ヒロトもレオニダスも酒の匂いを漂わせることなく、時間通りに執務室に現れた。王子の席は、やはりヒロトの右隣である。自分の心臓の側はヒロトに預けるというわけだ。

前日の議題は内政だったが、今日の議題は外交だった。開始早々、口を開いたのはハイドラン公爵だった。

「リンドルス侯爵自らが来られて我々に挨拶をされた以上、我らも同等の使者を派遣して親睦を深めるべきではないかな、と思っている。アグニカとガセルとの間に和議が結ばれたとはいえ、火種が完全に消えたとは言い難い。また両国が衝突し、開戦する可能性は残っている。火種を未然に消すためにも、アグニカ国との連携は欠かせない。連携を強めるためにも、リンドルス侯爵と同等の使者をアグニカに派遣する必要があるのではないかと思うのだが」

　と公爵は切り出した。リンドルス侯爵と同等クラスというと、相当の大物の大貴族である。恐らく意味するところは、公爵である自分を派遣せよ、だ。

「アグニカだけでなくガセルにも、同時期にアグニカと同等の使者を送るべきです。再びアグニカとガセルの間に衝突が起きた場合、一国だけ強いつながりを持っていたのでは、衝突を最小限に抑えることが難しくなります。ガセルとも強いつながりを持っておくことが重要です。このたびのトルカ紛争では、メティスとの間に強いつながりを持っていたことが和議締結の大きな糸口になりました。もしメティス以外の将軍だったなら、敵将との間に強いつながりはなく、したがって解決は難しくなっていたと思います。アグニカとガセル両国に対して強いつながりを持つことが非常に重要です」

　とすかさずヒロトが発言した。シルフェリスは、思わず口を半開きにした。的を射た意見だった。辺境伯が切れ者というのは、確かにその通りらしい。

ヒロトの意見に、ハイドランが言葉をつづけた。

「では、手分けをせねばなるまい。ガセルはどなたかにお願いするとして、アグニカはわたしが行ってもかまわぬが。わたしには今、仕事がない。他の者には仕事がある。わたしのような暇人が行くのが一番よいのではないかと思うのだが」

と、やはりハイドラン公爵がアピールしてきた。すかさずヒロトが言葉を継いだ。

「そうなると、公爵閣下と釣り合う方をガセルにも送らねばならなくなります。公爵閣下は王族の方ですので、同じ王族の殿下をガセルに派遣するということになります」

「レオニダスを送る必要はないのではないか？」

すぐにハイドラン公爵が突っ込む。だが、ヒロトも負けてはいない。

「アグニカに王族を送りながらガセルには王族でない者を送れば、我が国がアグニカに重きを置き、ガセルを軽んじていることになります。そうなれば、ガセル王の我が国に対する印象も感情もよいものとはなりません。その状態で強いつながりを築くことは絶望的です。また、アグニカには公爵閣下を、ガセルには殿下を派遣する案については、次期王となる可能性のある方二人を同時に異国に送り出すことになりますので、ヒュブリデ国の未来を考えれば望ましくありません。大貴族若しくはエルフの方からお願いするのが最も好ましいと存じます」

と切り返した。

（確かに雄弁……）

昨日はヒロトのことを不道徳と非難したシルフェリスだったが、外交の知見に関しては、素直に認めるしかなかった。確かに、よくものが見えている。モルディアス一世が手許に──枢密院に──置きたがるわけだ。

宰相パノプティコスは穏やかな表情を浮かべていた。ヒロトの答弁に満足している様子である。大長老ユニヴェステルの表情は変わらない。この程度の返答は当たり前だと考えているのだろう。レオニダス王子は、してやったりとばかりににたにたと笑っていた。ハイドラン公爵が言い返されているのが楽しいのだろう。

そして肝心のハイドラン公爵は──朗らかに微笑んでいた。

（なぜ反論されて微笑んでいるの？　気分を害さないの？）

「わたしの間違いを辺境伯が正してくれた。さすが辺境伯だ。感謝申し上げる。陛下、大貴族かエルフということでご調整なさっては？」

「では、そうせよ」

とモルディアス一世は満足そうにうなずいた。

2

ユニヴェステルは、ヒロトとハイドラン公爵のやりとりを興味深く見守っていた。公爵はやはりアグニカのことを持ち出してきたが、ヒロトがしっかりやり込めた。

感嘆したのは、ハイドラン公爵のことだった。ヒロトに誤りを指摘されて、また反論するのかと思っていたのだが、素直に過ちを認めてヒロトの考えをモルディアス一世に伝えたのである。

よき態度だった。上に立つ者にあるべき態度だ。自分の過ちを認めて正すことができる力は、上に立つ者には特に必要なものだ。正すことができなければ、過ちのまま突っ走って国の進路を誤らせる。

「ところで引き続きわたしから提案があるのだが、サラブリアの兵を増やすべきではないだろうか？」

といきなりハイドラン公爵は言い出した。

「辺境伯はずっと王都に滞在されることになる。辺境伯がサラブリアにおればこそメティスを威嚇し、ピュリス軍を抑えられていた部分もあると思うのだが、辺境伯はサラブリアからいなくなる。となれば、ピュリス軍が渡河する可能性は増そう。それに備えるためにも、そしてピュリス軍を威嚇するためにも、サラブリアに数百人の兵を増やすべきではないか？」

公爵にしてはまともな提案だった。

確かにヒロトがいなくなることで、ピュリス軍に対する睨みは弱くなる。その分を増兵で補おうというのは、理に適っている。

（ヒロトはどう判断する？）

「馬鹿め、兵を増やしても意味があるか」

レオニダス王子が早くも暴言を放った。

「馬鹿とは、枢密院にふさわしい物言いとは思えぬが」

とハイドラン公爵が微笑みを向ける。

（またやり合いか？）

思った途端、ヒロトが割り込んだ。

「殿下の意見に同意します。ただし、馬鹿は除きます。相一郎とキュレレ姫はサラブリアに残ることになります。相一郎はヴァンパイア族とのつながりが非常に強く、サラブリアが危機に陥った時、ヴァンパイア族に協力を要請することができる人物です。仮に相一郎とキュレレ姫がサラブリアに不在の場合でも、ヴァンパイア族の監視は継続されます。定期的にヴァンパイア族がテルミナス河上空を飛ぶ姿を見て、軽率な行動に走るピュリス兵はほぼいないでしょう。また、ピュリス軍のメティス将軍は非常に賢明な人物です。メティスが仕えるピュリス王イーシュは平和協定を支持しており、協定に満足しています。メティスがわざわざ協定を破ってサラブリアに進軍する可能性は非常に低いと考えています。しかし、増兵すれば、ピュリス軍に無用な警戒をさせることになります。ガセルに対して睨みを利かせるための増兵が、ピュリスに無用な警戒をさせるものとなる可能性があります。その方が危険だと考えています」

レオニダス王子は口を開かなかった。ヒロトの説明に満足したらしい。また醜い舌戦となるところを、ヒロトが封じたのだ。

(雄弁は暴言を制すか)

とユニヴェステルは腕を組んだ。衝突の危険は再びヒロトによって取り除かれたことになる。

ハイドラン公爵は余裕だった。何度もうなずき、

「辺境伯の枢密院入りには、わたしは国境防衛の観点から反対したが、辺境伯が枢密院にいてくれると自分の過ちや思い込みを正されて、大いに助けられる。ところで、一つ確認しておきたいのだが、またアグニカが攻撃を受けた場合、ヴァンパイア族は協力してくれ

るのだろうか？」

と突っ込んできた。

「恐らく協力しません」

とヒロトが即答する。その答えを待っていたように、ハイドラン公爵は畳みかけた。

「ならば、やはりサラブリアに増兵すべきではないか？」

3

ヒロトはじっとハイドラン公爵を見た。増兵の提案は、正直予想外だった。まさか、公爵の方から軍事的な提案が出てくるとは思わなかった。

（目的は何だ？　何の伏線だ？）

考えていたせいで、王子の暴言を許してしまった。すぐに封じ込めたが、その直後、公爵が再び増兵を提案してきた。

そうか。

アグニカを含めての増兵の提案か。やはり、公爵の目線はアグニカに向いている。

ヒロトはすぐに言い返した。

「平和協定はありますが、我が国が継続して第一に警戒すべきは、ピュリス軍です。ガセル軍ではありません。また、サラブリアの兵は、第一にピュリスからの攻撃を防ぐためにあります。アグニカ防衛は付随的です。我が国はアグニカと互助協定を結んでいますが、協定の中にアグニカへの他国の侵略を防ぐために措置を講ずるという項目はありません」

すぐさまハイドラン公爵が反論に出た。

「だが、ガセルはヴァンパイア族が来ないことを知っている。さらにピュリスの後ろ楯もある。さればこそ、サラブリアに多くの兵を駐屯させるべきではないのか？」

大法官と書記長官がうなずく。

まずい。

公爵に流れを持っていかれてしまう。ヒロトは反論の口火を切った。

「平和を求めてガセルに大使を送りながらサラブリアに増兵を行えば、必ずガセル王の耳に入ります。貴国は平和を求めていると言っているが、なぜサラブリアに増兵をしたのか、それは戦争をするためではないのか、とガセル王に突っ込まれれば、大使は返答に窮します。あくまでもピュリスに備えてのものだと答えれば、貴国はピュリスとの間に平和協定を結んでいる、にもかかわらず増兵はおかしいではないか、とガセル王に切り返されてしまいます。つまり、ガセルとの友好は上っ面であって、あくまでもアグニカの平和を守りたいだけだということを見透かされてしまいます。その結果、ガセルと強いつながりを結ぶことに失敗してしまいます。先に申し上げた通り、アグニカとガセルの衝突を防ぐためには、両国に対して強いつながりを持つことが重要です。アグニカとのみ強いつながりを築いても、衝突は防げません。アグニカと同等にガセルとも強いつながりを築くことが絶対的に必要です。増兵は、ガセルとの関係を大きく阻害します」

　ヒロトの長口上に、

「だが、五百の兵がサラブリアにおれば、アグニカに何かあった時にすぐに駆けつけることができる。そのことによって、衝突を小さなものに止めることができる。そうではないか？」

　とハイドラン公爵が粘ってきた。なかなかしぶとい。

「サラブリアに五百人の規模で増兵することは、第一にガセルとのつながりの強化を破壊します。第二に、増兵を行っても衝突を防ぐことができません。増兵により、ピュリス軍の増兵とガセル軍の増兵とを呼ぶ可能性があります。アグニカ東部の港は浅く、大きな船を着けることができません。援軍を派遣すれば、ピュリスとガセルの連合軍に鴨にされる可能性が高いです」

　ヒロトの反論に、

「そこをどう考えるのかが辺境伯の仕事ではないのか？」

と公爵はいやらしく突っ込んできた。ヒロトも切り返す。

「自分がいた世界でも、無用な戦争、無謀な戦争に突っ込むのは戦争を知らぬ者、用兵を知らぬ者、机上の空論で考えてしまう者でした。実際に兵を知り、兵站を知り、用兵を知っている者ほど、無謀な戦争には突っ込まぬものです。負ける戦は行わぬように説得するのも、辺境伯の仕事です。ご存じの通り、メティスを将軍として引き上げたのは、ガセル王妃です。ガセルがアグニカに侵攻すれば、必ずメティスが動きます。メティスは智将です。河を遡る作戦を避けて、次は陸の作戦に出る可能性があります。夜闇に紛れて陸続きでガセル国にピュリス兵を移動させ、船でテルミナス河を遡れば、ピュリス軍は五百のヒュブリデ兵を気にすることなくアグニカを攻撃することができます。それを防ぐ楯も矛も、我が国にはありません。あるとすれば、四カ国のつながりだけです」

「辺境伯が手がないと主張するのは、いささかまずいのではないか？」

とハイドラン公爵が軽くヒロトをなじる。ヒロトはずばっと反撃の剣を突き刺した。

「手がないのに手があると嘘をつくことが、最もまずいです。そして手がないことを説明している者を非難するのも、二番目にまずいです」

ヒロトの批判に、ハイドラン公爵が沈黙した。レオニダス王子が、ヒロトのすぐ隣で嘲笑を浮かべた。

馬鹿め。ヒロトに戦いを挑むからだ。

そういう顔だった。

そしてハイドラン公爵は——驚いたことに笑顔を見せていた。

「アグニカの問題は決して小さな問題ではない。それゆえ小さなことも詰めておかねばならぬ。そう考えて、これから起こりうることをお尋ねしたのだが、さすが辺境伯だ。では、増兵はせずにつながりを求めるということにいたそう。陛下、それでよろしいですかな？」

ヒロトはじっとハイドラン公爵を見ていた。

ものわかりがよすぎる。

一カ月ほど前の時には、ヒロトを賞揚する言い方はしていなかったのだ。だが、今日は素直に引いて自分を持ち上げている。

トルカ紛争のことで、改心した？　自分を見直した？　見直したのならば、なぜ、「そこをどう考えるのかが辺境伯の仕事ではないのか？」と挑発し、なじるのか。

こう考える方が適っているのかもしれない。途中まで、ハイドラン公爵は自分をやり込めるつもりでいた。だが、やり込められないとわかったので、ダメージが低い段階で退いた。無理に反論して感情的になれば自分にマイナスイメージがつくため、敢えてヒロトが公爵に向けた反論──「手がないことを説明している者を非難するのも、二番目にまずいです」──に対しても、スルーした。そして、ヒロトを褒めてみせた。

ハイドラン公爵の第一の目的は、次の王になることのはずだ。ヒロトが斜に構えすぎなのかもしれないが、ハイドラン公爵は、ヒロトの批判に対して敢えて反論せずおとなしく退き、ヒロトを褒めることによって、自分は器の大きな人物である、異なる意見を受け入れられる度量の広い人物であるとアピールしようとしたのではないのか。

(おれ、ひねくれすぎかな)

ヒロトは自問した。ひねくれすぎかもしれない。ハイドラン公爵を悪く捉えすぎなのかもしれない。もしかすると、公爵は本当に広量な人なのかもしれない。

でも──。

《そこをどう考えるのかが辺境伯の仕事ではないのか?》

《辺境伯が手がないと主張するのは、いささかまずいのではないか?》

二つの突っ込みが気になる。あれは広量さ──度量の広さから来る質問ではない。ヒロトを貶めるためのものだ。

「では、またご提案してもよろしいかな?」

とハイドラン公爵が挙手した。

（また？　次は何を提案するつもりだ？）

ヒロトは身構えた。公爵がつづける。

「東の憂いをなくすためにも、マギア国に使者を送って、賠償問題は解決済みであると改めて伝えた方がよいと思うのだ」

4

レオニダスは、思わず叔父を――ハイドラン公爵を睨みつけた。怒りの炎が燃え上がった。

「ふざけるな！　敵に塩を送るつもりか！」

発作的にレオニダスは叫んだ。

「おや。わたしは甥っ子に死刑にされるのかな？」

涼しげな表情で、冗談まじりにハイドラン公爵が挑発する。その表情が、レオニダスの神経を逆撫でした。

（何だと……！　ふざけやがって！）

さらに怒りが倍増する。罵詈雑言をぶつけようとしたその時、

「どうえんか〜♪」

ヒロトが場違いなほど調子っ外れな、無礼な呼び方で自分を呼んだ。どうえんか〜とは殿下のことである。

「誰が『どうえんか』だ！」

叫んだ途端、ヒロトの恐ろしいほど真面目な視線にぶつかった。ヒロトの顔は、思った以上に自分のすぐ近くにあった。そして、表情は真剣だった。そのあまりの真剣さに、レオニダスは怯んだ。怯んだ隙にヒロトは顔を寄せ、囁いた。

「罠です。殿下をキレさせて枢密院から追放させようという罠です。殿下は今、半分罠に陥っています。次に罵倒したら、罠から抜けられなくなります。自分にお任せを」

怒りが、瞬間的に遠のいた。

(罠……!?　おれを追放させようという罠……!?)

目が泳いだ。泳いだ目が、ハイドラン公爵に向かう。公爵は、相変わらず涼しげな表情を見せている。

(叔父が、今、おれを罠にかけようとしているのか？)

いや。

すでに罠に落ちているのか？　ヒロトは半分罠に落ちていると言っている。

　ヒロトが離れ、すぐに口を開いた。

「マギア国は今、我が国に対して借りがある状態です。ヴァンパイア族の少年が国境を越えてマギアに墜落した時、マギア兵が瀕死の重傷を負わせました。その時、我が国のエルフの医者が、ヴァンパイア族の少年を救ったのです。もし少年が死んでいれば、マギア王宮は復讐の場となっていたことでしょう。マギアは我が国に借りがあるのです」

　とヒロトは一旦、言葉を切った。

「賠償問題が解決済みだと宣言することは、マギアへの贈り物となります。我が国がマギアに対して借りがある場合は、賠償問題は解決済みだと宣言して借りを返す案は選択肢に入ります。しかし、我が国はマギアに対して貸しがあります。貸しがある状態で贈り物をすれば、マギアに対して持っている優位を我が国が失うことになります。それは外交的損失と言ってよいものです。賠償問題は解決済みだと宣言する必要はまったくありません。むしろ、宣言してはなりません。宣言して外交的優位を失うことは、絶対に避けるべきです」

　見事な雄弁だった。説明としては完璧である。レオニダスが思っていたことの半分を、ヒロトが説明してくれた。だが、ヒロトの雄弁に対して、ハイドラン公爵は返事を用意していた。

「さすが辺境伯だ。だが、わたしはレオニダスに尋ねたのだ。わたしを死刑にするのかどうかの答えをまだ得ておらぬ」

その言葉に、

(罠だ)

とレオニダスは直感した。ヒロトの言う通り、罠だ。自分に答えさせて、自分を失脚させようとしているのだ。

「先に申し上げておきます。殿下の『死刑だ』は、せいぜい『くそっ!』程度の意味です。首吊りにしろとか首を切れという意味はまったくありません。お付き合いの長い公爵閣下に申し上げるまでもないことですが、殿下の言葉のきつさに惑わされてはなりません」

ヒロトの説明に、すぐにハイドラン公爵は口を開いた。

「わたしはレオニダスに聞いているのだ。レオニダスに答えてもらいたい」

ヒロトがすかさずレオニダスに耳打ちした。

「自分の言いたいことはすべてヒロトが言ったと答えてください」

レオニダスがうなずくと、

「辺境伯の入れ知恵ではなく、レオニダスの考えで、レオニダスの言葉で直々に答えてもらいたい」

と、さらにハイドラン公爵が追い打ちを掛けてきた。レオニダスは公爵を睨んだ。あくまでも自分に答えさせて、自分を失脚させようという魂胆らしい。

「殿下に暴言を吐かせようというお考えならば、どうかおやめを。枢密院会議は、国策について話し合う場です。一個人を死刑にするのかどうかを話し合う場ではありません」

とヒロトがまた遮る。かなり直接的な言い方だった。宰相パノプティコスが口を開き——

その瞬間、ハイドラン公爵が退いた。

「これは失礼した。もしレオニダスがまた暴言を吐いたら、わたしは叱責するつもりでいた。叔父として甥を叱って、枢密院顧問官の意識を持たせるつもりでいた。少し出しゃばりすぎてしまったようだ。皆の者、お許しをいただきたい。マギアの賠償問題についても、深く理解した。辺境伯のご指摘の通りだ。我が国が優位を失うことがあってはならぬ」

そう言って、公爵は口をつぐんだ。レオニダスへの攻撃を中止したのである。

レオニダスは、じっと叔父を睨んだ。

（ヒロトに言われて、槍を引っ込めたな。さらに反論しておれに発言させろと言えば、パノプティコスが出てきたはずだ。王子に執心しすぎではないかと突っ込まれて叔父の印象が悪くなる。それを恐れたな）

そうレオニダスは直感した。ヒロトが割って入ってくれなければ、自分は激しく叔父を罵倒していただろう。その先に待っていたのは――。

レオニダスはヒロトの横顔を見た。ヒロトはハイドラン公爵に負けないくらい、涼しげな表情を浮かべている。公爵に対する牽制くらい、ヒロトには朝飯前なのだろう。

「礼を言うぞ」

とレオニダスは囁いた。

「殿下もよく我慢なさいました」

とヒロトが口を覆って囁き返した。レオニダスは沈黙した。王子として生きてきて、褒められたことは少ない。いつも、兄のユリアヌスと比較された。ユリアヌス様はお行儀がよいのに、どうして殿下はそうやんちゃなのですか。ユリアヌス様は、こんなもの、二つ下の時にできていらっしゃいましたよ。殿下は勉強に身が入っておりません。ずっとそう言われてきたのだ。

レオニダスは首を横に振って言い返した。

「馬鹿言え。たいしたことはしておらぬ。おれは暴言を言うだけの王子だ」

第十二章　吸血鬼の国

1

モルディアスは満足であった。最も信頼する家臣のヒロトが、外交と軍事の両面において遺憾なく優秀さを発揮してくれたのだ。居並ぶ顧問官たちは圧倒されていた。

（ヒロトがおると、本当に助かる。すぐに明快に答えが返ってきて、会議も進む。予定よりも早く終わる）

ヒロトを枢密院顧問官にしてよかったとモルディアスは思った。国務卿の称号は飾りではない。まさに国務卿である。

感心したのは従兄弟のハイドランの態度だった。アグニカに対して贔屓の姿勢を見せながら、ヒロトに過ちを指摘されると素直に認めて引き下がっていた。

レオニダスは、今日については少しおとなしかったと言うべきだろう。一度、ハイドランに噛みつきかけていたが、ヒロトが防いでくれた。ヒロトが何を囁いたのかはわからぬが、それっきりレオニダスはおとなしくなった。どうやら、ヒロトがいるとレオニダスは静かになるようだ。

会議が終了すると、ヒロトがやってきて自分の後任を決めるために一度帰郷したいと話してきた。副長官を後任にすればよいのではないかと言うと、副長官を自分の書記官に就けたいのだと言う。枢密院顧問官は自分の書記官を持つことができる。

では、そちの代理と新しい副長官を決めるということだな、とモルディアスはうなずいた。もちろん、許可した。今日、ヒロトはそれなりの働きをしてくれたし、何よりも枢密院顧問官になってくれたのだ。早いうちにサラブリアの問題を片づけてきた方がよかろう。

執務室には、ヒロトといっしょに陸路で戻るというので相一郎とキュレレ姫も駆けつけた。キュレレを見ると、自然に笑みが浮かんでしまう。異種族の子供なのに、かわいくてたまらない。

「キュレレ、帰る」

とキュレレ姫は言った。

「また相一郎に本を読んでもらうのだな。また来るがよい」

とモルディアスは笑顔で送り出した。

2

満足な会議だった、と大長老ユニヴェステルは思った。ヒロトはまさにヒロトらしさを発揮してくれた。驚いたのは、ヒロトがレオニダスを封じ込めたことだった。どうやら、ヒロトがいるとレオニダスの毒舌は抑えられるらしい。

だが、レオニダスは王には向かぬ男だ。すぐに激昂するのは危険な兆候である。父親譲りなのだろうが――。

（現時点では、どちらを王に選ぶと言われれば、ハイドラン公爵だ。レオニダスは論外だ）

消去法になるが、ハイドラン公爵は、王にあるべき寛大さを見せた。ヒロトの意見を受け入れる度量も見せた。レオニダスを挑発したのは余計だったが――。

恐らく、レオニダスに暴言を吐かせてまた枢密院から追放させるつもりだったのだろう。権力争いには鼻の利く男である。ユニヴェステルは、十五年前にも国王推薦会議に大長老として立ち会っている。そして十五年前にハイドランではなくモルディアスを選んだ理由が、ハイドランに実直さが見えないことと権力争いに鼻の利くことだった。枢密院が政争の泥沼となることを危惧して、モルディアスを選んだのである。

自分個人としては、ヒロトが即位するのが好ましい。だが、ヒロトが即位すれば、恐らくヴァンパイア族の王妃が誕生することになる。それは、大貴族の反発を呼び、内紛につながる可能性がある。現時点では、ヒロトを即位させることはできない……。

3

残念だ、とハイドランは思った。マギアのことでレオニダスを挑発して葬るつもりだったのだが、ヒロトに阻止されてしまった。それでも何とかレオニダスに発言をさせようとしたのだが、ヒロトにかなり直接的な物言いで封じられてしまった。パノプティコスも発言しようとしたので、慌てて退いた。

いささか、レオニダスにこだわりすぎてしまったようだ。それは反省である。自分の不徳の致すところだ。

ヒロトは非常に強烈な男だった。小手調べもあって色々と質問を繰り出したが、すぐに明快な答えで瞬殺された。ピュリスの姫君フレイアスを瞬殺にしたのは、伊達ではなかった。一つでも自分の提案を通すことができれば、より自分の存在感をアピールすることができたのだが、それは叶わなかった。

ヒロトは、ますます自分の前に立ちはだかる存在になるだろう。あの男は、自分の前に塞がる存在となる。味方につけられれば最高だが、マギアやアグニカをめぐってヒロトとは考えが一致しない。マギアへの賠償問題は解決済みだと宣言すべきだと自分は考えているし、アグニカとの軍事協定は強化すべきだと考えている。つまり、あの男とすべて正反対というわけだ。

（残念ながら友人にはなれぬな）

恐らく、わたしはあの男を倒さねばならなくなるのだろう、とハイドランは思った。その勝敗は、この国の分水嶺になる。

ヒロトが枢密院顧問官に加わった。それは、常時、ヴァンパイア族が王都に滞在することを意味する。ヴァルキュリアという娘は、ずっと王宮にいるはずだ。ヴァンパイア族の影響が増すことは避けられない。

これ以上、あの男の影響力を――ヴァンパイア族の影響力を――強めさせてはならない。王宮にまでヴァンパイア族の影響が及ぶということにしてはならない。この国はヒュブリデ人の国なのだ。吸血鬼の国ではない。この国を吸血鬼の国にしないためには、自分が王になるしかない。

第十三章　墓

1

　サラブリア州州都プリマリアの宿には、二人の男女が集まっていた。ハイドラン公爵の密偵である。

「収穫は？」

　男の問いに、

「やっぱり辺境伯には女がいるみたいだよ。それも四人。噂だけどね」

　と女は答えた。

「おれもそれは聞いた。四人もの女と関係しているとなれば、辺境伯を引きずり下ろせる。不道徳な者を枢密院に置いておいてよいのか、とな。シルフェリス副大司教に教えてやれば、必ず追放に動く」

「でも、陛下は辺境伯がことの外、お気に入りだからね」

女の言葉に男はうなずいた。

「噂では、辺境伯に打撃を与えられぬ。閣下は辺境伯を揺さぶれる確固たる証拠をお望みだ。具体的に誰と誰なのか、近親の者の証言が必要だ」

男の強い語調に、

「そう思って、今度飲むことにしたんだ。ドミナス城の護衛の騎士と」

女はしてやったりの笑みを浮かべた。ドミナス城は、辺境伯の居城である。その城の騎士となれば、秘密の情報をつかんでいるに違いない。

「で、いつだ？」

2

レオニダスは、ヒュブリデ王国北東の州ダエグの第三の町ユールに来ていた。王族が訪れるような町ではない。石造りの無骨な町並みは、市門を入るとすぐに終わってしまう。町が小さいのだ。

レオニダスは町を抜けて北辺の窪みに集まる墓場を訪れていた。地方レベルで終わった名もない者たちの石の墓が並ぶ中、同じように目立たぬ墓が立っている。

刻まれている名前は、キルデリス――。

レオニダスは赤ワインを一本、たっぷりと墓石に掛け、片膝を突いた。

「また会いに来たぞ、キルデリス」

と墓石に話しかける。

「おまえと同じように、おれをかばってくれるやつがいる。おれはそいつがおまえと同じように失脚しないか心配している。決して失脚せぬように祈っていてくれ」

そう言って、レオニダスは目を閉じた。

3

ハイドランもまた、自宅に戻って離れにある立派な墓に来ていた。モザイクで女の顔が描かれている。

眠っているのは亡き妻テルミアだった。

国王推薦会議に敗れた自分の許に嫁いできた、アグニカ人の女だ。美しい金髪碧眼の持ち主だった。

《あなたが王ではなくても、わたしにとってはあなたは王です》

初夜をともにしようという夜、妻が言ってくれた言葉は今も心に残っている。

この女がいれば自分はいい。

王にはなれなかったが――なれると思っていたが――それでも、よいではないか。自分は伴侶という宝石を手に入れたのだ。

そう思った。

だが、その宝石は数年で去ってしまった。

《精霊様がずっとあなたを見守ってくださるように……今度こそ、あなたが王になれますように……》

それがテルミアの最期の言葉だった。

最期まで、自分を励ましてくれた女だった。以降、ハイドランは妻を娶っていない。テルミア以上の妻は迎えられないだろう。

ハイドランは墓石に話しかけた。

「テルミアよ。精霊は再びわしに王位の贈り物をしようとしてくれているようだ。だが、どうやら一人、わしの前に立ちはだかる者がいる。わしが王冠をかぶれるように、わしを支えてくれ。邪魔者を弾いてくれ」

第十四章　ヒロト連敗

1

相一郎は久々に、ヒロトといっしょの馬車に揺られていた。ヒロトの左隣はヴァルキュリア。相一郎はキュレレと並んで、ヒロトたちの真向かいに座っていた。疲れたのか、キュレレは眠っていた。顔が少しうれしそうなのは、夢の中でも自分に朗読をしてもらっているのかもしれない。

馬車の両側は、背の高い草原だった。ノブレシアの北西部である。ノブレシアを抜ければオルシア、その次にはサラブリアだ。

これで最後か……と相一郎は思った。サラブリアに戻って州長官代理と新しい副長官を決めれば、ヒロトはすぐ王都に戻ることになる。そしてしばらくは戻ってこない。ヒロトは枢密院顧問官になったのだ。

「キュレレは王都に連れていかないんだよな？」

と相一郎は気になることをもう一度確かめてみた。

「相一郎はサラブリアにいてほしいと思ってる。ピュリスが攻撃してきた時に、ヴァンパイア族に確実にお願いできる者が欲しいんだ。相一郎以上の適任はいないって思ってる」

幼馴染みの返事に、相一郎は黙っていた。

ヒロトが自分を信頼してくれているのはうれしい。けれども、ヒロトとはこれで離れ離れになってしまうのだ。

この異世界にやってきてから、ずっと同じ場所で暮らしてきた。ヒロトが外国にいる間はいっしょにいなかったりするけれど、この数年間、ほぼずっとヒロトといっしょだった。少なくとも定住の地——住所は同じだった。

それが——ヒロトがいなくなる。サラブリアからヒロトの姿が消える。育ってきた環境も世界も同じで、話す言葉もほぼ同じで、意思疎通に基本的なレベルで苦労しない相手がいなくなるのは、寂しいものだ。

ヒロトといっしょに王都にいたい？

本当は。

でも、キュレレを王都に連れていくわけにはいかない。ゼルディスも、きっと次女の王都滞在は許さないだろう——ヴァルキュリアの滞在は許すとしても。

帰路、相一郎とヒロトたちはオルシア州の州都に立ち寄った。王子が再び枢密院に戻ったことを告げると、エルフ長老会支部長は渋そうな表情を浮かべていた。

「我々の耳に届くのは、殿下の悪い噂ばかりです。つい先日も、大長老にハゲと言ったとか。宰相にも不届き者と乱暴な言葉を投げつけているとか。皆、昔と同じ乱暴者だと噂し合っています」

「でも、ハイドラン公爵は時代後れの考えを背負ってしまっているんだと思う。今のヒュブリデは、ヴァンパイア族と手を携えていく時代に突入している。陛下は新しい時代の考えにしっかり対応されている。ヒュブリデに必要なのは、陛下のような方なのだと思う」

とヒロトは話したが、

「あまり殿下がこの国に必要だと思う者はいないでしょう。亡き兄君なら、多くの者が応援したでしょうが……」

王子はほんと、人気がないんだなと相一郎は痛感した。ヒロトはレオニダスを次期国王として考えているようだが、土台、無理な話だ。あの言動では、到底国王にはなれない。きっと次期国王はハイドラン公爵だろう。そしてヒロトの心労はつづく……。

2

エルフ長老会プリマリア支部長アスティリスと、ネカ城城主ダルムールの説得に、さほど困難はなかった。すでにヒロトが枢密院顧問官になったことは手紙で知らされていたし、そもそも、二人とも今度ばかりは国王の要請を断れないだろうと予想していたらしい。

「それで我が娘は――？」

とダルムールは早速尋ねてきた。執務室の中で、ソルシエールが聞き耳を立てるのがわかった。

「連れていきたいと思っています」

とヒロトが答える。

「そうか……。わたしはまったくかまわんが、ソルシエールは――」

とダルムールが娘に顔を向けようとすると、

「わたしも参ります」

とソルシエールは即答した。それでソルシエールの件は終わった。その後、

「それで相一郎殿とキュレレ殿は？」

とアスティリスが尋ねてきた。ヒロトが連れていかない、二人はここにいると答えると、安心していた。

（やっぱり、おれはここにいるんだな）

と相一郎は感じた。

いよいよヒロトと離れ離れになるのだ。この世界に来てから、ずっと同じ土地で暮らしてきたヒロトと――。


ゼルディスへの報告も、別に問題はなかった。キュレレがサラブリアに残ると聞くと、ゼルディスは安心した様子だった。

「じゃじゃ馬が邪魔(じゃま)をせぬかのう」

と意地悪な笑みを長女に向けた。

「邪魔してやる、こうして邪魔してやる～♪」

とヴァルキュリアは思い切りヒロトに抱(だ)きついていた。

3

ヒロトが進退の問題で報告があるとメティスに手紙を送ると、すぐに返事が来てヒロトはテルミナス河の中州(なかす)で会うことになった。

出会って二年以上。

会った回数は十回を軽く超える。出会いを何度も重ねてきたことが、先日のアグニカの紛争では役に立った。メティスとの太いパイプがなければ、アグニカの問題は解決できなかっただろう。

ヒロトは珍しくアスティリスとダルムールを伴って、いつもの中州の場所に出向いた。合わせるようにメティスも書記官を率いてやってきた。

「今日は女がおらぬな」

「用事でね」

とヒロトが答えると、

「わたしが当ててやろう。おまえは枢密院に入ったのだろう」

とメティスは切り込んできた。

（す、鋭い……っていうか、当たった）

さすが智将である。

「なんでわかったの？」

「女の勘だ」

とメティスがごまかす。情報が入っていたのか、あるいは国王の動きを読んだのか。

「手紙には進退の問題と書いてあった。その上、すぐわたしに会いたいと言ってきた。進退の問題とは、ここを離れるということだ。離れるとすれば、王都以外ありえぬ。それも恐らく長期滞在だ。枢密院入りを考えぬのは間抜けだ」

とメティスが種明かしをする。さすがの推測である。メティスはいきなり意地悪な笑みを浮かべて、

「我がピュリスには吉報だ。これでいつでもサラブリアに侵攻できるな」

と本気か冗談かわからないことを口にしてきた。

「秘密兵器がいるからやばいと思うよ」

とヒロトが答えると、メティスはわかっているぞとばかりに笑みを浮かべた。

「紹介するよ。エルフ長老会プリマリア支部の支部長アスティリス。それから、古くからの友人のダルムール。飛空便の立役者なんだ」

とヒロトは連れてきた二人を紹介した。

「これからは二人が将軍と会うことになる。相一郎も来ると思うけど、たぶんキュレレもいっしょにやってきてお花を摘んでるだけだから」

「あのチビがいないのは残念だな」

「また二人いっしょに、お花の冠をもらえなかったね」

とヒロトは笑顔で応じた。メティスも笑顔で答える。出会うたびに、二人とも笑顔になる。ヒロトにとってメティスは会って楽しい敵将だが、メティスにとってもヒロトは会って楽しい敵将なのだろう。

「すぐに発つのか？」

「うん、もう今週中にはいなくなる」

「おまえも馬鹿な男だ。黙っておれば、おまえがいなくなるのはもう少し後になって知れたものを」

とメティスがわざと嘲笑を浴びせる。

心底軽蔑した嘲笑ではない。親しき間柄での、意図的な軽い嘲笑である。

「付き合い、長いからね。舟相撲できなくなるのも寂しいし、最後にもう一度舟相撲をして今度こそ勝利を収めておこうと思って」

「おまえが勝てるものか」

とメティスが即答する。

「わかんないよ。枢密院入りして、力が上がっているかもしれない」

「出たな」

とメティスは早くもにやにやしている。

「勝負してやる」

そう言うメティスに、

「連敗伝説に終止符を打ってやる」

とヒロトも応えて、テミルナス河へ向かった。すぐさま、舟の上で睨み合う。

(もしかして手向けに勝たせてくれる？　意外に優しいところを見せてくれる？)

一瞬、ヒロトは期待した。

(いや。メティスは根っからの剣士だからな。やっぱり勝たせてくれないよな)

でも、もしかすると——という期待が、ヒロトの予想にこびりついた。もしかすると、手向けで勝たせてくれるかもしれない。

(全力でぶつかるのみ)

ヒロトはメティスと両手を合わせた。

(感触は——)

次の瞬間、ヒロトの身体は宙に舞っていた。踏ん張る時間もなかった。ふわっと腰が浮き上がったかと思うと、メティスが身体をかぶせてきた。弁舌では何度もピュリスを打ち破ってきたヒロトは、見せる場をつくる間もなく、ぶざまに背中からテルミナス河に落下した。

（また負けた〜っ！　手向けなんかくれなかった〜〜っ！）

沈み込んでいくヒロトに、メティスの身体が重なる。

顔面に白い衣装が迫り、突然、豊満な胸が押し寄せた。メティスがヒロトの背中に腕を回し、胸を押しつける。

（んぐぅ！）

ヒロトはもがいた。圧倒的なボリュームの肉塊が、水中でヒロトの顔に押し寄せる。ずっと見てばかりで触れたことのなかったメティスの爆乳に、初めて顔面が密着したのだ。

（んぐ〜！　気持ちいいけど死ぬ！）

思ったところでメティスが離れ、先にメティスが、つづいてヒロトが浮上した。

「見ろ。瞬殺だ。弱いやつめ」

とメティスが笑った。

「うぬれ、また連敗」

「戻ってくれれば、いつでも相手してやる。また瞬殺してやる」

そう言ってメティスは笑った。

第十五章　明滅

1

居酒屋に現れた男は、騎士らしいがっしりした大柄な身体をしていた。身長は百八十センチ以上、体重も九十キロ以上ある。肩の筋肉も首の筋肉も、常人とは違っていた。相当剣の修行をしてきたのだろう。

騎士は、先に座っていた男と女を見ると、少し驚いた表情を見せた。それから、人懐っこい笑みを浮かべた。

「本当に美人だな。知り合いから美人だって言われた時は、たいてい嘘なんだけどな」

「実はわたし、男かもしれないよ。この胸も入れ物だったりして」

と女は両腕で胸を持ち上げて揺さぶってみせた。今日の上着は、谷間が見えるラフなものだった。襟元が大きいおかげで、よく谷間が見える。騎士が遠慮なく視線を注ぎ込んだ。

「確かめてやろうか?」

「やだ～」

と女が黄色い笑い声を上げる。騎士も笑う。

「さすが辺境伯護衛の騎士様は、雰囲気が違うな。他の騎士より全然存在感がある」

と男は褒めた。

「褒めたって何も出やしないぜ」

「まあまあ。まずは乾杯といこうじゃないか」

と男が誘った。すぐにビールが運ばれてきた。

「乾杯！」

三人は金属のコップを合わせた。

一時間も経過した頃には、三人は打ち解けていた。特に、女の胸の谷間が効果的だった。

騎士のすぐ隣には、魅力的な胸の女がいるのだ。

「辺境伯の護衛をしていると、モテモテなんじゃないのかい？」

と男が水を向けると、

「それほどじゃない」

と騎士は笑いながら答えた。それほどではないということは、そこそこはモテるということだ。ヒュブリデ王国では、辺境伯は今をときめく存在である。何度も国の危機を救い、絶望的な状況から勝利を重ねている。その辺境伯の護衛をしていると言えば、男にも女にも一目置かれる。普通の騎士だと思って接していた女も、相手があの辺境伯の護衛の騎士だと知れば、途端に見る目が変わる。

「辺境伯もモテるだろ？　女が二人いるって聞いたぜ」

と男がわざと人数を少なめに言うと、

「二人じゃない、四人だ」

と騎士は訂正した。近親の者の証言を得たり、である。心のガッツポーズを隠しながら男は、

「でも、ヴァンパイア族の娘の目をかすめてどうやって会うんだ？」

と尋ねた。

「かすめる必要はないさ。公認だからな」

言って、秘密を知っている者が浮かべる、背徳めいた笑みを浮かべた。

「え？　どういうことだ？」

「まあ、そういうことだ。あんまりしゃべるとよくないからな。一応、おれのご主人様だからな」

と男が秘密を引っ込めにかかる。

ここで二枚貝になられては困る。秘密を話してもらわねば、自分たちの主君に秘密を届けられなくなる。女がねだった。

「教えてよ～。途中でやめられたら、気になるじゃない」

「そういうのは、こういうところでは教えられないな」

と騎士がモーションをかける。こういうところでは教えられない——つまり、別のところ、二人きりのところなら教えられるということだ。二人きりの場所とは、セックスをするという意味である。

「こういうところって、ここ？」

と女は騎士に胸を押しつけた。

「そうそう、そういうところ」

と騎士も女の胸に手を伸ばした。服の上からふくらみを揉みしだく。

「偽物じゃなかったな」

「服の上からだと嘘をつけるんだよ」

と女が誘う。男は誘いに乗って、服の中に手を突っ込んだ。乳房を片手で揉みしだき、先端の突起をいじる。女はびくっとふるえた。

「ここ、出よっか?」

と女は騎士の耳元で誘った。

2

居酒屋の二階はたいてい女を連れ込むところになっている。女も一晩騎士といっしょにいて、翌朝別れた。

ずいぶんとオッパイの好きな男だった。ずっと女の胸をさわり、吸っていた。女の胸の谷間でも果てた。乳房は力である。巨乳は、こういう時に男を陥落(かんらく)させる武器になる。

女は、外で待っていた男と落ち合った。

「わかったか?」

と男が尋ねる。

「全部話してくれたよ。いっぱい楽しませてあげたからね」

と女が微笑(ほほえ)む。

「それで?」

と男は先を促(うなが)した。

「一人目はヴァルキュリア。二人目は、世話係のミミア。それから――」

3

広い中庭に面した大きな窓ガラスの部屋に、剣山のように灰色の髪を生やした横長の四角形の顔の男が座っていた。がっしりした身体の上に白いシルクの上衣を着て赤いぴかぴかのコートを羽織り、白いタイツを穿いている。左手の中指に嵌めているのは、うずらの卵ほどの大きさのサファイアを飾った指輪である。

かつてモルディアス一世の宰相を務めたヒュブリデ王国の実力者、ベルフェゴル侯爵だった。浮かない顔をしているのは、すぐそばに友人のラスムス伯爵がいるからではない。辺境伯ヒロトが、ついに枢密院入りを果たしたのだ。しかも、役職名は国務卿――。国王がいかにヒロトに対して信頼しているか、期待しているかがよくわかる。

恐れていたことだった。

ヒロトがサラブリアにいた時よりも、影響力が増すのは避けがたい。ヒロトが王になる道も開けてくる。そうなれば、あのヴァンパイア族の娘が王妃になるのだ。

吸血鬼が王妃になるなど、許されるか？

断じて。

この国の歴史にあってはならないことだ。だが、その糸口となるものを、モルディアス一世は与えてしまった。

（わしが宰相でおれば、絶対させておらんかったことだ）

実に腹立たしいことだった。ヴァンパイア族が国防において強い存在感と影響力を持っていることは充分に理解している。ヴァンパイア族抜きにヒュブリデの国防を語ることはできない。だが、ヒロトを枢密院に入れるのとは別だ。

王はあまりにも愚行を重ねてヒロトに頼りすぎた。その結果が、ヒロトと吸血鬼とをこの国でのさばらせる結果になってしまったのだ。

ヒロトと吸血鬼を食い止めねばならぬ。だが、どうやって？　自分は王宮に立入禁止を言い渡されているのに？

執事が部屋に入ってきた。来客を告げる。

ベルフェゴルは目を見開いた。つい最近、枢密院に入ったばかりの男ではないか。

姿を現したのは、高貴な紅服を着た白髪まじりの口髭の男——ハイドラン公爵だった。

かつて、二人は枢密院でいっしょに仕事をしていたことがある。そして、かつてはライバルだった。前回の国王推薦会議の時、モルディアスの推薦人となったのがベルフェゴルだったのだ。ハイドラン の推薦人はラスムス伯爵だった。

「ご無沙汰ですな、閣下。わざわざお越しくださるとは光栄でございますな。ご連絡いただければ、老体に鞭を打ってでもお迎えに上がりましたものを」

「それには及びませぬよ、閣下。上京しながらご挨拶をせず、不義を重ねた次第。この通りお詫び申し上げる次第です」

と非常に優雅なしぐさでハイドラン公爵は頭を下げた。

「噂では、吸血鬼小僧が枢密院に入って、国務卿という称号をいただいたとか。我が国を乗せた船は暗黒へ向かってまっしぐらのようでございますな。精霊の灯が消えぬのが世界の謎でございます」

とベルフェゴルは笑顔で皮肉をかました。さらにとぼけた調子で言葉をつづける。

「おや、それともわたくし、また失言をいたしましたかな。むしろ、陛下は心強い味方を得て国はますます栄えていくようでございますなと申し上げるべきでしたかな」

とベルフェゴルは茶目っ気を出した。

「時の河は暗い未来の滝壺へ向かっておりますよ、閣下。辺境伯という吸血鬼に毎日血を吸われるのが枢密院顧問官の仕事になるでしょうな」

公爵の皮肉に、ベルフェゴルはラスムス伯爵とともに高く哄笑を轟かせた。

「ところで、今日参ったのは実は知恵を拝借したいと思いましてな。どうすれば、あの吸血鬼小僧の快進撃を食い止められるのかと」

とハイドラン公爵は切り出した。

「なんと！　負けたわしにお聞きなさるか！　なんと意地の悪い！」

とベルフェゴルはわざとふざけて大声を上げ、また笑い声を響かせた。ハイドラン公爵も笑う。ラスムス伯爵も笑った。

ハイドラン公爵がつづける。

「しかし、辺境伯を最も追い込んだのは侯爵閣下。解任寸前まで追い詰めなさった。本人が辞任して、閣下の承認を得ずして辺境伯就任は引き受けないと言い出したために、悔しい思いをされたと聞いております。でも、ほぼ完全な勝利を手中に収められていた」

ベルフェゴルは答えなかった。

今でも悔しさの残る戦いだった。サラブリア州の隣のノブレシア州で、ミイラ族が州長官の息子と覚しき者に強姦される事件が起きた。ミイラ族は処罰を求めて高等法院に訴えを起こしたが、証拠不充分で受理されなかった。納得できないミイラ族はヒロトを訪問。ヒロトはノブレシア州に乗り込み、罠を掛けてノブレシア州長官の息子に強姦未遂を起こさせ、先の強姦も認めさせて処刑へと導いたのだ。ベルフェゴルたちは、それが王令違反であると最高法院に訴えたのである。

辺境伯は、国防上&軍事上においては、他の州において命令を発することができる。だが、それ以外においては他の州に命令したり干渉したりすることはできない。ヒロトは直接ノブレシア州の裁判官たちを指揮したわけではなく、アイデアを提供しただけだが、それが王令違反だとベルフェゴルたちは提訴した。最高法院での裁判は、ベルフェゴルたちの優位に進んだ。王令違反かどうかはグレーゾーンに属しており、ヒロトはいつものように雄弁で撥ね返すことができなかった。だが、ヒロトは疑わしき行為をした以上、自分は罰せられるべきであると自分から言い出して辺境伯を辞任したのである。慌てたのが傍聴席にいたモルディアス一世だ。モルディアス一世はすぐにヒロトを辺境伯に再任した。だが、ヒロトは、自分たちを訴えた四人の承認がなければ受理しないと宣言したのである。国王を前に、ベルフェゴルたちが承認をせぬわけにはいかず、ヒロトは辺境伯再任を果たしたのである。戦いには勝ったが、実質的には敗れたのだ。

「是非、閣下のお力になりたいのですが、なにぶん、宮殿にも立ち入りできぬ不自由の身でしてな。なかなか――」

とベルフェゴルが言い出すと、

「もちろん、それなりのお礼はいたす」

とハイドラン公爵が切り込んできた。

強い言い切りの口調。その鋭い眼差し。

(本気だな)

とベルフェゴルは見た。

「また宮殿にお邪魔したいものですな」

とベルフェゴルは遠回しに答えた。宮殿にお邪魔したいとは、宮殿への出入り禁止を解除してほしいという婉曲表現である。

「何をしてでも実現いたしましょう」

とハイドラン公爵は答えた。ベルフェゴルの願いに、公爵が正面から応じたのである。

(宮殿に出入りできるようになれば、いくらでもあの小僧を揺さぶれる)

ベルフェゴルはうなずいて、公爵に告げた。

「あれだけの若さであれだけの地位に昇りつめれば、女が放っておくはずがありません。必ず女の醜聞があります。その醜聞を突き止めることです。あとは、手に入れた醜聞をいつどのように使うか。醜聞が手に入れば、是非ご相談いただきたい」

「必ずや」

と公爵は頭を下げた。

4

天をも威嚇するような仰々しい五つの尖塔を持つエンペリア大聖堂――。ヒュブリデ国の精霊教会の総本山とも言うべき場所で、紅い縁取りをした白いロングドレスの女が片膝を突いて祈りを捧げていた。魅力的な白い太腿が覗いている。

代理で枢密院顧問官を務めている、副大司教シルフェリスだった。

（どうか、この国に平和と繁栄を――。この国に害をなす者に罰を――）

目を閉じて祈りを捧げる。

ふいに、まぶたの裏で光が揺らいだ。明らかに光量が落ちて、一瞬、光が明滅した。シルフェリスが慌てて目を開けると、直径一メートルの巨大な精霊の灯が二度、明滅した。

（呪い……!?）

すぐに精霊の灯は光量を取り戻して、また安定した輝きを放ちはじめた。じっと一分以上精霊の灯に視線を注ぎつづけたが、光量は変わらない。

錯覚？

幻？

幻覚ではない。確かに精霊の灯は揺らいだのだ。目の前で明滅したのだ。シルフェリスは不安に駆られた。

(この国に大事が起ころうとしている……?)

5

王の寵姫オルフィーナは、ベッドの支度をして愛しい人を迎えようとしているところだった。モルディアス一世はすでに白いガウンに着替えている。

今日は久しぶりに、一日中休みの日だった。陛下は張り切って舟を漕いでいた。舟を漕ぐのが趣味で、家来を連れて遠出をして、湖でモルディアス一世といっしょに舟に乗って。陛下は張り切って舟を漕いでいた。

若い頃はしょっちゅう舟に乗っていたらしい。もちろん、釣りの手ほどきも受けて、よくハイドラン公爵と二人で同じ舟に乗って釣り糸を垂れていたそうだ。

《余はなかなかの腕前だったのだ。釣りではハイドランに勝っておった》

とうれしそうに思い出話をした。

《そのうちヒロトも連れて釣りをしたいものだ。噂ではヒロトは下手らしい》

と言って、楽しそうに笑った。

《余が手ほどきをすれば、きっとヒロトも上手くなるぞ。キュレレ姫(ひめ)とも釣りをしたいものだな》

キュレレ姫の話をする時、陛下はとても優しい表情を浮かべる。心の底から、かわいい、頼(たの)もしいという感情を持っているのだろう。自分も、キュレレ姫に会うまではヴァンパイア族は恐ろしい存在だと思っていた。でも、キュレレ姫は違(ちが)っていた。今でも、あのかわいいキュレレ姫がなぜピュリスに恐れられるのか、不思議で仕方がない。

「今日は実に楽しかった」

とモルディアス一世が背中を向けたまま言った。

「やはり釣りはいい。湖の真ん中で糸を垂れておると、いろんなことを忘れられる。ここに帰ってくるとまた戻ってしまうがな」

とモルディアス一世は顔を向けて微笑んだ。陛下もたっぷり、自分との時間を楽しんでくれたみたいだ。

幸せだなと思う。こんなに陛下といっしょに時間を過ごせて。陛下に愛されて。

「また明日から仕事か。うんざりの毎日が始まるな……」

そう言った直後だった。ふいにモルディアス一世の表情が引きつり、片手が胸を掻(か)きむしった。

「陛……」

呼ぶ前に、モルディアス一世はその場に頽れた。

「陛下！」

自分でも大きな声を上げて、オルフィーナは駆け寄った。モルディアス一世が胸をつかんで苦しそうに呻いている。顔がたちまち青ざめていく。

「誰か！　誰か！　陛下が！　誰か!!」

護衛の騎士が部屋に飛び込んできた。モルディアス一世の姿に、一瞬、凍りつく。

「侍医を！　早く！」

護衛は慌てて部屋を飛び出していった。オルフィーナは陛下に何度も呼びかけた。

「陛下、しっかり！　今すぐ侍医が参ります！　しっかり!!」

第十六章　発作

1

怒りと絶望とをぎゅうぎゅう詰めに押し込めたような、重量級の沈黙が王の寝室に充満していた。主のモルディアスは、まだ感情を処理しきれないような、憤怒と驚愕と絶望との入り交じった表情を頬と目元に浮かべていた。

侍医の診断は衝撃的だった。

《前にもあまり激しいことはおやめになって養生なされと申し上げたはずでございます。あと一回発作が起きれば、危のうございますぞ》

《余が死ぬということか！》

《ご用心なされ》

侍医は否定しなかった。

倒れるまでの幸せと安穏とが、まるで自分を欺くためのものに思えた。あの幸せ、あの平穏は何だったのか。余は楽しく釣りをしてオルフィーナとも幸せに話をしておった。あの時間は、いったい何だったのか。今の不幸を輝かせるための当て馬的なものだったというのか。

オルフィーナはベッドから離れて部屋にいた。何も言わずに黙っている。

(余は本当に死ぬのか……？　あと一回の発作しかもたぬのか？)

なぜだ？

なぜ余が死なねばならぬのだ？

ヒロトを枢密院に加えてこれからという時に、なぜ余が死なねばならぬのだ？　精霊は余に何を与えようというのか？　余を罰しようというのか？　それほど余が罪を重ねたのか？

怒りが込み上げてきて、モルディアスはベッドのシーツを叩いた。

「陛下、お静かに！　発作が起きては――！」

とオルフィーナがたしなめる。

「うるさい！　なぜ余が死なねばならぬのだ！　なぜなのだ!!」

2

モルディアス一世の事情は、枢密院のメンバーにも伝わっていた。一番動揺していたのは、国王を「父上」と呼ばずに「親父」と呼び、一カ月前にも枢密院会議で父親を罵倒したレオニダス王子だった。明らかに目が泳いでいた。

「本当に親父は次の発作で死ぬのか？」

とレオニダス王子は何度も侍医に尋ねていた。

「危のうございます」

「危ないってことは、助かる可能性もあるのか」

「ないとは言えません。ただ、次に発作が生じたら、大変危険でございます」

フィナスも突然のことに驚いている様子だった。

「陛下がレグルスで胸を掻きむしられていたというのは聞きましたが……まさか、そのようなこととは……」

宰相パノプティコスも、大長老ユニヴェステルも、副大司教シルフェリスも、沈黙の中に閉じこもっていた。何を考えているのかは見えなかった。

大法官と書記長官は、

「これは大事だ……」

「次の王の候補を探さねばならなくなるぞ」

とひそひそと噂し合っていた。その中で、一人発言したのは、王位継承候補で最有力と見られるハイドラン公爵だった。

「皆の者、我らにできることは従容として事態を受け止め、今できること、そして次への備えをすることとだけだ。まず隣国には隠さねばならぬ。今日ここで聞いたことは、誰にも口外無用だ。自分の妻にも娘息子にも話してはならぬ。そういうところから洩れていくものだ。ここにおる枢密院の者たちだけが知っていることにせねばならぬ」

と弁じてみせた。それから、ユニヴェステルに顔を向け、

「お願いいたす」

と告げた。

3

ユニヴェステルはすぐに王の執務室を出た。予想の範囲とはいえ、予想外のことだった。このタイミングで、この早さで起きるとは思わなかったというところが、予想外だった。

（大変な時に危窮を迎えられるとはな。それもまた、モルディアスの定めであろう）

と歩きながらユニヴェステルは思った。

生きとし生ける者は、必ず死ぬものだ。死なぬ者は精霊しかない。動物も死ぬ。人間もエルフもミイラ族も骸骨族もヴァンパイア族も、死ぬ。王も死ぬ。王が死ねば、次の王を選ばなければならない。

（国王推薦会議の準備をせねばならぬ。大至急、支部長に手紙を送って回答を集めねばならぬ。誰が、新しい王にふさわしいか……）

4

ユニヴェステルが部屋を出ていくと、パノプティコスは、

（まさか、ヒロトを枢密院に迎えた後に、このようになるとはな……）

と密かに嘆じた。

最強の布陣を敷いたところで、肝心の王が命の危険を迎えることになろうとは……。

（陛下が最も望んでいた者を迎えた時に……）

哀れである。

無念である。

自分も、陛下とヒロトとの最強の布陣での国づくりを楽しみにしていたのだ。だが――。

（わたしが宰相でいられるのも、残り少ないか）

宰相任命は、国王の専権事項である。つまり、枢密院のメンバーの承認を経ずともできる項目である。そして国王が即位して最初に行うことでもある。

次の王となるのは、恐らくハイドラン公爵だろう。自分は何度かハイドラン公爵を封じ込めている。先日も、リンドルス侯爵が訪れた時に公爵はアグニカとの軍事協定強化に国の舳先を向けたかったようだが、自分がヒロトの意見を持ち出して挫いた。ヒロトの意見というのは嘘である。ヒロトは意見していない。ヒロトの意見として自分の意見を押し出したままである。恐らく、ヒロトも同じ意見を述べただろうが――。

ハイドラン公爵が即位すれば、自分は宰相の座を追われる可能性が高い。枢密院からも離れることになるだろう。

（我が人生はウスバカゲロウか）

とパノプティコスは嘆じた。嘆じたところで、ふと思った。

（次の宰相は誰が……？）

時代が変わろうとしている、とフィナスは感じた。長くつづいたモルディアスの時代が終わり、ハイドラン公爵の時代が来ようとしている――。

勘のいい者たちは、早々と公爵へのお参りを始めるだろう。

(よき時代が蘇る)

とフィナスは思った。

生意気な小僧と吸血鬼が失脚し、かつてのように貴族たちが王を支え、エルフと貴族がこの国に影響力を及ぼしていたよき時代が――。

6

昨夜のことは、王が倒れる前兆を表していたのだ……と副大司教シルフェリスは思った。自分が祈っていたまさにあの時間、陛下は倒れられたようだ。

人は必ず死ぬもの。王もまた然り。生死は精霊様の思し召しである。貴賤を問わず、死は平等に訪れる。ただ、訪れるタイミングは不平等だ。

そう思って、ふと気づいた。まだ亡くなっていないのに、ただ倒れただけなのに、大聖堂の精霊の灯がかくも明滅するものなのだろうか？　確かにあと一回の発作というタイムリミットがついてしまったが、それで大聖堂の精霊の灯が——この国最大の精霊の灯が——明滅するのだろうか？

いやな予感が胸をかすめた。

（まさか、陛下は——）

第十七章　時代の歯車

1

大司教ソブリヌスは、病床で報せを聞いた。

無念だった。よりによって陛下が大変な時に――自分こそがお慰めに向かわねばならぬ時に――骨折のために向かうことができない。

「陛下には心を強くとお伝えしてくれ。陛下にはヒロトがいる。何も動ずる必要はないと」

そう言うと、

「それから、シルフェリスにはよく考えよと伝えよ。ヒロト殿が枢密院にいらぬと判断するなど、あってはならぬことだ。精霊教会はヒロト殿の枢密院入りには反対しておらぬ。ヒロト殿はイブリド制の守り神だ。その守り神を拒絶するなど、副大司教にあるまじきことだ」

2

ベルフェゴルは、自宅で吉報を耳にした。モルディアス一世は、もう一度発作が起きれば危ないと言われたそうだ。

かつて自分が王にしてやった男。そして自分を出入り禁止にした男。そして、若いガキを重用する男。

そのモルディアス一世が——死ぬ。

いつ発作が起きるのかはわからぬが、数年もつことはあるまい。一年以内か。あるいは半年か。あるいはもっと——。

（少し早めてやるか？）

どうやら、時運が巡ってきたようだ。モルディアス一世は時代の歯車を回しすぎたのだ。異種族に、ディフェレンテに、時代の歯車を回しすぎたのだ。回してはならぬ度を越えて回してしまったのだ。

歯車は正しい位置に戻されねばならない。そしてその時が来ようとしている。

「意外に早かったな」

とラスムス伯爵がつぶやいた。

「時代がわしらを必要としておるのだ。もう小僧と吸血鬼はいらぬとな」

とベルフェゴルは答えた。

「陛下が崩御されたらどうするのだ？　誰を応援するのだ？　殿下は挨拶に見えたぞ」

とラスムス伯爵が冷やかに突っ込む。

「殿下は吸血鬼と仲良くせいとおっしゃったのでな。わしには土台、無理なことだ。あんな獣、虫酸が走る」

そう答えると、ベルフェゴルは一筆、手紙を認めた。封蝋をして、すぐに執事を呼ぶ。

「フィナスに」

3

翌日には、フィナスはベルフェゴル侯爵の手紙を受け取っていた。文面を読んで、思わず苦笑してしまった。

相変わらず侯爵は抜け目がない。政治家は清濁併せ呑むというが、侯爵は濁を操ることに長けている。また自分が貧乏籤を抽くことになるが、その分の対応はしてもらえるのだろう。そういう点に関しては、決して裏切らない方だ。

（公爵にもお話をせねばならぬ）

フィナスは暖炉（だんろ）の火に手紙をくべた。手紙に火が付き、まるまって黄色から茶色へ、そしてすぐに黒く変色していく様を眺（なが）める。すべて炭化するのを見届けると、フィナスは部屋を離れた。

第十八章　標的

1

　大長老ユニヴェステルが送った手紙は、ヒュブリデ国内のエルフ長老会支部に続々と到着していた。

　王都に一番近いクリエンティア州のエルフ長老会支部には、真っ先に手紙が届いた。事情は告げられていなかったが、次期国王の候補者の名前を大至急送るように、手紙が届いて翌日には発送するようにと記されていた。

「ずいぶんと急ぐものだ。何か王都であったのだろう」

　そう支部長はぶつぶつとつぶやいて、名前を書き入れた。

　――ハイドラン。

「殿下は論外だ。傍若無人（ぼうじゃくぶじん）の者を即位させることほど傍若無人なことはない」

2

ルシャリア州のエルフ長老会支部にも、大長老からの手紙は届いていた。ルシャリア州は、オゼール州と並ぶ蜂蜜酒(ミード)の産地である。そして、公爵はよくルシャリアの蜂蜜酒を買っている。

ルシャリア州の支部長は、

ハイドラン

と書いて部下に手紙を渡した。

3

ルシャリア、オゼールと並ぶ蜂蜜酒の産地エキュシア州のエルフ長老会支部長は、即座(そくざ)に、

ハイドラン

と名前を書いた。ヒロトはまだ若い。レオニダスは論外。となれば、消去法でハイドランしかない。

（人材不足だな）

と支部長は胸の中で独りごちた。

4

オゼール州のエルフ長老会支部長の答えは、少し違っていた。レオニダス王子が子供の頃に兄弟そろって訪問した時のことを覚えていて、好印象を持っていたのだ。

《ぼくはルシャリアの方がすっきりしていていい。こっちは甘すぎる》

と言った兄君ユリアヌスと違って、レオニダス王子はお代わりをしていた。あまり飲みすぎるので、侍女にたしなめられたほどである。

《だって、美味しいんだもん》

その素直な一言が、今も心に残っている。あの方は、心が素直な方なのだと支部長は思う。だからこそ、

レオニダス

と名前を書いた。自分は恐らく少数派だろうが、自分の考えを表明するのもまた、エルフの務めだ。

5

ノブレシア州のエルフ長老会支部にも、大長老からの手紙は届いていた。支部長はずいぶんと返答に悩んでいた。ヒロトと書き込みたいが、ヒロトはまだ枢密院の経験が浅い。内政については未知数である。外政についてならば、ヒロトは申し分ないのだ。

（ヒロト殿には軍事と外交を取り仕切っていただくのがいい）

そう考えて、ヒロトと仲がいいと噂されるレオニダス王子を考えた。だが、王子には言行に不安がある。

（やはりハイドラン公爵だ）

6

アンスル州、ハガル州のエルフ長老会支部にも、大長老からの手紙が届いていた。それぞれの支部長は、手紙を一読して、即、名前を認めた。

辺境伯ヒロト

7

サラブリア州の二つのエルフ長老会支部――セコンダリア支部とプリマリア支部にも、大長老からの手紙が届いた。

セコンダリア支部長マニエリスは、

「何か王都であったか？」

とつぶやいてから、

辺境伯ヒロト

と認めた。

プリマリア支部長アスティリスも、

「何かヒロト殿のところに報せが届いているはずだ」

とつぶやいてから、

辺境伯ヒロト

と認めた。そのまま支部を出て、ドミナス城へ向かった。

8

　ヒロトは宰相パノプティコスからの手紙を受け取ったところだった。手紙にはこう記されていた。

　王に危窮あり。命の危険あり、直ちに戻れ。なお、王のことについては他言は無用。秘密厳守。

　尋常ではない筆致だった。もしかして、王は危篤状態に陥ったのだろうか？

「陛下のご様子は？」

　ヒロトは騎士に尋ねたが、

「わたしは知らされておりません」

　と答えただけだった。ヒロトはエクセリスに顔を向けた。

「急用で戻る」

「何かあったの？」

　ヒロトはうなずいた。でも、危窮については知らせなかった。

「ミミアとソルシエールとエクセリスはすぐ支度をして。今日出発する。ヴァルキュリアも急いで」

とヒロトは四人に告げた。ミミアとソルシエールが慌てて部屋を出ていき、入れ代わりにアスティリスが入ってきた。

「王都で何かあったのではないかと思うて」

「急用で戻ります」

とヒロトは告げた。

「急用？」

「急用です」

とだけ答えてヒロトは口をつぐんだ。それで、アスティリスは察したらしい。

「留守中はお任せください」

と微笑(ほほえ)んだ。

「何があったの？」

とエクセリスがヒロトの顔を覗き込んできた。

「エクセリスもすぐ準備を。おれも準備する」

「言えないこと？」

とエクセリスが囁いた。

「秘密厳守って書いてある。とにかく、河へ」

エクセリスはうなずいて、部屋を出た。入れ代わりにミミアが戻ってきた。蜂蜜酒を注いでヒロトに差し出す。

(いや、今は急いで——)

と断ろうとして、逆に、

(いや、急いでいるからこそミミアは出してくれたんだ)

とヒロトは思いなおした。

「じゃあ、気付けの一杯」

とヒロトは蜂蜜酒を呷った。

(そうだ、相一郎に——)

ヒロトも執務室を飛び出した。出発の前に、相一郎には会っておきたい。今離れれば、半年間は会えないのだ。

部屋に入ると、相一郎は朗読をしていた。

「シャキ〜〜ン！　最初の狼の前蹴りを、思い切りそり返りながら赤ずきんちゃんが躱しました。のけぞりながら、脚で狼の腹を蹴り上げて飛ばします。狼はくるりと宙を回転して見事に着地。しかし、もう眼前には赤ずきんちゃんの拳が迫っていたのです。狼は吹っ飛び、血を吐いて倒れました。頭の中で死の鐘が鳴り響きます。『くそう、このおれさまがこんなところでやられるなんて……。やつは狼以上の狼だ』。そうつぶやいて、狼はこと切れました。赤ずきんちゃんはガッツポーズをして、それからも毎日身体を鍛えたということです。おしまい」

キュレレが両手を叩いて拍手する。どうやら強すぎる赤ずきんちゃんの話だったらしい。

「相一郎」

ヒロトが呼びかけると、相一郎が振り返った。

「何だよ。もう朗読はおしまいだぞ」

と少しふざけて相一郎が言う。

「大事な話がある。もう出掛けるんだ」

相一郎の顔色が変わった。立ち上がってすぐにやってきた。

「何かあったのか？」

「秘密厳守の命令が出てる。おれは王宮に戻らなきゃいけない」

「国王か？」

ヒロトは沈黙で応えた。

「秘密厳守の命令が出ている」

とヒロトは繰り返した。それで相一郎は察してくれたらしい。

「今から行くのか？」

「準備が出来次第、すぐに出発する。あと一時間も掛からないと思う」

相一郎はまじまじとヒロトを見つめた。

「もう少し後だと思ってた」

「ごめん」

ヒロトは相一郎を抱き締めた。相一郎の腕が、遅れてヒロトの背中を抱き締める。

「おまえと離れるなんて思わなかったよ」

「おれもだ」

とヒロトは答えた。永遠の別れではないとはいえ、小学生からずっといっしょだったのだ。その相一郎と——ついに長い間、離れ離れになる。

相一郎が離れた。寂しそうな顔で、手向けの言葉を放った。

「国を救ってこい。ハイドランってやつにやられるな。やられたら、それこそ、死刑だ」

9

ヒロトが相一郎たちに別れを告げて慌ててドミナス城を飛び出した頃、パノプティコスは枢密院会議に出席している最中だった。ちょうど、フィナスが挙手したところだった。

メンバーの中に王の姿はない。王は寝室である。まだ公務復帰は許されていない。

「フィナス殿、何か？」

パノプティコスが発言を促すと、

「ご提案がございます」

とフィナスは切り出した。

（提案？　何の提案だ？）

パノプティコスは不安を覚えた。フィナスの提案に、あまりいいものがあった記憶がない。

フィナスが話しはじめた。

「我が王は危機を迎えておいでです。王の危機は国の危機。もしもの時には、次なる王を選ばねばなりません。まだ陛下がご存命でいらっしゃる時に明日の話をするというのはいかがかとも思いますが、しかし、備えはしておかねばなりません。まさにハイドラン公爵のおっしゃる通りでございます」

「要点を早く」

とユニヴェステルが促す。エルフのようにずばり本題から切り込み、コンパクトに話すという訓練が足りないのが、貴族の特徴である。

(相変わらず遠回しな言い方をするやつだ)

とパノプティコスは不快を覚えた。フィナスはうなずき、言葉をつづけた。

「国王がご逝去されれば、国王推薦会議が始まります。ご存じの通り、エルフの方々によって王位継承候補が選び出され、選ばれた者には推薦人がつくことになります。基本的には王族が候補に選び出されますが、王族以外の者も可能です。現時点では、事前投票で三分の一以上を占めた者ならば、王族以外でも候補に選ばれることになっておりますが、暴君の誕生を阻止するため、わたしは候補者と推薦人に、次の条件の追加を提案したいと思っているのでございます」

と言って、短く間を置いた。大法官が、書記長官が、それは……と少し動揺する。

(フィナスよ、それは越権行為だぞ。エルフを敵に回す気か?)

パノプティコスが危惧する中、反撃の暇を与えず、フィナスがつづけた。

「わたしの提案は以下の通りでございます。

一．国王候補となれるのは、王族以外の場合、五年以上の枢密院の経験があることとする。

二．推薦人となれるのは、枢密院で五年以上の経験があるものとする」

パノプティコスはフィナスを睨(にら)んだ。

あまりにも底意地の悪い提案だった。ターゲットはヒロトだった。王族以外の場合、五年以上枢密院の経験があることとする――つまり、ヒロトはこの先五年間、国王候補になれないということだ。そして推薦人についても五年以上の経験があること――つまり、ヒロトは推薦人にもなれないということになる。国王が崩御すれば、恐らくハイドラン公爵とレオニダス王子が候補に挙がる。王子の推薦人にはヒロトがなる可能性が高い。それも見越(みこ)して、ヒロトを封じ込めに来たのだ。

第十九章　運命の日

1

父親のことが心配で元気がなかったレオニダスが、ぎろっと目を剥いていた。目が、もう怒っている。

「おい、フィナス！　なんだ、それは！　ヒロトを狙い撃ちにするつもりか！」

早くも戦闘モードに入った。

「わたくしは、誤って暴君を候補にせぬためにご提案したのでございます。わたくしも処刑なさいますか？　元教師のわたくしを」

とフィナスが挑発する。

（王子を追放させるための措置か⁉）

パノプティコスは緊張を覚えた。今はヒロトはいない。ヒロトがいればすぐにフィナスを粉砕するだろうが、粉砕する者はいない。

「貴様――」

暴言を吐こうとするレオニダスを遮ったのは、ハイドラン公爵だった。

「わたしは大反対だ！　フィナス殿のお気持ちは真摯で、国を思う心から出たものと思うが、国王推薦会議について決定できるのは、エルフの方々だけだ！　これはエルフの方々の専権事項への重大な干犯だ！　決して容認されてはならない！　ゆえに、わたしは大反対だ！　枢密院が口出しすべきことではない！　そもそも、口出しする必要もない！　前回の国王推薦会議では、陛下というすばらしき王が推挙されている！　国王候補の条件、そして推薦人の条件に一切の問題はない！　ない以上、我々が口出しする必要も必要性もない！　討議すること自体、慎まねばならぬ！　フィナス殿は提案をお引き下げになるべきだ！」

ハイドラン公爵の剣幕に、押されたようにフィナスが沈黙した。何か言おうとして少しどもる。

ユニヴェステルは満足そうに両腕を組んでいた。首こそ縦に動いていないが、心の中では、その通りだと何度も首を縦に振ってうなずいているのだろう。

（そうか……そっちが狙いか……）

パノプティコスは目を細めた。

フィナスの提案は、ヒロトを狙い撃ちにすると見せかけて、さらに王子追放を企図したものと見せかけて、実際はハイドラン公爵の株を上げることが狙いだったのだ。

フィナスが、エルフの神経を逆撫でするような提案を行う。すかさず、ハイドラン公爵が否定し、エルフの権益を守る。エルフはハイドラン公爵に好印象を懐く――。

こんなことをするのは、決してエルフではない。フィナス当人でもない。ハイドラン公爵でもなかろう。

（筋書きを書いたのは、恐らく――ベルフェゴル）

2

他言無用、秘密厳守――。

それでも情報は洩れるものである。王宮の騎士には、大貴族の密偵代わりをしている者も少なくはない。

フェルキナも、すでにモルディアス一世が倒れたことをつかんでいた。次に発作が起きれば危ないことも把握していた。そのことを知った時、フェルキナは複雑な気持ちを味わった。

かつて、北ピュリス問題をめぐってフェルキナはモルディアス一世と対立した。北ピュリスの王族ヨアヒムを連れ出してアンスル州からテルミナス河へ乗り出し、ピュリス軍を挑発して戦端を開かせようとしたのだ。だが、ヒロトによって阻止され、フェルキナはヨアヒムに会ってはならぬと言い渡されてしまった。今でも、モルディアス一世はフェルキナに対してよい印象は懐いていないだろう。

そのモルディアス一世が――命の危機を迎えている。

ざまあみろと思う？

まさか。

対立はあったが、自分を赦してくれたのだ。ヨアヒムへの面会を許可してくれたのだ――ヒロトの働きかけはあったけれど。それに、結果的にヒロトを引き上げ、重用したのは、モルディアス一世である。

その王が――。

（王が亡くなることがあれば、次の王は恐らく――）

ハイドラン公爵。

傍若無人な振る舞いと発言を繰り返す王子は、エルフの間で人気はなかろう。下手をすれば、王位継承候補にも挙がらずに終わるかもしれない。

（そうなれば、ヒロトも立場が難しくなる）

3

ヒロトはテルミナス河を下る船の中で、改めてエクセリスからレクチャーを受けたところだった。

国王の候補になれるのは基本的に王族だが、王族以外でも事前投票で三分の一以上の票を集めた者も含まれる。つまり、ヒロトが事前投票で三分の一以上の得票をすれば、候補者として挙げられるということだ。

新しい王を推挙する流れはこうである。国王に命の危険が迫り崩御の可能性が高くなると、エルフの大長老から司教クラス以上のエルフと全国のエルフ長老会の支部長に手紙が届く。手紙の内容は、次期国王としてふさわしい者を一名記すようにというものである。事前投票と呼ばれている。

事前投票は、候補者を絞り込むためのものだ。三人も四人も呼ぶわけにはいかない。できれば二人に候補を絞り込みたい。そのためにあるのが事前投票である。

国王が崩御すると、国王推薦会議の開催が、司教クラス以上のエルフと全国の長老会支部長に通達される。そして、候補者二名にも開催が知らされる。候補者はすぐに自分の推薦人を探し出すことになる。

国王推薦会議は、いくつかの段階で成り立っている。最初に行われるのは、御審問（ごしんもん）だ。壇上（だんじょう）に上がった二人の候補者に対して、エルフがいくつかの質問を行う。それに対して候補者が答える。

御審問の後、推薦人演説がある。候補者の推薦人が、一人ずつ壇上で応援の演説をするのだ。

その後、中間表明がある。エルフたちが一人一人壇上に上がって、自分が支持する者の名前と支持の理由を述べていくのだ。

中間表明の後、最終対論がある。州長官選挙（コレクティオ）の最終討論（ウルティマ）と同じ位置づけだ。違（ちが）うのは、候補者ではなく推薦人が論を戦わせるということだ。候補者にも弁論の得意な者と不得意な者がいるため、両者の差をなくすために考えられたことだと言われている。

最終対論が終わると、投票になる。投票の結果をもって新しい王が決定し、国王推薦会議は、新しい王を枢密院（すうみついん）に推挙する。枢密院に拒否権（きょひけん）はないため、自動的に推挙が受け入れられ、新しい王が誕生する。

問題なのは、事前投票に仕掛（しか）けられたいくつかの条件だった。

事前投票で一人の候補者が五分の四以上を占めた場合、候補者は一人に絞られる。つまり、二人目の候補者は出さないということだ。

事前投票で一人の候補者が三分の二以上五分の四未満を占めた場合、候補者を一人に絞るか二人に絞るかは大長老が決定する。

もし事前投票でハイドラン公爵が五分の四以上の票を集めたら、ジ・エンドというわけだ。

「国王が亡くなる前にこんな話をって思うかもしれないけど、いざ亡くなってから仕組みを知るのでは遅いわ。今知っておくべきだと思うの」

とエクセリスは説明した。ヒロトも同感だった。逆に今だからこそ、説明を受けておくべきだと思う。

「レオニダス様は人気がないんですか？」

ソルシエールが心配そうに尋ねた。エクセリスはうなずいた。

「恐らく、集まっても四、五票。大長老のことをハゲ呼ばわりする王子に、票は集まらない」

「ヒロト様は？」

ソルシエールの問いに、ミミアとヴァルキュリアが耳を澄ます。エクセリスは首を横に振った。

「ヒロトはたぶん選ばれない。枢密院での経歴が短いから。王を任せるのではなく、そのまま辺境伯（へんきょうはく）を続投してほしいって考えだと思う」

4

ベルフェゴルは大満足であった。手紙で命じた通り、フィナス財務長官は動いてくれたらしい。そしてそれに対して、ハイドラン公爵も動いた。

（国王推薦会議は、会議の前から始まっている。いざ、会議の開催が告知されてから動いても遅いのだ。今から準備しておかねばならぬ）

そして、きっと王子は準備などできていない。

国王推薦会議の開催が決まれば、各支部長にコンタクトを取ることは不可能になる。

今からコンタクトを取る？

まさか。

賄賂（わいろ）と受け取られれば、それこそ大きなマイナスになる。人間だけで固めて、人間だけでエルフの印象を高めればよいだけだ。

（エルフに手を出さなければ、レオニダスは勝手に脱落する。問題は、運命の日がいつやってくるかだ……）

と遥か未来をベルフェゴルは睨んだ。

恐らく、パノプティコスは、フィナスの提案の後ろに自分がいると睨んでいるだろう。それくらいは読める男だ。だが、フィナスの提案が間接的に動かすことになる相手には思い至っていないに違いない。

（早く、動け）

第二十章　冷たい身体

1

ヒュブリデ精霊教会の総本山、エンペリア大聖堂に、ハイドランは来ていた。大聖堂の外はすっかり夜である。大聖堂の中には数十本の蝋燭が輝いているが、蝋燭の炎を嘲笑うかのように、直径一メートルの巨大な精霊の灯が輝いている。

精霊は自分に王位を授けようとしている？

わからない。

自分に微笑んでくれているように感じるが、油断をしてはならないと思う。国王推薦会議の最後に自分の名前が告げられるまで、油断してはならないと思う。勝利は決して堅固なものではない。油断から簡単にすり抜けてしまう。

（精霊よ、どうかわたしを即位させたまえ……この国をわたしに救わせたまえ……）

ハイドランは祈った。

（今度こそ、わたしを即位させたまえ……）

2

夜になって、ようやくヒロトはエンペリア宮殿に到着した。宮殿の衛兵が出迎え、馬車の扉を開いた。暗闇の中でもよくものが見えるヴァルキュリアが、ぽんと馬車から飛び下りる。ヒロトもすぐにつづいた。

「辺境伯閣下、ようこそおいでくださいました。陛下がお待ちです」

「ありがとう」

ヒロトはヴァルキュリアとともに先に歩きだした。その後で、エクセリスとソルシエール、そしてミミアが降りた。

「部屋で待ってて！」

ヒロトは叫んで、宮殿の建物に入った。蝋燭の炎が照らす、鈍い赤色の絨毯の廊下を歩いていく。いつもは宮殿に昼に到着していたので、暗い未来へ向かっているような気がする。

角を曲がると、レオニダスの女たち二人が見えた。ヒロトに気づいて、慌てて一人が部屋に入った。すぐにレオニダス王子が姿を見せた。

いつもと様子が違っていた。顔にショックと悲しみが残っている。傍若無人で、大長老をハゲと罵る雰囲気はどこにもない。ヒロトのすぐ隣にはヴァルキュリアがいるのに、うんざりした表情も見せない。

「ヒロト、親父が――」

「殿下、しっかり」

とヒロトはレオニダス王子を抱き締めた。

「中へ。外では洩れます」

3

王子が話してくれたことは、ヒロトが予想していた以上だった。あと一回の発作で国王は死ぬ――。

「陛下は？」

「まだ休んでる。昨日までは荒れてたが、今は落ち着いてきた」

とレオニダス王子が答える。

「王、死んじまうのか？」

とヴァルキュリアも神妙な表情である。だが、死んじまうという言い方に王子はむっとしたらしい。

「ヴァルキュリアは母親を亡くしているんです。キュレレがもっとちっちゃかった時に亡くなったんです。だから、きっとその時のことを思い出して心配してるんです」

とヒロトが説明すると、王子は黙った。

「殿下、元気を出して。こういう時こそ、殿下の傍若無人です」

「そんなことできるか！　明日にも親父が死ぬかもしれないのだぞ!?　親父は色々と馬鹿なこともやったが、暗君ではない！」

と声を上げた。

ヒロトは、はっとした。初めて父親に対する本音を聞いたのだ。父親にはきつい言葉を浴びせるレオニダス王子だが、決して父親のことを馬鹿にしきっているわけではなかった。

「亡くなってほしくないんですね」

とヒロトは確かめた。

「当たり前だろ！　おれのたった一人の親父だぞ！」

とレオニダス王子は大声を上げた。

「おれだって、亡くなってほしくありません！　おれを取り立ててくださった、名君です！　亡くなってうれしいことなんて、これっぽっちもありません！」

　とヒロトも大声で答えた。

「キュレレが寂しがるぞ」

　とヴァルキュリアもしんみりした調子でつづく。王子の興奮は収まっていた。ヒロトとヴァルキュリアの言葉で、レオニダス王子も少し落ち着いたらしい。

「フィナスの馬鹿がとんでもないことを言い出しやがった。国王推薦会議での候補者と推薦人の資格を、枢密院在籍五年以上にしてはどうかとか言ってきやがった。おまえが標的だ」

「フィナスって、ひょろひょろのやつか？」

　と早くもヴァルキュリアは殴りそうな勢いである。

「叔父がすぐに潰した。あいつは馬鹿だ。どうしようもない馬鹿だ。親父がいなくなったら、誰がこの国を守るんだ？　おまえしかいないだろ。あいつは本当に馬鹿だ。死刑にすべきだ」

　と繰り返す。相当フィナスの提案に対して、鬱憤がたまっているらしい。ハイドラン公爵が潰したようだが、それでもすっきりしていないらしい。フラストレーションはまだ解放されずにいる。

「この国を守る方には、殿下もいらっしゃいます」

ヒロトが言うと、

「馬鹿を言え。おれはぼんくらだ。おれは王には選ばれん。叔父が王になるんだ」

と王子は吐き捨てた。ヒロトは答えなかった。普段の傍若無人な振る舞いとは、あまりにも違いすぎる、あまりにも対照的な態度だった。王子はヒロトにだけ、他人には見せない自分、弱い本当の自分を見せる。レオニダス王子は、決して自己評価は高くない。きっと、優秀すぎる兄と比べられてきたからだろう。

「親父に会ってきてやってくれ。おまえが来るのを楽しみにしているはずだ」

4

ヒロトとヴァルキュリアの姿を見ると、おとなしく寝台に寝転がっていたモルディアス一世は起き上がってヒロトを出迎えた。

「ヒロトよ、よく帰ってきたぞ！　ヴァルキュリア姫もよくぞ余を見舞いに来てくれた」

と歓喜の声を上げる。

「死ぬなよ。キュレレが寂しがるぞ」

ヴァルキュリアの声に、

「もちろん死なぬ！　死なぬぞ！　余は死ぬものか！」

と声を張り上げる。それからヒロトに顔を向け、

「ヒロトよ、そちが来てくれれば百人力だ。余はまだ公務には戻れぬ。余がおらぬ間、パノプティコスとともに国を動かしてくれ。アグニカとガセルとの関係強化を進めてくれ」

と頼んだ。

「仰せのままに」

とヒロトは頭を下げた。

「殿下が心配していらっしゃいましたよ」

そう告げると、

「レオニダスが心配などするものか。レオニダスは余を嫌うておる。余が死ねばせいせいするはずだ」

とモルディアス一世は否定的な言葉を口にした。

親子の気持ちはねじれていた。レオニダス王子は、決して父王を嫌ってはいない。ただ、父親に対する態度が辛辣なだけだ。そして、モルディアス一世は、息子が自分を嫌ってい

ると思い込んでいる。肉親は、互いへの思いや期待が強いものだ。強いがゆえに、思いや期待が空振りに終わった時にこじれ、複雑化していく。

二人の間に横たわる結び目をほどく？

いや。

あまり陛下を興奮させぬ方がよい。

（フィナスのことも言わない方がいいだろう）

そう判断して、

「また明日、参ります。明日はエクセリスともいっしょに参ります」

とヒロトは微笑んだ。

「待っておる」

とモルディアス一世は笑顔で答えた。妙にその笑顔が印象に残った。後に、ヒロトは印象に残った理由を知ることになる。

ヒロトはヴァルキュリアとともに退室した。廊下を歩いて、自分の部屋に戻る。扉を閉めると、少し後に、扉の前をレオニダスが通過した。レオニダスが向かったのは――。

5

モルディアスは、突然現れた息子に視線を向けた。レオニダスは、何か怒りと鬱屈をため込んで、下を向いていた。

もう寝ようとしていたのだが、息子が来たというので部屋に通したのだ。

「何だ？　余に言いたいことでもあるのか？」

とモルディアスは尋ねた。

（おおよそ、余への文句であろう。レオニダスは余を嫌っておる）

レオニダスは黙っていた。うつむいたまま、何か考えている。

「何だ。早く言わぬか」

「フィナスは枢密院から追い出すべきだ」

突然、レオニダスはそんなことを言い出した。

「何を言うておる」

「あいつはヒロトを追い出そうとしたんだ！　暴君が出ないようにするために、王族以外の候補者と推薦人の規定を改めるべきだとか抜かして、枢密院に五年以上いないと候補者にも推薦人にもなれないようにせよって提案してきたんだ！　王族以外の者で国王候補になれるのは、枢密院の経験が五年以上の者にすべきだってな！　ヒロトを国王にしないいために先に手を打ってきやがったんだ！　親父がいない間に！　あいつは叔父だけを国王にしたいんだ！　ヒロトを国王から永遠に外したいんだ！」

（何だと……⁉）

かっと頭に血が上った。

（王族以外の者で、国王候補になれるのは、枢密院の経験が五年以上……！）

フィナスが、ヒロトの枢密院入りに反対したことが思い出された。

（仕返しのつもりか！　余が最も頼みとするヒロトを、王位から遠ざけるつもりか‼　今すぐではなくても、ヒロトはいずれ王になる者だ！　それを――！）

「ならぬ！　そのようなことなど、ならぬぞ！　フィナスを――」

大声を発した途端、胸の奥がズキンと痛んだ。死の暗黒へ向かって深く突き刺さるような痛みだった。

モルディアスは胸を押さえた。さらに激しく胸が痛み、締めつけられた。

「オルフィーナ……」

思わず寵姫の名前を口にしたが、口からこぼれてきたのは、ぐぐっという呻き声だった。

「親父！」

息子の悲痛な声を聞きながら、モルディアスは倒れた。

「親父、何してる！　しっかりしろ！　こんなところで死ぬな！　名君になるんだろ！　やっとヒロトが枢密院に入ったんだぞ！　死ぬな！」

レオニダスが身体を揺さぶる。

初めて聞く、息子が自分を本気で心配する声だった。息子が、自分に死ぬなと本気で叫んでくれている。ヒロトが枢密院に入ったんだぞ、と言ってくれている。

モルディアスは口を動かした。

苦しい。

息ができない。

死ぬのはこんなに苦しいのか。

「陛下！　しっかり！」

オルフィーナも駆け寄った。オルフィーナが自分を揺さぶる。

「ああ、陛下の身体が――」

オルフィーナが悲痛な叫び声を上げた。

「くそ！　衛兵！　衛兵！　侍医を呼んでこい！　親父が死んじまう！　絶対死なせるな！　早く呼んでこい！」

レオニダスの悲痛な叫び声が聞こえた。
息子が自分を心配している。
絶対死なせるな。
そんなことを言ってくれている。
ああ。こんな最期に、息子の気持ちを知るなんて……。
余は死にたくない。
まだ死にたくない。
余は——。

第二十一章　副大司教

1

　ヒュブリデ王国エンペリア宮殿に、震撼が走った。モルディアス一世が亡くなったのだ。隣国北ピュリスの滅亡、ピュリスの侵略という危機を乗り越え、王国を繁栄に導いたモルディアス一世が、亡くなったのだ。

　報せを聞かされて、ヒロトは愕然とした。見えない力で身体ごと揺さぶられた感覚に襲われた。

《待っておる》

　それが、ヒロトが最後に聞いた王の言葉になってしまった。あの時、妙に笑顔が印象に残ったのは、こういうことだったのだ。

　ヒロトが王の寝室に駆けつけると、オルフィーナが王を抱いて泣いていた。レオニダスはそばに跪いていたが、ヒロトを見ると泣いた顔を向けた。目が真っ赤で、濡れていた。

「ヒロト～～、親父が～～っ！」

とレオニダスが泣きついてきた。ヒロトはレオニダスを抱き締めた。レオニダスが、ヒロトに抱きついたまま、号泣する。まるで子供のような泣き方だった。この世の悲しみをすべて集めたような泣き方だった。

まさか、こんなに早く王が亡くなるとは思わなかった。自分が宮殿に駆けつけた日に――自分が会った日に――亡くなってしまうなんて。

寝室には、宰相パノプティコスも、大長老ユニヴェステルも、副大司教シルフェリスもいた。皆、神妙な顔をしていた。遅れてフィナスが姿を見せると、気づいたレオニダスが、

「おまえは来るな！　親父は怒っていたぞ！　よくもヒロトを王位から遠ざけようとしたな！」

とつかみかかった。ヒロトは慌ててレオニダスの腕をつかんだ。

「離せ、ヒロト！」

「フィナス殿を殴っても、陛下は戻りませぬ！」

ヒロトが叫ぶと、レオニダスはまた泣きだした。パノプティコスとユニヴェステルが話をしているのが見えた。きっと今後のことについて、打ち合わせをしているのだろう。

こんな時に？

こんな時こそだ。それが二人の仕事だ。自分も何かしなければならない。

だが、レオニダスはずっと泣いていた。泣きじゃくっていた。一番失いたくないものを失った人のように、ひたすら涙の人となっていた。

ヒロトはレオニダスの号泣を聞きながら、モルディアス一世を見た。オルフィーナは陛下を抱き締めたまま、泣いている。

もしかしていきなり動き出すんじゃないのか。

場違いな期待を懐いてしまうが、モルディアス一世の身体は動かなかった。奇跡は起きないから奇跡なのだ。

ヒロトは視線を動かし、そこでハイドラン公爵に気づいた。公爵は壁のそばに立って、どこか呆然としているような表情を浮かべていた。心ここにあらず、どこか違う異空間を彷徨っているような顔をしていた。

（泣いてない……！）

ヒロトはそこが気になった。自分の従兄弟が亡くなったのに――かつてはいっしょに国を動かした仲なのに――ハイドラン公爵が泣いていない。

なぜ⁉

2

副大司教シルフェリスは、一旦、大聖堂に戻った。直径一メートルの巨大な精霊の灯が、今日も変わらずに輝いている。

王が亡くなったというのに？

精霊にとっては、王が亡くなることもまた善きことなのだろう。王が代われば、国は変わる。その変化を、精霊は望んでいるということなのだろう。

先日のあの揺らめきは、やはり王の崩御を意味していたのだ、とシルフェリスはいまさらながら得心した。あの時、まさか王が亡くなるのでは……と予感したのだが、その予感は当たっていた。

だが――無用の予感だ。亡くなることがわかっていて、自分に何ができよう？　精霊の灯が揺らめいたということは、王の死去はもう避けられなかったということだ。

大長老は、今頃、全国のエルフ長老会の支部に通達を出しているところだろう。二週間後には国王推薦会議が開かれて、新しい王が決まる。

シルフェリスは、泣きじゃくるレオニダス王子の姿を思い出した。ヒロトに抱きついて、まるで子供のように泣いていた。心の底から泣いていた。演技とは思えなかった。父親が死んだのが本当に悲しくて、王子は泣いていた。

　心を打つ涙だった。父親に対してひどい暴言を投げつけていたが、本当は父親のことを好きだったのかもしれない。

　対して、ハイドラン公爵は、何か浮ついているような、驚いているような、そんな表情だった。自分の従兄弟が亡くなったというのに、泣いていなかった。肉親が亡くなれば泣くのが当たり前というわけではないが、あまりにもレオニダス王子と対照的で引っかかった。

　なぜ――ハイドラン公爵は泣かなかったのだろう。かつて国王推薦会議で自分を破って即位した者の死に、何を考えていたのだろう。

　わからない。

　精霊は、ハイドラン公爵とレオニダス王子のどちらをお望みなのだろうか、とシルフェリスは思った。

（聞いてみる？）

　シルフェリスは目を閉じた。

（精霊様。王は公爵がなるべきですか？）

　尋ねて目を開いた。精霊の灯は変わっていない。また目を閉じて、

（王子がなるべきですか？）

再び目を開いてみた。やはり、精霊の灯は変わっていなかった。精霊の灯が答えを出すわけがないのだ。毎回答えを出していれば、人は自ら判断することをやめて、すべて精霊に委ねるようになるだろう。そうなれば、エルフも人も異種族も生きる力を失うだろう。

次の王は誰になるのか。恐らく、ハイドラン公爵は王に選ばれるだろう。自分も、事前投票では公爵の名前を書いた。

二週間後には、ハイドラン一世が誕生する。ハイドラン一世の下でのヒュブリデはどんな国になるのか。どんなふうになっていくのか。

精霊教会の者は、占い師でも予言者でもない。未来は、誰にもわからない。

3

ハイドランは夢を見ていた。前回の国王推薦会議の夢だ。当時、候補は二人で、自分とモルディアスだけだった。前評判ではハイドランが少しリードしていた。だが、御審問でリードは失われてしまった。

《あなたは気取り屋に見えるという者がいます。時と場所にかまわず、いつも余裕を見せ

ることにばかりこだわっている。そのことについてどう思われますか？》

進行役が尋ねる。

《わたしは命を狙われた時でも、手許の花を嗅ぐような、そういう余裕の者でありたいと思っている。余裕こそは、器の証。王族の証だ。いかなる時にも笑みと余裕を忘れずに振る舞うことこそ、王族の務めだと思っている》

とハイドランは優雅に笑みを浮かべて答える。でも、内心は少しむっとしている。

《優雅さだけではなく、泥臭さも必要ではないかという指摘については？》

《無論、その通りだ。しかし、それは生き方ではないかと思っている。わたしはその生き方は選ばない。貴殿はわたしの生き方が嫌いかね？》

《嫌いだと答えたら、いかようにご返事を？》

ハイドランはむっとして答えた。

《嫌いな者とは仲良くできまい》

すかさず進行役が尋ねる。

《今、閣下のお心に余裕はありますか？　心に余裕の笑みはありますか？》

はっとした瞬間、ハイドランは目が覚めた。気がつくと、朝陽が部屋に射し込んでいた。

青を基調としたたくさんの調度の部屋の寝台に、ハイドランは横たわっていた。あまり寝た記憶はない。興奮してあまり眠れなかったのだ。

いやな夢だとハイドランは思った。自分が落ちたのは、きっとあのせいなのだ。あの時、余裕の笑みを失ったから、つい、怒りを表情に出してしまったから、それで落ちてしまったのだ。

あれから十五年――。

またチャンスが巡ってきた。精霊は自分の願いを叶えてくれた。まさか、こんなにも早くモルディアスが亡くなろうとは――。正直、こんなにも早く自分が王になるチャンスが巡ってこようとは思ってもみなかった。

精霊は、王が代わるべきだと言っている。モルディアスを逝去させたということは、そういうことだ。

自分が王に即位する日が、近づいてきたのだ。二週間後には、自分がハイドラン一世として即位することになるだろう。

レオニダスはエルフから敬遠されている。近々開かれる国王推薦会議では、自分が国王に推挙されることになるだろう。

レオニダスにはヒロトが推薦人につく？

四人の女と関係のある、あの男が？

昨夜、サラブリアに潜んでいた密偵が吉報を伝えてきたのだ。辺境伯の護衛の騎士からの情報だった。ヒロトは四人の女と肉体関係を持っている。ヴァンパイア族のヴァルキュリア、世話係のミミア、ネカ城城主の娘ソルシエール、そしてサラブリア州副長官の女エルフ、エクセリス——。

なんと破廉恥な。まるでレオニダスではないか。四人の女と乱痴気騒ぎをしている男は、二人の女と乱痴気騒ぎをしている男と馬が合ったということか。つまり、淫行という共通点、不道徳性があったればこそ、二人は近づきあったということか。ますます破廉恥な。四人の女と関係を持つなど、何たる男か。いっそのこと、ヴァルキュリアとやらに告げ口してやるか。告げ口してやれば、どうなるのか。なかなか見物だ。

（ベルフェゴル侯爵にも教えてやらねば）

そう思って、肝心のことを頼まねばならないことに気づいた。推薦人を頼まねばならない。頼むとすれば、かつて自分と戦い、モルディアスを即位させた男しかいない。

——ベルフェゴル侯爵。

ハイドランは呼び鈴を鳴らした。すぐに眼鏡の女執事ウニカが駆けつけた。

「おまえに頼みたいことがある」

4

全国から迅速に集まった投票の集計を目にして、ユニヴェステルは小さくうなずいた。結果は予想通りだった。こうなると思っていたのだ。

全国二十七の支部と自分と副大司教の投票、合計二十九票のうち、

ヒロト……四票

レオニダス……五票

ハイドラン……二十票

公爵に集まった票は、二十九票中二十票――つまり、三分の二を超えたということだ。一人の候補者が三分の二を超えた場合、二人の候補を立てるかどうかは大長老の判断になる。

(顔合わせのためにも会議は開くべきだが、候補者は一人でよい。二人にする必要はない)

ユニヴェステルは部屋を出た。王の執務室へ向かう。

すでに、宰相パノプティコスが来ていた。ヒロトとレオニダス王子は隣り合って座っていた。王子は元気がない。こんな王子を見るのは久しぶりである。子供の頃、ずいぶん叱られて泣いた後でも、こんな顔はしなかった。元気がないのは、母君が亡くなった時以来

だ。あの時も、一番泣いていたのはレオニダス王子だった。

ハイドラン公爵は眠そうだった。昨夜、眠れなかったのか。

副大司教シルフェリスが部屋に入ってきた。自分の隣に座る。大法官と書記長官の姿はまだない。

パノプティコスが近づいてきた。

「国王推薦会議は――」

と話しかける。

「今回の候補は一人でよいと思っておる。二人も呼ぶ必要はなかろう。推薦人も呼ばず、御審問だけで済ませようと思うておる」

ユニヴェステルが声を抑えて答えると、ヒロトが顔を向けた。ヒロトはレオニダス支持者である。明らかに異議を唱えようとしている目だった。

「では、事前投票で一人の候補が五分の四以上を――」

とパノプティコスが確かめる。ヒロトが席を立って、向かってきた。ユニヴェステルは、ヒロトが発言する前に発言で封じ込めにかかった。

「最初に言っておく。国王推薦会議はエルフの専権事項だ。辺境伯の助言は受けぬ」

反論に対してシールドを張ると、

「エルフの専権事項に対してものを申すのではなく、過ちを犯そうとしている方にものを申し上げるのです」

とヒロトは切り返してきた。

「国王推薦会議のことについて意見できるのは、エルフのみだ」

とさらにユニヴェステルは突っぱねた。だが、それで退くヒロトではない。長口上を繰り出してきた。

「大長老閣下は道を誤りかけていらっしゃいます。事前投票はあくまで事前投票です。実際に候補者の姿を見、肉声を耳にし、話す言葉を聞き、推薦人の演説を吟味して、多くの情報に基づいて下された判断ではありません。風評や報告という、非常に断片的な、限定された少ない情報から下された判断です。候補を絞り込むには適していますが、候補を一人に決めるには適していません。一人に決めるためには、圧倒的に情報が不足しています。不足した情報で下された判断が正しい判断になることは極めて稀です。そのことに先人たちが気づいていたからこそ、国王推薦会議で候補者に対する御審問があり、推薦人演説があり、エルフの方々による中間表明があり、最終対論があるのだと思います。御審問も推薦人演説も最終対論も、情報を補うためのものです。たとえ結果が事前投票と同じものになろうと、事前投票の結果をもって決定とみなすことは危険ではありませんか？」

5

長口上を終えて、ヒロトはユニヴェステルの顔をじっと見た。大長老も、じっとヒロトを見ている。非常に知性的な双眸。意志の強さを感じる。

自分の主張はうまく心の中に入り込んだ？　大長老は翻意してくれる？　翻意してくれなければ、ハイドラン公爵がそのまま国王に即位してしまう。

ユニヴェステルが口を開いた。

「貴殿の主張は理解できるが、どうするかはエルフが決めることだ。辺境伯が決めることでも助言することでもない」

また同じ壁が、ヒロトを撥ね返した。

（だめか～っ！　このままじゃ、ハイドランに決まってしまう！　それはやばい！）

いっそのこと、事前投票を決定とするのなら、ピュリスに亡命してやると言ってみる？

ヒロトは考えた。すぐに首を横に振った。

だめだ。大長老にそんな手は効かない。脅迫と取られるだろうし、ならば出ていくがよいと言われて詰むのがオチだ。ヒロトの立場も危うくなる。

（やばい。やばいぞ。このままハイドラン公爵が即位したら、やばいぞ。なんでエルフはやばさがわからないんだ？　おれ、何回もやばいって指摘したじゃん）

ヒロトは焦った。

今、大長老を止めるしかない。だが、止める手がない。

（あきらめる？）

あきらめたら終わり！

（粘る？）

粘っても無理！　また撥ね返される。

（本当に手がないじゃん！　トルカ紛争の時には血の壁に弾き返されて、今回はエルフの壁に弾き返されるのか⁉）

「ヒロト、やめろ。おれに肩入れすると、おまえが失脚するぞ。叔父が王でいい」

王子の言葉に、ヒロトは振り返った。

（なんでそんなことを言うんだよ！　王は殿下以外いないだろ！）

叫びたくなる。だが、叫べない。叫べば、ヒロトの助言がレオニダス王子を即位させるためのものだと取られてしまう。

——いや、実際そうなのだが、叫んでしまったら、ますますエルフの壁は高くなる。永遠に越えられない壁になる。

（どうやって越える？　何か手はないのか？　手はないとあきらめれば道が開けるのか？）

ヒロトはいつもの一発逆転の閃(ひらめ)きを待った。

――来なかった。頭の中は待ち人来(きた)らずである。

（退くしかないのか……）

そう思ったヒロトの後ろから、女の声が聞こえてきた。

「事前投票の結果をもって決定とするべきではないと存じますが」

ヒロトは驚いて後ろを振り返った。裾(すそ)を赤く縁取(ふちど)りした白いワンピースドレスの美女が立っていた。

（嘘(うそ)）

ヒロトは言葉を失った。

嘘だ。

彼女(かのじょ)がヒロトを応援(おうえん)するはずがない。彼女は、ヒロトのことを不道徳だと非難したのだ。

その彼女が――。

異議を唱えたのは、副大司教シルフェリスだったのである。ユニヴェステルは、予想外の論客に虚を衝かれた表情を浮かべた。

「察するに、ある一人の候補に対して三分の二以上には達しているが、五分の四には達していないのでは？　五分の四以上ならば、候補者は一人でよいと思っているとはおっしゃいません。候補者は一人と断定されているはずです」

鋭い、とヒロトは思った。ヒロトが突っ込んだのも同じ理由だ。ほんわりとした聖母のような優しそうな顔をしているが、頭の中は切れ切れである。

シルフェリスがつづける。

「事前投票はあくまでも事前投票です。少ない情報で下された判断をもって決定とするべきではございません」

ユニヴェステルの口が一旦開き、止まった。シルフェリスはエルフであるだけに、エルフの壁でシルフェリスを撥ね返すことができない。エルフのことに口出しするなという伝家の宝刀が抜けない。

「推薦人を呼んでも同じことだ」

とユニヴェステルは撥ね除けた。

「エルフは占い師でも予言者でもありません。そして、占いも予言も外れます」

とシルフェリスが撥ね返す。ユニヴェステルは少しいらっとした様子で、シルフェリスに歩み寄った。小声で耳打ちする。

「二十票がハイドラン、レオニダスは五票だ。辺境伯が四票だった。推薦人を呼ぶ必要があると思うか？」

ユニヴェステルの反論に、シルフェリスも小声で即座に言い返した。

「陛下がお倒れになる直前、大聖堂の精霊の灯が揺らぎました。精霊様はこのたびのことを大変注視されています。ご慎重になるべきです。精霊の呪いは、高位の者がふさわしからざる態度を取った時に生じます。精霊様がご注視されている中、事前投票をもって決定なさるのは、副大司教としてお勧めできませぬ。もしそのことで精霊の呪いが生じた時、我々エルフに何が起きるかおわかりですか？　今まで、エルフが原因で精霊の呪いが起きたことはございません。エルフが精霊の呪いを呼び起こすようなことは、断じてあってはならないのです」

ユニヴェステルは黙った。ヒロトにはよく声が聞こえなかったが、票数と精霊の呪いという言葉だけはかろうじてヒロトの耳に届いた。

（精霊の呪い……？）

ユニヴェステルは考え込んでいる。何度も助言を突っぱねてきたユニヴェステルの表情が、揺らいでいる。明らかに真剣に考え込んでいる。

（おれが何か言うべき？）

いや。

待つべきだとヒロトは思った。大長老一人に任せるべきだ。

「生じると思うか？」

とユニヴェステルは小声でシルフェリスに尋ねた。

「起きぬとは申せませぬ。ただ、決定とせぬ場合は起きぬと保証できます」

ユニヴェステルの視線が下がった。右下に視線が落ちる。

執務室にフィナスと大法官と書記長官が入ってきた。ちょうど、枢密院のメンバーが入ってきたことになる。

「何もなければ枢密院会議を始めるが」

とパノプティコスが告げると、

「一つある」

とユニヴェステルは割り込んだ。

「しきたりにしたがって、国王推薦会議を開く。候補者はハイドラン公爵、レオニダス王子の二人とする。候補者二名の方は、直ちに推薦人をお探しになること。以上」

第二十二章　推薦人

1

枢密院会議が終わると、ヒロトは真っ先にシルフェリスの許に歩み寄った。

「お礼を申し上げさせてください」

そう切り出すと、

「お礼を言われるようなことはしておりませぬ。わたしは貴殿のことは今でも不道徳だと思っております」

と氷のような冷たい言葉を返された。

「でも、国のために大長老を説得された。そのことへのお礼です」

ヒロトの言葉に、

「そのことならば――」

とシルフェリスは受け入れた。

「わたしの方からは、お詫びを申し上げねばなりません。貴殿は枢密院には不要と申し上げましたが、貴殿は必要な方です。我が国にとっても必要な方です」

ヒロトは、初めて目の前の女性を美しいと思った。二十六歳で副大司教になるだけのことはあるのだ。そしてやはりエルフなのだ。

「ただし、我が国にとって重要な方であればこそ、なおさら不道徳からは決別していただきたいと思っております。それは変わりません」

「その願いが叶えられないのも変わりません」

とヒロトは微笑んだ。シルフェリスは微笑まなかった。だが、怒っているわけでないのはヒロトにはわかった。シルフェリスは軽く会釈して、ユニヴェステルの方へ歩いていった。

（これで同じ戦場に立てる！）

とヒロトは息を吸い込んだ。

戦いに勝てる？

まさか。

ユニヴェステルの囁き声は、ヒロトにも部分的に聞こえていた。ハイドラン公爵の二十票に対して、レオニダス王子は五票。そして、自分が四票――。

恐らく、ハガル州とアンスル州、そしてサラブリアの二つの支部からの票だろう。戦いは、正直厳しいどころではない。ヒロトが州長官選挙に立候補した時も戦いは厳しかったが、それどころではない。かなり絶望的である。

ヒロトはレオニダス王子に顔を向けた。

王子は、ずいぶんと暗い表情を浮かべていた。絶望の深淵でも見ているかのように、斜め下に視線を向けている。

「殿下。自分が推薦人になります。殿下は――」

「おれの推薦人になるな」

といきなりレオニダス王子は拒絶の言葉をぶつけてきた。ヒロトは言葉を失った。

「おれは負ける。おれにつけば、おまえは失脚する。おまえが失脚したら、この国はおしまいだ。おれの推薦人になるな」

2

ヒロトはレオニダス王子の顔を、じっと見た。いつもと違う、憔悴の色が漂っていた。父親を亡くして、自分への自信も尊大さもいっしょに失くしてしまったようだった。

叱責する？

一瞬ヒロトは選択肢として思い浮かべたが、すぐに却下した。

「殿下。どうして陛下は殿下を枢密院に戻されたのかわかりますか？　殿下が国王候補に残れるようにするためです」

ヒロトの説明に、レオニダスが、はっとして顔を向けた。

大丈夫。王子の心に、ヒロトの言葉は届いている。

「ぼくを枢密院に戻すためだけではありません。殿下を国王候補に戻すためです」

「親父はおれを嫌っていた」

「陛下は殿下が自分を嫌っているとお考えでした。それでも、殿下は血を分けた唯一の子です。殿下が国王候補に残ってもよいとお考えになったのでしょう」

レオニダス王子が下を向く。涙の衝動と闘っているようだ。ヒロトはさらに、小声で畳みかけた。

「ぼくが枢密院に入ったのは、殿下を王にするためです。ハイドラン公爵ではなく、殿下を即位させるためです」

レオニダス王子が再びヒロトを見た。目が、驚愕に見開かれていた。驚嘆に乗っ取られた顔をしている。

「この国を公爵に任せては、大変なことになります。殿下が王になるべきです。ぼくはそのために枢密院に入ったんです。殿下もぼくも枢密院にいなければ、殿下は国王候補になれないし、ぼくは殿下の推薦人になれません。だからこそ、殿下を枢密院に復帰させ、ぼく自身も枢密院に入ったんです。その狙いがわかったからこそ、フィナスはぼくを封じ込めようとしたんです」

レオニダス王子の顔が、おまえというやつは……と言っているような顔になった。唇が ふるえている。

「おまえは……馬鹿だ……おれは兄貴と違って出来損ないだぞ……」

と王子は言った。

「出来損ないではありません。ぼくに推薦人になるなと命じる殿下の方が、もっと馬鹿です」

とヒロトは返した。

「おれは負けるぞ」

「ぼくがついているのに負けるんですか？　ぼく、負けたことないですよ」

「おれにだって自分の人望はわかる。エルフ長老会の支部長でおれに投票するような数奇なやつは、数名しかいないはずだ。おまえが出た方がいい」

と冷徹に王子が切り返す。

「王族でない者は事前投票で三分の一以上の票がなければ候補に選出されません。大長老が候補者を一人にしようとしていたということは、ぼくは三分の一の票を得ていないということです。殿下が出るしかありません」

「おれは泥船なんだぞ。おまえも冷や飯を食わされるぞ」

ヒロトは首を横に振った。

「手でもあるのか？」

「ないです」

「馬鹿者め」

と軽くレオニダス王子が罵る。

「もし仮に公爵に二十票で殿下に五票だとするのなら――」

「四票はおまえだ」

と王子がヒロトを遮る。

「ぼくが殿下の推薦人になれば、その四票が殿下に転がり込む可能性があります」

「割れる可能性だってある」

「なら、二十二票対七票です。八票動かせば、十四票対十五票になって殿下の勝ちです」

王子がぽかんと口を開けていた。

「おまえってやつは――」

「もしぼくに投じられた四票がまるごと殿下に行けば、二十票対九票です。六票動かせば殿下の勝ちです」

「机上の空論だぞ」

「空論でも楽しいでしょ？　不可能じゃないってわかって。それに、具体的な数字がわかると、どう動こうかって気になります。そこに勝機が生まれる可能性が出てくる」

「おまえは――」

レオニダス王子はまじまじとヒロトを見つめた。

何を考えている？

わからない。ヒロトにだって、わからないことはいっぱいある。

「おれに王になる資格はあると思うか？」

レオニダス王子は気弱な調子で尋ねてきた。

「まだそんな寝ぼけたことを言ってんですか？　殿下は馬鹿ですか？」

と容赦なくヒロトは突っ込んだ。

「馬鹿だから聞いているんだ」

「あるから推薦人になるんです。公爵閣下でもなく兄上でもなく、殿下が王になるべきです。おれは公爵にお仕えしたくありません」

レオニダスの表情が歪んだ。うれし涙とこらえようとする意志とに挟まれて、表情が歪んでいた。

王子は、いきなりヒロトを抱き締めてきた。

「おまえは世界で一番馬鹿だ」

「それは嘘です。一番は殿下で二番がおれです」

「同じだ、馬鹿者」

そう言って、レオニダス王子はさらに腕に力を込めた。ヒロトは王子の身体を抱き締めた。王子の身体は温かかった。

でも、この身体の中には冷たい悲しみがいっぱい詰まっている。優秀な兄と比べられた悲しみ。なぜ弟君が死ななかったのかと非難された悲しみ。

悲しみのない人間なんていない。悲しみがあるから、人は人なのだ。エルフだって、ミイラ族だって、骸骨族だって、ヴァンパイア族だって――。

レオニダス王子が顔を上げた。

「後悔するぞ」

「今後悔しておきます。ああ、やるんじゃなかった」

そう言ってヒロトは笑った。王子は笑わなかった。

「おまえの経歴の汚点になるぞ。おまえの不敗伝説が終わるぞ」

「大丈夫です。目指すのは八票、八人のエルフです。壇上で殿下が処刑してやるを連発すれば一撃必殺です」

「逆の一撃必殺だろ」

とレオニダス王子が微笑む。ようやく、レオニダス王子にいつもの表情が戻ってきた。

「おれはしばらく親父の葬儀で身動きできん。頼む」

王子の言葉に、ヒロトはうなずいた。そしてレオニダス王子に囁いた。

「殿下。王になりましょう」

3

ハイドランはヒロトとレオニダスのやりとりを聞いていたが、小さな声だったのであまり聞こえなかった。ただ、ずいぶんとレオニダスは弱気のようだった。傍若無人なレオニダスでも、自分が不利なのはわかったのだろう。ヒロトも票について答えていたが、おかげで具体的に票数を把握することができた。

（勝てる……！）

そうハイドランは思った。最後にヒロトとレオニダスが抱き合うのを見ると、ハイドランは執務室を出た。レオニダスがあんなに感情的になっているのを見ると、レオニダスはいっぱいいっぱいだろう。今でこのレベルでは、到底勝利はつかめまい。

部屋に戻ると、家臣が待っていた。

「侯爵の許へ早馬を。今入った報せを伝えよ。事前投票の結果がわかった。レオニダスが——」

数を伝えると、すぐに家臣は出掛けていった。数を聞けば、ベルフェゴル侯爵も安心するだろう。侯爵との連携は密に行わねばならない。

（レオニダスは苦戦か……）

苦戦というより、悲惨な状況だった。

自分には二十票。

レオニダスには五票。

ヒロトに四票。

ヒロトに枢密院の経験はほぼない。成り立てである。それでも、四票が集まっている。

二年経てば、間違いなくヒロトは第一候補にのしあがっていただろう。

(やはり、精霊はわたしを勝たせようとしてくれている。わたしを即位させようとしてくれている)

ハイドランは精霊に感謝した。そして、愛する天国の妻にも祈った。

(テルミアよ、どうかわたしを見守ってくれ。わたしの敵を追い払ってくれ)

4

ベルフェゴルは、すでにハイドラン公爵の依頼を受けたところだった。女執事のウニカは公爵もご安心なされますと喜んでいたが、ベルフェゴルにとっては願ってもないことだった。むしろ、この日を待っていたのだ。この日が来るようにフィナスに手紙を送り、仕掛けを施したのだ。そしてその仕掛けは、見事に花開いてくれた。

(フィナスが動けば、必ずレオニダスが動く。レオニダスが動けば、モルディアスは——)

企図していた通り、すべては動いた。

さらに、駆けつけた使者が自分たちを元気づける報せを届けてくれた。エルフの事前投票の結果がわかったのだ。

ハイドラン……二十票
レオニダス……五票
ヒロト……四票

「これで勝てなかったら屑だな」

とラスムス伯爵が辛辣な感想を述べた。ベルフェゴルは異論を返した。

「だが、接戦にはなろう。あの男は、わしの完璧な手をとんでもない手で打ち破った男だぞ？　一人も兵を連れずに単身乗り込んでメティスに話をつけ、リンドルスを説伏した男だぞ？　そう簡単に勝てる相手ではない。辺境伯の四票は、そのままレオニダスに転がり込むと見てかかった方がよい。つまり、現状は二十票対九票だ。だが――」

とベルフェゴルは間を置いた。

「辺境伯には影響力の壁がある。ヒロトの意見に同意する可能性があるのは、ヒロトが直接関わってヒロトを高く評価する州の支部――ルシニア、ノブレシア、オルシア、アンスル、ハガル、そしてサラブリア州の二つの支部。さらにヒロトと懇意なフェルキナが州長官を務めるシギル。さらに、ノブレシアの問題で州長官の政務官がエルフに代わったオゼール、ルシャリア、エキュシア。合計十一。それが限界だ。それ以上を超えることはできぬ。おまけに、ヒロトには女という弱みがある」

ハイドラン公爵の女執事ウニカは、密偵からの情報を伝えてくれた。ヒロトは四人の女と肉体関係があるのだという。ヴァンパイア族の娘、ミイラ族の娘、城主の娘、そしてエルフの副長官――。

なかなかお盛んなことだ。すべて種族が違う。さすがイブリド制を支持する者だけのことはある。女との関係もイブリド制だ。

思わずそう皮肉を言いたくなった。

「いつ使う？　今か？」

とラスムス伯爵が尋ねた。

「そうだな。今、ヴァルキュリアとやらに教えてやればどうなるかな？」

とベルフェゴルは笑った。いつ使うかを考えるだけで、顔がにやけてくる。あの男には辛酸(しんさん)を嘗(な)めさせられたのだ。

ベルフェゴルは、ハイドラン公爵の女執事ウニカに顔を向けた。

「公爵閣下に伝えるがよい。密偵からの情報、ありがたく使わせていただく。いつどう使うかは、わしが決める。一番効力のある時に効力のある方法で使ってヒロトを墜落(ついらく)させる。ご安心なされるがよいと」

第二十三章　前評判

1

モルディアス一世の訃報に、大司教ソブリヌスはベッドの上で沈黙した。ずっと天井を見て、何かを考えていた。それから、

「叶わなかったか……」

とつぶやいた。生前に会うことが叶わなかったという意味である。

「精霊様のお計らいには違いないが、無慈悲なことをなさる。ヒロト殿が枢密院に入って、まさにこれからという時に……」

そう言って、言葉を失った。

2

突然の悲報を受けて、急遽、ラケルは王都へと向かった。モルディアス一世は、母国北ピュリス滅亡後、ラケルたち王族を快く受け入れてくれた王である。祖国再興については積極的ではなかったが、ラケルたちがヒュブリデで快適に暮らせるように図ってくれた。ラケルにとっては、まさに庇護者だった。

でも、そのモルディアス一世が亡くなってしまった。もうピュリス人に命を狙われる危険性はないが、最後にご挨拶をするべきだ、お見送りをするべきだと思った。

もちろん、自分たちの今後のことは心配ではある。亡命者にとって、王が代わることは自分の境遇が変わることを意味する。もしかすると、貧窮に落ちるかもしれない。

次の王はハイドラン公爵？

恐らく。

まさか、レオニダス王子？

ラケルは、帰国したばかりの王子に乱暴な求婚を受けたことを思い出した。もし王子が即位したら、自分は求婚されてしまうのだろうか……？

求婚されるのなら、ヒロト様がいい……。

3

訃報を耳にして、すぐにフェルキナも王都へと発った。部下には、テルミナス河の対岸を警戒するように言い渡した。いずれピュリス国にも訃報は伝わる。伝われば、ちょっかいを出して渡河するピュリス兵も出てくるだろう。フェルキナが州長官を務めるシギル州はテルミナス河に面している。ピュリス軍の渡河は、何があっても許してはならない。

馬車で移動しながら、フェルキナは王都にいるはずのヒロトのことを思った。すでに国王推薦会議の開催が通達されている。今頃、国内から王都へ向かって人の移動が行われているだろう。エルフたちも、州長官たちも移動を開始しているはずだ。

早かったな、というのが正直な感想だった。いずれこの時は来ると思っていた。モルディアス一世が倒れたという報せを受けた時から、その時を覚悟していた。

だが、あまりにもその時が来るのが早かった。

(次の王は……やはりハイドラン公爵?)

今のタイミングでは、正直、ハイドラン公爵が有利だ。レオニダス王子はエルフの間で悪評が高い。恐らく推薦人はヒロトが買って出るのだろう。

個人的には、やめるように忠告したい。ヒロトが泥船に乗ってはいけない。この国は、ヒロトがしっかりしていなければだめなのだ。王子に加担したためにこの国での影響力を失い、ヒュブリデが没落することは避けねばならない。

4

王都のすぐ隣に位置するクリエンティア州の州都のエルフ長老会支部長は、候補の名前を見て眉を顰めた。

ハイドラン公爵の名前といっしょに、レオニダス王子が挙げられている。

（愚かな）

思わずつぶやきそうになった。ヒロトの名前が挙がっているのならまだ納得できるが、レオニダス王子——あの暴君予備軍のような男が候補とは。

得票は少なかったはずだ。大長老判断で候補者を一人に限定することはできたはずである。にもかかわらず、二人——。

（思い込みで判断せずに、実際に見聞きしてということなのだろうが、恐らく失望で終わるだろう）

5

蜂蜜酒(ミード)で有名なルシャリア州のエルフ長老会支部長は、候補に挙げられた二つの名前に首を傾(かし)げた。自分はヒロトに投票しなかったが、てっきりハイドラン公爵とヒロトの一騎(いっき)討(う)ちになると思っていたのだ。

だが――公爵と王子。

(これではもう勝負が決まったようなものだ)

端(はな)から勝負がついているにもかかわらず、王都まで出掛けていくのは気が重い。だが、それもまたエルフの務め、支部長の務めである。この国の王は、代々エルフが選び出してきたのだ。そしてその結果、この国は繁栄(はんえい)をつづけている。

6

エキュシア州のエルフ長老会支部長も、候補者名に首を傾げた一人だった。レオニダス王子の不人気ぶりは、事前投票の前からわかっていたはずだ。にもかかわらず、候補にレオニダス王子が残っている。そして、ヒロトの名前がない。

(辺境伯(へんきょうはく)は三分の一を取れなかったか。公爵も五分の四以上を得票しなかったか)

それで慎重を期して、大長老は二番手のレオニダス王子を候補に加えたのだろう。

（公爵の推薦人は誰がなるのか。前回同様、ラスムス伯爵か？　王子は……？）

7

プリマリア支部支部長のアスティリスから話を聞かされて、相一郎は絶句していた。モルディアス一世には、つい先日会ったばかりである。キュレレといっしょにバイバイしてきたのだ。そのモルディアス一世が――死亡。

「え!?　じゃあ、次の王は――」

（ヒロト？）

「ハイドラン公爵かレオニダス王子ということになろう。それを決めるために、行かねばならぬ。留守中、お願い申し上げる」

とアスティリスに頭を下げられて、相一郎はダルムールといっしょにお辞儀を返しながら、当惑していた。

ヒロトはハイドラン公爵を警戒していた。ヒロトが枢密院に入ったのは、ハイドラン公爵を即位させないためだ。

だが、相一郎はレオニダス王子が苦手である。クラスに二、三人はいる、女が得意で休み時間もよく女と話している男たちの雰囲気があるのだ。イケメンはなお、苦手である。相一郎のような勉強の虫とは真逆の雰囲気、対極的存在である。なぜヒロトが仲よくなれるのかがわからない。ヒロトは、中学時代も普通に不良に対して「ね、喧嘩強いの？　三人に取り囲まれたらどうすればいいの？」なんて話しかけていたから、イケメンもなんともないのだろうが——。

いきなりズボンの裾を引っ張られた。キュレレが本を抱えて相一郎を見上げていた。

「王、死んだ？」

と少したどたどしい口調で尋ねる。いつもよりしんみりした、悲しそうな表情をしている。

「ああ、亡くなった」

「もう本、くれない？」

「くれない。亡くなっちゃったから」

「ママのところに行った？」

それで相一郎は、キュレレが悲しい顔をしている理由に気づいた。早くに亡くなったママのこと——かつてヴァンパイア族界で最速の飛行速度を誇った伝説のママが死んだ時のことを、思い出していたのだ。

相一郎はしゃがみこんで、キュレレを抱き締めてやった。

「大丈夫、おれはここにいるよ」

8

いよいよ来たか……というのが、セコンダリア支部支部長マニエリスの感想だった。マニエリスとしてはヒロトが候補者に挙がることを期待していたのだが……。愚かなことだと思う。ヒロト以外に、誰が適任がいるというのか。しばらく政治から遠ざかっていたハイドラン？　ハイドランは、先のアグニカの件でヒロトと衝突している。論外だ。レオニダス王子？　これまた問答無用で論外だ。だが、候補者はハイドラン公爵とレオニダス王子。正直、最も悪い選択肢が二つ残ったことになる。戦いは消去法になるだろう。

ヒロトはレオニダス王子につくのだろうか、とマニエリスは思った。ハイドラン公爵につくとは思えない。レオニダス王子につくのは賢明とは思わないが、ヒロトは王子につくのだろう。それがヒロトという人間だ。

（だが、今度こそは敗れる……。王子の前評判は悪すぎる……）

第二十四章　予行演習

1

最高法院より、正式に候補者とその推薦人の名前が発表された。

候補者、ハイドラン公爵。推薦人、ベルフェゴル侯爵。

候補者、レオニダス王子。推薦人、辺境伯ヒロト。

国王推薦会議が終わるまでは、エルフは候補者及び推薦人との接触を避けること。ただし、枢密院顧問官はこの規定の例外とする。


やはり辺境伯が殿下の推薦人についたか、と宮殿の者たちは騒いだ。そして、殿下に勝ち目はあるまい、きっと公爵が王になるに違いないと互いの予想を披露した。

首都エンペリアの街中にも騒ぎは伝わっていった。首都の人々の予想も、新しい王はハイドラン公爵だった。

「でも、宰相はどうなるんだろうな。パノプティコスが留任か？」

「いや、侯爵がなるんじゃないのか」

「侯爵がなったら、辺境伯と対立するんじゃないか」

そう首都の人々は噂し合った。

2

告示にしたがって、エクセリスは宮殿から離れた。ヒロトの書記官ではあるが、規定によりエルフは推薦人及び候補者と接触してはならない。エルフ以外の者が、エルフを介して会議出席者に請願や圧力を加えることを防ぐためである。

エクセリスは、部屋でヒロトと抱擁を交わした。

「みんなは負けるって言ってるけど、勝ってね」

とエクセリスは耳元に言い残した。ヒロトはうなずいたが、絶対に勝つとはエクセリスに言えなかった。圧倒的な不利を覆す秘策は、まったく浮かんでいなかった。

そして、去ったエクセリスと入れ代わるように、数カ月のブランクを経て、ヒュブリデ王国の大物が宮殿に姿を見せていた。かつてモルディアス一世により宮殿への立ち入りを禁止された男、ベルフェゴル侯爵である。モルディアス一世を国王推薦会議で勝利させ、宰相を務めた男だ。すぐそばにはラスムス伯爵もいる。

推薦人になったことにより、ベルフェゴル侯爵は宮殿入りを許されたのだ。そして推薦人の協力者ということで、ラスムス伯爵も宮殿入りを許可されたのだ。

(久しぶりだな)

とベルフェゴルはヒュブリデ王国の中心的建造物を見上げた。自分が宰相を務めていた頃と、何も変わってはいない。

(いずれこの宮殿は、わしが住む宮殿となる。そして、小僧と吸血鬼は追い出される。それがこの国のためにはよいのだ)

ベルフェゴルは、かつて自分が住んでいた宮殿の廊下を堂々と歩いた。どこに何があるかは、充分にわかっている。ここは王の館であると同時に、自分の館でもあったのだ。

ベルフェゴルは、ラスムスとともにまず宮殿内聖堂の死体安置所に赴いた。ひんやりとした氷室の中に、王の死体は安置されていた。ベルフェゴルは、かつて仕えた主君に対して跪いて祈りを捧げた。

(これからはわしがこの国を動かしてゆく。ご安心めされよ)

寵姫オルフィーナに会って慰めの言葉を掛けると、ベルフェゴルはレオニダス王子の部屋に向かった。扉をくぐると、眼鏡の娘が出迎えた。

（今度は眼鏡の女を迎えたのか？）

眼鏡の娘の後ろに、金髪碧眼の娘が見えた。確か、王子は派手な女たち二人を抱えていると聞いたが――。

理由はすぐに知れた。机にはレオニダス王子だけではなく、辺境伯ヒロトがついていたのだ。しかも、そばにはヴァンパイア族の娘がいる。

（なるほど。限られた時間でできるだけいっしょにいて対策を練ろうということか）

吸血鬼を王子が部屋に入れるとは、世も末だとベルフェゴルは思った。王子は吸血鬼とともに進む道を選んだということか。ならば、よろしい。このベルフェゴルがその道を叩き潰してしんぜよう。

ベルフェゴルは勝者の笑みを浮かべて、

「殿下、ご無沙汰しております。まずは殿下にと挨拶に参りました」

と物腰やわらかく挨拶してみせた。

「おまえ、宰相をするつもりだろ」

といきなりレオニダス王子は真実を衝いてきた。生意気で毒舌なくせに、妙に勘だけ鋭いのである。

「そうなると光栄ではございますが、パノプティコスがおりますので」

とベルフェゴルは微笑でカモフラージュした。だが、それでごまかせる相手ではない。

「光栄、か。もう織り込み済みだな。叔父と取引でもしたか」

とさらに王子は真実を衝いてきた。

「口利きの悪い。そのようなお行儀では、御審問で顰蹙を買いますぞ」

と年上らしくベルフェゴルは余裕の笑みでたしなめた。それから、

「おや、辺境伯もおいででしたか」

ととぼけてみせた。その途端、

「わざとらしいんだよ。最初に気づいてたくせに。おまえの目、ヒロトを見てたぞ」

とヴァンパイア族の娘が突っ込んできた。ベルフェゴルは黙った。獣は苦手である。

「正々堂々と戦えることを期待しておりますぞ。今度ばかりは辞任は効きませんからな。王子が推挙されないのなら辺境伯を辞任するとおっしゃっても、エルフは動きませんぞ」

皮肉交じりに牽制すると、ベルフェゴルは背を向けた。ヒロトは結局、一言も口を利かなかった。

3

「くそ、あいつめ。おれが負けるとわかって、わざと最初に挨拶に来やがったな。余裕を見せに来やがった。あんなやつに負けたくないぞ」

とレオニダス王子が声を上げた。

ヒロトは黙っていた。ベルフェゴル侯爵の自信満々の表情を思い返していたのだ。

（あれだけ自信があるのは、きっと事前投票の結果を知っているんだ。ハイドラン公爵に二十票入ったことを、侯爵も知ってるんだ）

そうヒロトは思った。

気になるのは、ラスムス伯爵だった。ラスムス伯爵も同行していたということは、間違いなくハイドラン公爵のバックアップについているということだ。前回の国王推薦会議の経験者が二人も支援に回ったということになる。しかも、公爵自身も経験者――。

（圧倒的不利……）

「おい。なぜ言い返さなかった？」

とレオニダス王子が絡んできた。

「何か言うと、相手にヒントを与えるので」

とヒロトは答えた。

「というと、秘策を思いついたのか？」

「ありません。御審問に秘策などありません」

「では、おれは負けるではないか！」

とレオニダス王子が声を上げる。ヒロトが推薦人になると言い出した時は、おれは負ける、ハイドラン公爵が王になると悲嘆に暮れていた王子だったが、いざ出馬となると、やはり負けたくないという気持ちが強くなっているらしい。

（それだと余計に負けちゃうんだよなあ）

とヒロトは思ったが、牽制はしなかった。自分と王子とは違う。自分が恬淡とした明鏡止水の境地に辿り着けたとしても、王子にはその境地は無理だ。

「おれは何をすればいいのだ？　何をすれば、やつを倒せる？」

ヒロトはまたにやっと笑って答えた。

「暴言を」

「貴様〜〜っ！」

レオニダス王子がふざけてヒロトに飛びついた。

4

ハイドランは、二人の大貴族を笑顔で迎えた。強力な助っ人がついに王都に来てくれたのだ。

「問答集をつくってまいった。前回の国王推薦会議を経験しているおかげで、何について聞かれるのかはおおよそ見当がつく。ヴァンパイア族との関係、アグニカとの関係、ピュリスとの関係、マギアとの関係。こう答えればよいという答弁もつくってまいった」

と文人らしいラスムス伯爵が言う。

「感謝申し上げます」

とハイドランは軽く頭を下げた。

「ただご存じの通り、エルフは一つ、必ずぎょっとする質問を浴びせます。本音や裏の姿を引き出すために、そういう質問を用意してまいります。恐らく、トルカ紛争のことについて聞かれるでしょう。なぜあの時、同行しようとしたのか、ヒロトの成功についてどう思うのか、殿下についてどう思うのか、処刑せよなどの暴言についてどう思うか。一度、きっちりと予行演習を行った方がよろしい」

ベルフェゴル侯爵の言葉に、ハイドランはうなずいた。

「成功は早さだ。すぐにも始めよう」

とラスムス伯爵が羊皮紙をめくった。ハイドランは二人に座席を勧め、最後に自分が着席した。

「では、参る。アグニカ偏向と言われることについて、どうお考えか？」

伯爵の問いに、ハイドランは笑顔で答えた。

「わたしの亡き妻がアグニカ人であるゆえによくそう言われるが、わたしは第一にヒュブリデのことについて考えている。そしてヒュブリデが最も利益を得ることを念頭に置いて、近隣諸国のことを考えている。すでにピュリスの危機は去った。マギアとの問題も片づいた。今、一番重要なのはアグニカとガセルではなかろうか。二国の争いを引き起こさないためには、アグニカと太い連携を築く必要があると思っている」

「つまり、それは互助協定を改定して強めるということか？」

「必要ならばそうなろうし、不要ならばそうはなるまい」

とハイドランは玉虫色の回答を返した。ベルフェゴル侯爵が唸った。

（何かしでかしたのか？）

ベルフェゴル侯爵が口を開いた。

「公爵閣下に生意気なことを申し上げます。閣下が前回亡き陛下に負けたのは、あまりにも自分をよく見せようとしすぎたからです。わたしはしっかり考えている。わたしには他の者と違って余裕がある。そういう部分を見せようとしすぎるあまり、姿勢ばかりで本音を見せない人間、体裁をつくろう人間、容易に心の内側を覗かせない人間に見えた。そういう人間は王としてふさわしくないと判断されたのです」

ハイドランは一瞬言葉を失った。余裕を失って、むっとして言い返した記憶が蘇る。

「わたしが余裕を失ったからではないのか？」

「亡き王は、非常に実直でした。ご自身は短気かと聞かれて、自分は短気だとお答えになっています。『それは王として明らかに負ではないのか』と言われて、『自分でもそう思う。だが、直せないのだ』とお答えになりました。自分をよく見せようとするのではなく、実直に自分の弱さをさらけ出す姿を見て、エルフたちはよく見せようとする者より実直な者の方が結果的にはよき王になるだろうと判断したのです。わたしが閣下に申し上げた質問は、亡き王ならばこのように答えています。『わたしはアグニカを大事にしている。どうしてもアグニカ贔屓になる。ゆえに行き過ぎた時、わたしが間違いだった時には是非、エルフの方々含めて、枢密院で正していただきたい』。閣下は、進行役の質問が自分に不利だと悟った瞬間、頭を回して弁でご自身を守ろうとされています。その辺りが、助言を申し上げても受け入れられる可能性が低いとエルフに判断されたのです」

ハイドランは沈黙した。初めて知る、自分が敗北した理由だった。顔が熱い。痒（かゆ）いような熱さがする。恥（はじ）を掻（か）かされた。そんな言葉が浮かぶ。だが、同時に、侯爵はとてもすばらしい指摘（してき）をしてくれたのだという声もする。

「エルフは候補者の人徳も見ます。品行方正であるかどうか。だが、それだけではありません。決断力、洞察力（どうさつりょく）、正しい選択肢（せんたくし）を選ぶ力、そして耳に痛い助言を聞き入れる力。御審問では、これらを見せる必要があります」

「では、わたしはどのように――」

とようやく言葉を絞（しぼ）り出（だ）すと、

「自分の過（あやま）ちや欠点を認める姿勢は必要です。それがあれば、耳に痛い助言も聞き入れるだろうとエルフは考えているのです」

とベルフェゴル侯爵が説明する。

「是非、もう一度考えてお答えを」

とラスムス伯爵が促（うなが）した。

（まだわたしの顔は赤いだろうか？）

とハイドランは思った。紅潮がバレていない？　みっともないわたしに映っていないか？

　少し手で頬をさわってみた。少し熱い。

　ハイドランは少し咳をした。あまりうまく出なかった。それから息を吸い込んだ。頭の中で答えを組み立てる。

「確かに、わたしの亡き妻はアグニカ人だ。妻を深く愛していた。それゆえ、アグニカとの絆を強めようという考えがある。そこは注意すべき部分だ。ただ、すでにピュリスの問題もマギアの問題も解決した。今、我が国に降りかかっているのはアグニカとガセルだ。アグニカとの絆を深めることは、非常に重要ではないかと思っている。もちろん、行き過ぎはならぬが、そのことについては枢密院で正してほしい」

　ベルフェゴル侯爵がうなずいた。ラスムス伯爵も二度三度、首を縦に振った。侯爵が微笑んだ。

「今の答えなら、申し分ございません。さらに『思っている』を抜いて『非常に重要だ』とずばりと言い切ると、決断力がある人間に見えます」

　思わずハイドランは破顔した。

（そうか……あの時、こう答えればよかったのか……）

第二十五章　暴言の鍵(かぎ)

1

続々とエルフたちが王都に集まっていた。国王推薦会議に出席するためである。アステイリスもマニエリスとともに王都入りを果たした。そして娘エクセリスとも長老会本部で再会を果たした。

「ヒロト殿はどうだった？」

質問を差し向けると、エクセリスは首を横に振った。

「まだいつもの笑いが出てこないの。いい案が浮かんでいないんだと思う」

それが答えだった。

支部長たちは、二人の候補者の話をしていた。ハイドラン公爵のところには人が押(お)し寄(よ)せているということだった。レオニダス王子は閑古鳥(かんこどり)だそうだ。

（やはり、苦戦どころではなく、敗北決定か……）

2

ハイドランの許には、ひっきりなしに貴族たちが挨拶に来ていた。表向きは身内を亡くした者への弔問と口にしていたが、実際は即位後に備えての顔つなぎであった。自分は即位する前からご挨拶に参りましたよ、どうか覚えていてくださいませ、というわけである。誰もが、ハイドランの即位を確信しているのだ。ハイドラン自身も、自分の未来が迫ってくるのを感じていた。

（いよいよ、わしは王になるのだ）

ハイドランは午前中を接見に当て、午後は枢密院会議に顔を見せて政務、そして夕方からベルフェゴル侯爵とラスムス伯爵とともに御審問の準備に当たった。ラスムスのつくった答弁については、すでに暗記を終えていた。すらすらと澱みなく答えられる。

「船で兵一万を運んでも、戦いに勝つ見込みはなかった。実地調査をせずに提案をし、辺境伯の邪魔をされた。もし採用されていれば、我が軍は大敗しているところだった。そのことについてはどうお考えか？」

とラスムス伯爵が鋭い表情で突っ込む。ハイドランは笑顔で答えた。

「お恥ずかしながら申し上げる。功をなして自分が王にふさわしいことを印象づけようという気持ちがあった。そして何よりもわたしが軍事について未熟であったゆえに、あのような提案をしてしまった。深く恥じている。自分から提案するのではなく、まず辺境伯に可能かどうかを確かめることにしたいと思っている」

ベルフェゴル侯爵がうなずき、付け足した。

「概ねはよろしい。『思っている』ではなく、『確かめたい』で終わるとなおよろしい。閣下は『思っている』で終わる癖があります。それでは、決断力のある印象、力強い印象をエルフに植えつけられませんぞ。エルフは決断力を評価しますからな」

3

一方、レオニダスの方は閑古鳥が啼いていた。続々と地方から大貴族たちが集まってきているはずなのだが、レオニダスのところに来た者は皆無である。

（厳しいなあ）

とヒロトはいまさらながら痛感した。誰もが、レオニダス王子は王にならないと考えているのだ。

「くそ～、今日も誰も来ぬぞ！」

とレオニダス王子が叫んで、ベッドにひっくり返る。

「殿下、御審問の練習をしなくてもよろしいのですか？」

とヒロトが差し向けると、

「しても勝てるものか！」

とレオニダス王子が寝転がったまま、答える。

「なんだよ、弱っちいな。おまえ、子供かよ」

ヴァルキュリアに突っ込まれて、

「何だと！」

とレオニダス王子が飛び起きた。

「おまえ、失礼だぞ」

「弱っちいから弱っちいって言ったんだろ。真実を衝いてなんで失礼になるんだよ。悔しかったら言い返してみろ」

くそ～っ！　とレオニダス王子は声を上げた。

「おい、ヒロト。なんでおまえの彼女はおまえなみに口が強いんだ」

「いい女だから」

　ヒロトの答えに、ヴァルキュリアがヒロトに飛びついた。レオニダス王子が首を横に振る。ヒロトが口を開いた。

「殿下、まいりますよ。殿下はマギアから賠償金を取るべきだとおっしゃっていますが、それは両国の平和を損なうことになります。殿下は平和を台無しにするおつもりで？」

「馬鹿――」

　暴言を吐きかけて、慌ててレオニダス王子が黙る。

「それは、いずれ問題が起きるからだ」

「どういう問題が？」

「ウルセウスが信用できるか！」

　叫んでから、

「ぐわぁぁっ、またやっちまった～～っ！」

　とレオニダス王子が叫び声を上げてベッドにひっくり返った。ヴァルキュリアがげらげらと笑い声を響かせた。

「笑うな！」

　と王子が起き上がる。

「笑うところだろ！　おまえ、短気だな」

と遠慮なくヴァルキュリアが言葉をぶつける。

「やかましい！」

「王になれないぞ」

「うるさい！」

「ちゃんと理由を言えよ」

「だから言ったろ！　ウルセウスは信用できないのだ！」

「だからなんで信用できないんだよ。そこまで説明しろよ。ヒロトはちゃんと説明するぞ。おまえはそういうところがまずいんだろ」

ヴァルキュリアにとっちめられて、レオニダス王子は黙った。ヒロト以上にヴァルキュリアはスパルタである。

「くそう、やめた！　おれは落ちる！　暴言を吐いてただの恥さらしになるのだ！」

とレオニダス王子はベッドにひっくり返った。大の字に両手両脚を広げて寝転がる。

「殿下」

ヒロトの言葉に、

「もうやらん」

「暴言を」

「やかましい！」

叫び返したところで、ソルシエールが部屋に入ってきた。

「お客様です」

途端にレオニダス王子は飛び起きた。姿を見せたのは、ラケル姫とフェルキナ・ド・ラレンテ伯爵だった。

フェルキナはいつもと違って、黒いチャイナドレスに身を包んでいた。黒を着てきたのは、モルディアス一世の死を悼んでのことだろう。だが、真っ黒のチャイナドレスは否応なくボリュームたっぷりの胸を押しあげている。むしゃぶりつきたくなるようなふくらみである。

ラケル姫も、黒いドレスを身に着けていたが、やはり褐色のバストがドレスの胸元を押しあげていた。フェルキナとすばらしい巨乳の共演である。

ラケル姫はヒロトに顔を向けると、表情を明るく輝かせた。じっと黒い瞳で見つめて、好意をぶつけてくる。

「お体は？」

「平気」

とヒロトは答えた。気づかう言葉に愛情を感じる。ラケル姫はきっとヒロトのことが好きなのだ。ただ、立場上、それを口にできない。けれども、言葉の端々にヒロトへの愛情を感じる。

「宮殿の生活は？」

「まだ始まったばかりで慣れていません。ようやくどこで洗濯するのかとか、どこで食事をつくるのかとか、そういうことにミミアもソルシエールたちも慣れてきたところです」

　とヒロトはラケル姫の質問に答えた。フェルキナが口を開いた。

「ベルフェゴル侯爵とラスムス伯爵は、毎日公爵に練習を強いているそうです。御審問の対策だとか。きっと厳しい戦いになります。大方のエルフは殿下を支持されません」

「事前投票では、公爵が二十、殿下が五と聞いています。でも、八票奪い取れれば勝てます」

　とヒロトは答えた。

「八票は至難の業です。公爵に賛成している方の四割を翻意させるというのは、正直、不可能です。残り四票はヒロト殿に投じられたものでしょうが、それがまるごと殿下に行くとは思えません。現時点では、公爵が二十四、殿下が五と数えた方が賢明です。つまり、十人のエルフを翻意させなければなりません」

　とフェルキナは明言した。ヒロトにもわかっていることである。王子には八票入れれば勝てるという話をしたが、それは賛成している者の四割を翻意させるということなのだ。現実的には相当に難しい、というより、実質的には不可能に近い。

「フン。どうせおれは王になれずに恥を掻くだけだ」

とベッドの上からレオニダス王子がひねくれた声を上げた。その途端、ラケル姫がきりっと顔を向けた。

「それでも、わたしに求婚した男ですか！　いきなり帰国してわたしを口説いておきながら、何ですか、その態度は！」

思わぬラケル姫の攻撃に、レオニダス王子は目を丸くしてラケル姫を見た。まさか、雷を落とされるとは思ってもみなかったらしい。

だが、やられっぱなしで終わらないのが王子である。

「やかましい！　十人のエルフを翻意させるというのがどういうことかわかっているのか！　無理に決まってるだろ！」

とレオニダス王子も怒りを炸裂させた。だが、ラケル姫は強かった。

「わたしに向かって、無理などとおっしゃるのですか！　北ピュリスを再興するのと、殿下が即位するのと、どっちが無理なのです！　殿下の即位の方だとおっしゃるのですか！　無理とか不可能というのは、ヒロト殿がハイドラン公爵の推薦人である時のことを言うの

です！　ヒロト殿がすぐおそばについているのに、何ですかあなたは！」

レオニダス王子は口を開いて、少しぱくぱくさせていた。あまりの正論とあまりの剣幕に、動転しているのだ。

（強え……！）

ヒロトは驚嘆した。シルフェリス副大司教を論破した時もそうだったが、ラケル姫には男もたじろぐ芯がある。悲劇を乗り越えたからこその芯の強さがある。

ただ――。

ひねくれた物言いをする王子の気持ちもわからないではなかった。ヒロトの計算では、王子は最大、十一票を獲得できる。まずサラブリアの二つの支部。つづいて、ヒロト傘下のハガルとアンスル州。ヒロトが危機を救ったオルシア州とルシニア州。ノブレシアの事件でヒロトに好意を持ってくれたノブレシア州。政務官がエルフに交代したオゼール、ルシャリア、エキュシアも、ベルフェゴル侯爵への反感から王子に投票する可能性がある。さらに、フェルキナが治めるシギル州。合わせて十一票である。だが――他の州の支部長とは、ヒロトは関わりがない。そして、そこに票の壁がある。その壁を、どうやって乗り越えられるか。

国王推薦会議は、御審問で始まる。エルフからの質問に対して、候補者が質疑応答するのだ。最初の山場である。そこでレオニダス王子が暴言を吐けばおしまいだ。

（鍵は、どうやって殿下の毒舌を封じるか。無難に乗り切れば――）

そう考えて、ヒロトは待てよという気分になった。お行儀よく答えよう、暴言を吐かないようにしよう。そうしようとして、何度もレオニダス王子は挫折を繰り返してぶちきれている。

（暴言だらけにしてしまえば……）

ヒロトは苦笑した。

（ははは。瞬殺。そこで国王推薦会議終了）

やはり、うまくはいかない。何があっても、王子の暴言を――。

いきなり頭の中でスパークが起きた。

暴言。

毒舌。

もっとやれ。

真逆の言葉が頭の中で聞こえたのだ。思わず、笑みがこぼれた。

（いいかも）

さらに言葉がつづく。

負けろ。

負けちまえ。

思い切り散れ。

華々(はなばな)しく散れ。

飛び散ってしまえ。

負けるなら、見事に負けろ。

いかにして勝つかではなく、いかにして負けるかだ。

さらに笑みが走った。

勝てる？

そんな実感はない。でも、あがいても無駄(むだ)なら、あがくのをやめればいい。だめならだめで、それでいい。

「ヒロト様？」

ラケル姫が不思議そうな表情で覗き込む。ヒロトは微笑んで答えた。

「だめならだめでいいや。あがくのやめた。おれ、負ける。華々しく散る。殿下といっしょに散りまくる」

「何っ！」

　レオニダス王子が素っ頓狂な声を上げた。

「殿下。かっこよくあろうとか、優等生ぶろうとか、そういうの、あきらめましょう。だめなのはだめなのです。だめでいきましょう。全部ぶちまけて、ともに無様に散りましょう」

「おまえはおれの味方か！　敵か！」

　とレオニダス王子が叫んだ。

「敵です」

「何っ！」

「殿下は言いたいことを言わないのがまずいのです。つまり、暴言が足りないのです。ヴァルキュリアの言う通りです。全然言葉が足りてません。もっと暴言を吐くのです」

「おまえ、おれを落とすつもりか！」

「その通りです！」

　とヒロトは断言した。レオニダス王子がひっくり返った。

4

ヒロトと付き合いだして、面白いやつだという印象はレオニダスにはあった。だが、おかしなやつだとは思ったことはなかった。

敵だと言い、落とすつもりだと言う。まったくわけがわからない。

「ところで、宰相はもうお決めになったのですか？」

とフェルキナが尋ねてきた。

「ヒロトにしようと思っている」

「おれはなりません。パノプティコス殿の方が適任です」

とヒロトが即答する。

「何っ！」

「わたしもそう思います。ヒロト殿には軍事と外交をお任せするのが一番です。宰相になれば、仕事量は増えます。外交の場に出掛ける機会も少なくなります。つまり、ヒロト殿が雄弁を揮える機会が減ります。それでもよろしいので？」

フェルキナに諭すように言われて、レオニダスは沈黙した。

「パノプティコスはおれのことを嫌いではないのか？」

「嫌ってはいらっしゃいません。わたしが見る限り、ヒロト殿、パノプティコス、そして大長老の三人はとてもいい関係を築いています。その関係は維持するべきです」

とフェルキナが主張する。

「わたしも同感です」

とラケル姫も同調する。

「ならば……そうする」

とレオニダスは折れた。フェルキナのことは嫌いではない。フェルキナの父ラレンテ伯爵は、レオニダスをかばってくれた。誤って壺を割った犯人にされた時に、ラレンテ伯爵がレオニダスをかばい、兄の仕業だったことを暴いてくれたのだ。子供の頃、レオニダスに一番優しかったのはラレンテ伯爵である。

「パノプティコス殿はきっと喜びます」

とヒロトが微笑んだ。

「おれは泥船だぞ。泥船に宰相を指名されてうれしいか？」

「公爵閣下が即位すれば、パノプティコス殿は恐らく解任です。そのことはパノプティコス殿も読んでいらっしゃるでしょう。たとえ泥船であっても、自分を宰相に考えていると言われてうれしくないと思いますか？」

ヒロトの指摘に、レオニダスは考えた。

「そうか……そうだな……」

ミミアとソルシエールがオゼール産の蜂蜜酒(ミード)を持ってきた。ミミアがレオニダスにトレイを差し出す。レオニダスはグラスを受け取って喉(のど)に流し込んだ。フェルキナとラケル姫には、ソルシエールがトレイを差し出した。

ミミアもソルシエールもいい女たちである。何度見ても、ミミアは本当にミイラ族なのかわからなくなる。

「御審問では答えづらい質問をされると聞いています。これから自分も答えづらい質問をしますので、できるだけむかつく返答をしてください」

とヒロトは妙なことを言ってきた。

「何？　むかつく答えだと？」

「できるだけむかつく答えを。無難とかだめです。できるだけむかつかせてください」

「おまえは何を考え――」

レオニダスの抗議(こうぎ)にかかわらず、ヒロトが質問してきた。

「殿下は泥船と処刑(しょけい)が特徴(とくちょう)ですが、処刑を言い出したのはいつですか？」

「誰(だれ)が泥船だ」

「殿下。暴言が足りません。処刑を言い出したのはいつですか？」

「知らん」

「殿下。全然暴言が足りません。もっと相手をキレさせる答えをしてください」

と、ヒロトはさらに妙な指示を繰り出してきた。まったく意味がわからない。フェルキナもラケル姫も、不思議そうな表情を浮かべている。

「殿下。振り切って。思い切りむかつく答えを」

そう促されて、レオニダスは答えた。

「誰に向かって聞いている⁉　処刑だ！」

ヒロトがげらげらと笑った。本当にいいのか？　という気になる。どう考えても、だめな度合いを大きくしているようにしか思えない。

（宮殿を出入り禁止になってしまうのではないのか？）

「おい、いいのか？」

「めっちゃいいです。今後も処刑をやめるつもりはないと？」

「エルフの分際で生意気だぞ。おれが審問してやる。そこで裸になれ」

ヒロトがまた笑う。

（いいのか、これで？）

疑問に思ったところで、

「で、本当のきっかけは何だったんです？」

とヒロトが踏み込んできた。レオニダスは黙った。

きっかけは――。

覚えている。

「処刑だ、と言ったら家臣がお許しを～とふざけてくれたのが楽しくてやるようになったとか？」

「なぜ知っている？」

とレオニダスは目を丸くした。

「そうだったんですね」

レオニダスは沈黙した。鎌をかけられてしまった。

「みんな兄君ばかりで、兄君が王位を継ぐってみんな言ってたから、悔しかったのかなあ」

とヒロトがつぶやく。

レオニダスは答えなかった。図星だった。

「殿下。そういうことをしゃべっていいんですよ」

「話せるか」

「かっこよく見せようったって無駄です。かっこよくない殿下、だめな殿下を素直に見せちゃった方がいいです」

「おれは楽しくない」

「わたしは面白いぞ」

とヴァルキュリアが即答する。

「わたしもキュレレが生まれた時に、母ちゃんがキュレレ一辺倒になって悔しくて、ゲゼルキア連合のところまで飛んでったことがあるぞ。お腹が空きすぎてへろへろになってたら、母ちゃんが追いかけてきたぞ。めっちゃ速かったぞ。めっちゃ怒られたぞ。すげぇケツ叩かれたぞ」

「それでいいお尻の形してんの？」

とヒロトが茶化す。ヴァルキュリアがにたっと笑って、ヒロトの頭を自分の胸に押しつけた。ヒロトがふがふが言う。

「おい、聞こえぬぞ」

「ふがふが」

「ふがふが野郎め」

ラケル姫が笑った。フェルキナも笑った。レオニダスも笑った。こんなふうに他の者たちが大勢自分の部屋にいるのは久しぶりだな、とレオニダスは思った。いつも二人の女たちと自分と衛兵だけだったのだ。

でも、ヒロトが来たおかげで、自分の部屋に大勢の女たちがいる。なんだか、楽しい。

ヴァルキュリアが手を緩めると、ヒロトが顔を上げた。

「殿下、今、いい手を思いつきました。やばい質問をされたら、今みたいにふがふがやるんです」

「馬鹿か！」

とレオニダスは全力で叫んで笑った。ラケル姫も笑った。フェルキナも笑った。ヴァルキュリアがまたヒロトを胸に押しつけた。

「おい、王子、こうだぞ。覚えとけ」

ヒロトがまたふがふがと言い、またみんな笑った。それから、ヒロトは切り込んだ。

「ところで、どうしてウルセウス王は信用できないんです？」

暴言を吐いたせいか、ヒロトに笑わされたせいか、レオニダスの心の障壁がぽろっと崩れた。素直に自分の考えが浮かび、レオニダスは口を開いた。

「あいつは――」

第二十六章　決戦前夜

1

国王推薦会議の前日、モルディアス一世の葬儀は厳粛に行われた。式はシルフェリス副大司教が執り行った。棺は、王族であるレオニダス王子とハイドラン公爵を先頭に、枢密院顧問官と大貴族、そしてヒロトが運んだ。オルフィーナはずっと泣いていた。棺の蓋が閉じ、棺が地下に納められる時には、世界を切り裂くような痛切な叫び声を上げた。

パノプティコスは悲しい、不思議な気分だった。国王推薦会議は、葬儀の翌日に開催される。葬儀という死。新しい王の誕生。死と再生――。

明日の今頃は、誰の頭に王冠が輝いているのだろう。恐らくハイドラン公爵だろう。はっきりしているのは、明日で自分の人生が終わるということだ。終幕とまでは行かなくても、宮殿を去る時が近づいたのだ、とパノプティコスは思った。ハイドラン公爵が、何の報酬も用意せずに推薦人を依頼するはずがない。そして、ベルフェゴル侯爵という男もまた、無償で推薦人を引き受ける者ではない。

　自分の読みが正しければ、ベルフェゴル侯爵が宰相になる。そして自分の政治的人生は、一つの大きな区切りを迎える——。

2

　ハイドランの最後の予行演習は、ヒロトについての問いだった。

「辺境伯が、あなたは王にふさわしくない。あなたが王である限り、自分は辺境伯を務めないと言い出した。あなたはどうするか？」

　とラスムス伯爵が切り込んできた。少し胸が疼いた。腹の奥で炎が燃えた。だが、すべてを抑え込んで、笑顔でハイドランは答えた。

「非常に残念に思う。だが、それもすべてわたしの不徳。辺境伯はなくてはならない存在だ。我が国の国防は辺境伯抜きでは考えられない。このようなご質問をエルフの方々にさせていることに対して、申し訳なく思う。と同時に、自分の不甲斐なさを腹立たしく思う。サラブリアに出掛けてでも、辺境伯との信頼回復に努める」

　ラスムス伯爵はすぐには答えなかった。女執事のウニカは部屋の隅で沈黙している。

「『努める』と言い切ったのがよろしかったですな。明日も是非その調子で」

というのがベルフェゴル侯爵の返事だった。

「とにかく『思っている』は使わぬこと。エルフが求めているのは、決断力と正しい選択肢を選ぶ力、そして助言を聞き入れる力です。エルフは実直さがあれば助言を聞き入れられると考えています。体裁をつくろうことは、真逆だと考えています。優雅に振る舞おうとはなさらぬこと。よろしいですな」


予行演習が終わると、ハイドランは寝室に引き上げた。

「今日の最後のご返事、ようございました。エルフも、きっと感心しましょう」

とウニカが珍しく褒めてくれた。自分でも満足の答えだった。

「ところで――本当に辺境伯のご信頼を取り戻されるおつもりですか？」

とウニカは確かめてきた。ハイドランは一笑に付した。

「あの者は、ただの辺境伯に戻す。枢密院顧問官の解任は、過半数の反対がなければ成立する。侯爵を宰相に迎え入れて顧問官解任を提案すれば、恐らく成立しよう。モルディアスはよい男だったが、あの男を宮廷顧問官に任じたこと、そして枢密院顧問官に引き上げたことは、大きな間違いだった。この国が吸血鬼に牛耳られる糸口を与えてはならぬ」

3

同じ頃、レオニダスも最後の予行演習を迎えていた。演習はいつも暴言から始まる。ヒロトが質問をして、それに暴言で答える。暴言が足りないと、ヒロトにさらに暴言を促される。

最初の頃は戸惑ったが、だんだん慣れた。慣れてくると面白くなった。暴言を吐いても咎められないのだ。それに、暴言を吐きまくるとすっきりする。

御審問の予行演習にはフェルキナ伯爵とラケル姫、そしてヴァルキュリアが付き合ってくれた。

容赦のない三人組だった。一番きついのは、ラケル姫である。一番遠慮がないのはヴァルキュリアだ。でも、遠慮なく言ってくれるおかげで自分のまずいところがよくわかる。ヴァルキュリアは、アゲマンなのかもしれない。

予行演習の間は、セックス相手の二人は部屋の外だったが、別に問題は感じなかった。部屋にはフェルキナがいてラケル姫がいてヴァルキュリアがいて、ミミアとソルシエールがいる。ミミアとソルシエールは演習には参加しないが、女性が五人もいると華がある。

女たちの前でみっともない姿をさらけ出すのは恥ずかしい？

最初の頃はそうだった。だが、ヴァルキュリアやフェルキナが自分の子供の頃を話してくれたり、それでみんな笑ったり、ラケル姫やフェルキナに話してくれとせがまれてレオニダスが話して、それもみんなで笑ったり――。そういうのを重ねて、自分も積極的に自分のことを話すようになった。今まで生きてきた中で、一番素直になれたように思う。自分の全部をさらけ出した気分だ。本当にこんなので対策になるのかどうかはわからないが、気分はいい。

その日は、ユニヴェステルをハゲ呼ばわりすることについての質問だった。

「禿げているからに決まっているだろうが！　ハゲをハゲと呼んで何が悪い！　おまえの頭は風通しがよいですねとでも言えばいいのか！」

と叫ぶと、全員にウケていた。それから、本当の理由に入った。ラケル姫からは、それは是非話すべきだと言われた。フェルキナにもそう言われた。これだけ熱心に多くの女たちからアドバイスをもらうのは初めてである。こんなふうに皆から助言してもらえることを考えると、国王推薦会議に出るのも捨てたものではない。

ヒロトたちが部屋を出ていくと、レオニダスはベッドに潜り込んだ。戻ってきた女たち二人も、左右両側に潜り込む。女たちの手が下半身に伸びてきた。

「今日はそういう気分ではない」

とレオニダスは突っぱねた。

「ね。即位したらわたしたちのどちらかが妃になるの？」

と期待して女たちが見つめる。

「おまえたちは妃に向かぬ」

「え～」

レオニダスは女たちの抗議を無視した。

明日、自分がどうなっているかはわからない。ヒロトがどんな推薦人演説をするのかもわからない。

推薦人同士の対論は自分は聞くことができないが、推薦人演説は聞ける。ヒロトがどんなふうに言うかは楽しみだ。

（無様に散りましょう、か）

とレオニダスはヒロトの言葉を思い浮かべた。

（フン。散ってやる）

目を閉じて、ふと、レオニダスは思った。親父も、国王推薦会議の時はこんな気持ちだったのだろうか……。

第二十七章　国王推薦会議

1

翌日は快晴だった。まさに雲一つない青空である。そして、大聖堂の精霊の灯は、今日も変わらず光を放っている。

副大司教シルフェリスは、長老会本部に行く前に、大聖堂に立ち寄った。高さ二十メートルの聖台に、丸い精霊の灯が乗っている。

声は聞こえない。ただ、光を放つだけ。

今日の灯は？

変わらない。精霊も、事の次第を静観しているのかもしれない。新しい国王が選ばれた時、精霊の灯はどのように輝くのだろうか？

2

パノプティコスはいつものようにスープから朝食を始めた。だが、スプーンを床に落としてしまった。派手にスプーンが音を立てる。

(わたしが落ちる音か……)

そう思って、神経質になっているな、とパノプティコスは感じた。今日、国王が決まる。そして恐らく、自分は宰相の座を追われる。

自分は国王推薦会議には立ち会えない。ただ、結果を待つだけだ。そして恐らく結果は――。

3

エクセリスは朝から会議場の準備を進めていた。国王推薦会議の進行は、大長老の補佐が務める。それ以外に、補助役がいる。その補助役に選んでもらえたのである。一言も発言してはならないという掟つきだが、ヒロトの演説と、対論を聞ける。この国最高峰の弁舌を――。

4

ヒロトはようやくエルフ長老会本部に着いたところだった。ヴァルキュリアとラケル姫もいっしょである。ミミアとソルシエールは宮殿に残っている。本部前には、いつもの倍以上の衛兵が警備していた。今日は、エルフと候補者と推薦人と付添人以外は本部に入れない。

相変わらず、勝てるという実感はなかった。勝つための秘策もない。いけるという実感がないまま当日を迎えるのは、二度目だ。善戦できるとは思うが、十一票の壁がある。十一票に辿り着けても、そこからの上積みがいきなり難易度が高くなる。登山でいえば、八千メートル以上の世界になる。八千メートル以上の山の酸素は、平地の三分の一以下。心肺機能も低下、寝ても覚めても酸素不足に陥る。おまけに冬季には風速三十メートルの風が叩きつける。富士山を三時間で登攀できる力がなければ、まず登れない。

十二票からは八千メートル以上の世界だ。だが、勝つためには十五票が必要だ。王子が自分やフェルキナやラケル姫やヴァルキュリアに対して話していたように、素直に自分の内側を吐露してくれれば、御審問で王子へのマイナスイメージを揺さぶれるだろう。その上に、自分が推薦人演説と最終対論で積み重ねれば、十一票には到達できる。だが、十五票は？

たかが四票。されど四票。そしてその四票を手に入れられるという予感はない。いつも勝利する時には予感や確信が生じるのに、予感も確信もない。

「ヒロト様、しっかり」

とラケル姫がエールを送った。

「あいつ、ボコボコにしてこいよ」

とヴァルキュリアが抱きつく。ヒロトはヴァルキュリアを抱き締めてうなずいた。

（おれ、負けるのかな。議場を出る時、おれはどんな顔をしているんだろう……）

そう思ってヒロトは心の中で首を横に振った。王子には無様に負けましょうと言ったくせに、自分自身が負けることに対して抵抗している。

抵抗を追い払え。負けへ突き進め。

（負けていいじゃん。負けろ負けろ。力いっぱい負けろ！）

5

ハイドランは、ベルフェゴル侯爵とラスムス伯爵とともに、議場入りを果たしたところだった。座席は暗くてよく見えないが、すでにエルフたちは着席している。扇形の座席が収束する先に高い壇があって、そこに一人用のソファが二つ置かれている。

ハイドランのためのもの、レオニダス王子のためのもの――。

壇の左右には垂れ幕が下りており、そのすぐ脇に推薦人と付添人の座席が用意されている。ベルフェゴル侯爵とラスムス伯爵の席だ。もちろん、中央を挟んで反対側にも二つ、席はある。ヒロトと付添人のだ。

「まだ来ておらぬとは、生意気だな」

とベルフェゴル侯爵が軽口を叩く。

「英雄は少し遅れてやってくると言いますからな。実際はレオニダスが寝坊でもしたのでしょう」

とハイドランは優雅に、冗談を口にしてみせた。

「実直に、率直に」

とラスムス伯爵が囁いた。ハイドランはうなずいた。そこで、空気が動く気配がした。

反対側から、ライバルが姿を見せたところだった。

レオニダス王子と辺境伯ヒロト、そして――フェルキナ伯爵だった。レオニダス陣営は、付添人にフェルキナ伯爵を選んだらしい。

「女狐めぎつねめ、うまく立ち回りましたな」

とベルフェゴル侯爵が笑う。ラスムス伯爵は黙っていた。

「何か気になることでも？」

ラスムス伯爵はうなずいて、答えた。

「殿下でんかは緊張きんちょうされているな」

6

レオニダスはいつになく神経質だった。今朝の夢見は最悪だったのだ。狼おおかみに首を噛かまれる夢を見たのである。つまり、最悪のスタートということだ。

（くそ、おれは落ちるのか……？）

落ちたくないと思う。

「殿下。顔に不安が出てますよ」

とヒロトが指摘してきした。

「出るに決まってるだろ」

「もっと出してください。焦あせって。おどおどして。乱れて」

とヒロトはめちゃめちゃなことを言ってきた。

「できるか！」

「暴言を吐きまくるのです。死刑を連発するのです。ハゲも連発を」

「おまえ、殺されるぞ」

ヒロトがレオニダスの両手を握った。

「殿下。緊張するのは、大事な時を迎えているからです。事前投票で落とされていたら、こんな緊張は味わえていません」

「おまえは緊張していないのか？」

「緊張してます。焦ってます。もう不安で不安で」

と満面の笑顔でヒロトが答える。

「嘘つけ」

「こんなに本当のことを言ってるのに。殿下、曲がってますね？」

「やかましい。曲がっているのはおまえだ」

フェルキナ伯爵が笑う。レオニダスも、つられてとうとう笑ってしまった。

「殿下。落ちていいんですよ。いっしょに落ちましょう」

とヒロトは優しい声で話しかけた。

「落ちたくない！　落ちたくない！　落ちたくない！　落ちたくないと思えば、緊張できます。もっと！　もっと！　さ、もっと思って！　落ちたくない！　落ちたくない！」

とヒロトは笑う。

「落ちてたまるか」

「殿下、緊張が足りませんよ。もっと緊張しましょう。もっと顔も青ざめて、唇もふるわせて。さあ、呪文を。緊張しろ、緊張しろ、緊張しろ、緊張しろ、凍りつけ」

「おまえはなあ」

再びフェルキナ伯爵が笑う。つられて、またレオニダスは笑ってしまった。ヒロトはめちゃめちゃである。自分もめちゃめちゃなところがあると思うが、ヒロトは自分以上だ。

「候補者は中央の席へ」

と進行役のエルフが声を上げた。途端に、緊張がケツから込み上げてきた。

「殿下。やばくなったらウンコしましょう。席に着いて、真っ先にズボンを下ろしましょう。公爵閣下も誘いましょう。ともにウンコをしようと」

「馬鹿者」

一言言い捨てて、レオニダスはソファへ向かった。

（くそ。なんてことを言いやがる。っていうか、くそ、ウンコをしろと言われて、クソと

か言ってしまったではないか。くそ。あ、まただ、くそ）

ソファに腰を下ろす。すぐ隣にハイドランが座る。

「よく眠れたか、レオニダス？」

とハイドランは余裕を見せてきた。

（この糞野郎）

罵倒してやろうと思ったところで、ヒロトの言葉が蘇った。

「叔父上はウンコをしたくないのか？」

ハイドランは顔をしかめた。

「下品だぞ」

「おれは緊張して、したい」

ハイドランが首を横に振る。レオニダスはにやにやと笑みを浮かべた。そして、その時、初めて気がついたのだ。

（おれ、緊張してない）

レオニダスはヒロトの方を見た。ヒロトはアホな顔をして舌を出している。そこで初めて、ヒロトの数々の無茶な発言の意図に気づいた。ヒロトはレオニダスが緊張しないように、めちゃめちゃなことを言ってくれたのだ。そして今も、舌を出してレオニダスが緊張しないようにしてくれている。

レオニダスは、座席の方に顔をやった。知っている顔も知らない顔もある。この国の中心的なエルフたちが、全員集まっているのだ。ユニヴェステルの顔が飛び込んできて、いきなり緊張しかけたが、昨夜のハゲのことが思い出されて笑ってしまった。

「では、ただ今より国王推薦会議を開催いたします。まず御審問から始めます。御審問で回答できるのは、候補者二人のみです。推薦人や付添人が発言することは許されていません。発言した場合、即退場となります」

そう前置きして、進行役は最初の質問に入った。

「これから我が国はどのようになっていくと思われますか？」

7

ずばりと質問が切り込んできた瞬間、ハイドランはいきなり緊張を覚えた。ついに始まった。前回の国王推薦会議では、御審問で差がつき、その差を埋めることができなかった。自分の運命を決める時間が始まったのだ。

そう思った瞬間、極度の緊張が心の重圧となって襲いかかったのである。ハイドランは一旦口を開いたが、言葉は出てこなかった。

（どうした！　わたしはいつも余裕がある男、優雅な男ではなかったのか！　これしきのことで何をしている！　優雅に振る舞え！）

自分を鼓舞して、ハイドランは人工的な笑みをたっぷりと浮かべ、口を開いた。

「国は一つの大きな船のようなものだ。そして時代は大きな河のようなものだ。この数年間で、幾度か危機があった。ピュリス侵攻の危機。マギア侵攻の危機。大きな波が幾度もあった。しかし、我が国はその危機を撥ね返して、近隣諸国での存在感、諸国への影響力を強めている。諸国間において我が国の勢威は最高に高まっていると言ってもよい。今までが勢威が高まる時代だとすれば、これからはその勢威が定着する時代だろう。今後も、我が国は諸国に影響を与える存在としてつづいていくだろう。わたしはその国を引っ張る立場に立ちたいと思っている」

8

ラスムスは腕組みをして、ハイドラン公爵を眺めていた。きっと公爵は緊張しているのだろう。国はどうなっていくのかと尋ねられているのに、自分は国を引っ張る立場に立ちたいと思っている、という頓珍漢な答えで締めてしまっている。

（優雅は捨てよと言われたのに、優雅に戻ったか。悪い方に行かねばよいが……）

　進行役がレオニダス王子に顔を向けた。

「殿下は？」

「おれの予想では、ヴァンパイア族との関係がどんどん強まっていくだろうと思う。我が国の国防は、ヴァンパイア族抜きには成立せん。ヴァンパイア族と敵対していた国から、ヴァンパイア族と共存していく国へと変わっていくはずだ」

　ずばっと断定的な、力強い言い方だった。言葉に力がある。言い方自体は王子の方がいい。しかも、ハイドラン公爵の内容がやや抽象的なのに対して、レオニダス王子の内容は具体性がある。ただ、デジャヴューがある。

（ヒロトの真似ではないか）

　思わず苦笑した。そして同じことを、進行役も気づいていた。すかさず突っ込んできたのだ。

「今の殿下のお答えは、誰かが口にしているものと同じように感じますが」

「その通りだ。ヒロトの答えだ。だが、おれもヒロトと同じ考えだ」

　あっさり認めた。素直な返答である。

（うまく逃れたな）

とラスムスは感じた。ごまかしていれば――あるいはおれの考えだなどと嘯いていれば、出だしで印象を下げていた。ごまかさないこと、素直であることは、エルフに評価される。

「殿下が即位されたら、どのような国になりますか？」

進行役の質問に、レオニダス王子は考え込んだ。

「わからん。それは考えてもみなかった。おれは最初、ヒロトを宰相にするつもりだったのだ。でも、断られた。ヒロトは自分よりパノプティコスが適任だと言った。フェルキナにもそう言われた。ラケル姫にも言われた。三人がそう言うのなら、きっとそうなのだと思って、パノプティコスを宰相に据えることにした。軍事と外交はヒロトに任せる。だから、軍事と外交については心配がいらない国になると思う。唯一心配なのは、おれの暴言だけだ」

会場に笑いが洩れた。ラスムスも思わず笑みをこぼした。偽装することのない、素直な回答である。

（今のは明らかにエルフに好印象を与えたな。違う意見を取り入れたということを示したのは、実にいい。その後の冗談もいい）

ラスムスはじっとレオニダス王子を見た。王子はあまり緊張していない様子だ。心配なのは自分の暴言だけだ、などと自嘲的な冗談を口にできるのだから余裕があるのだろう。ヒロトたちといっしょにいる時は緊張していた様子だが、落ち着きを取り戻したようだ。自己認識がしっかりしていることもまた、エルフが評価するポイントである。

進行役がハイドラン公爵に顔を向けた。

「公爵閣下は、ご自身が即位されたらどのような国になると思われますか？　また、宰相はどの方に？」

9

一瞬、ハイドランは不安を覚えた。ベルフェゴル侯爵の名前を口にすれば、エルフは退いてしまうのではないか。

名前をごまかす？　まだ考えていると言う？　いや、それでは、何も考えていないのかと評価を下げてしまう。レオニダスが立派な答弁をしているのだ。自分もよい答弁をせねばならぬ。

「わたしは安定した国になるのではないかと思っている。宰相はひきつづきパノプティコスにお願いするか、ずいぶんと迷ったが、宰相経験のあるベルフェゴル侯爵にお願いすることにした。王が代わる時というのは、時代が変わる時だ。時代が変わる時には宰相を代えた方がよいだろうと思ったのだ。そして時代が変わる時こそ、経験が必要となる。侯爵には充分すぎるほどの宰相の経験がある。わたしにも、枢密院顧問官としての豊かな経験がある。二人の経験を合わせて国を導けば、我が国はさらに繁栄するだろうと考えている」

とハイドランは答えた。弱気から、「ずいぶんと迷ったが」と嘘を入れてしまった。そしていくぶん饒舌に答えてしまった。不安があったゆえに、その不安を払拭しようと余計な言葉をつづけてしまったのである。そしてそこを、進行役に衝かれた。

「今、公爵閣下は、安定した国になるとおっしゃいました。しかし、今、時代は変わっていくとおっしゃいました。時代が変わるのに安定した国になるというのは、矛盾しているように感じますが」

心が揺れた。痛いところを衝かれてしまった。

（落ち着け。笑みを絶やすな）

ハイドランは微笑んで答えた。

「時代が変わるからこそ、前の時代とは違う王や宰相に代わる。それによって国は混乱せずに安定するということだ。代えずに同じ宰相をつづけさせれば、問題が生じて国は不安定となる」

進行役はうなずいた。

（よかった。うまく切り返せた）

「殿下はなぜ宰相を交替させないので？」

と進行役がレオニダス王子に話を振った。

「親父の前も、宰相はベルフェゴルだった。親父が即位してからもベルフェゴルだった。北ピュリスの問題があった後、パノプティコスに代わった。それでうまくいっている。わざわざ前の宰相に戻す必要はない」

ずいぶんとレオニダスは堂々としている。始まる前は緊張している様子だったのだが、ソファに座ったら、違う感じになっていた。レオニダスは緊張していないのだろうか？

「北ピュリス滅亡のような危機が起きるのでは？」

と進行役が突っ込んだ。

「その時のためにヒロトがいる。親父が任命した通り、ヒロトを国務卿に据えたままにして軍事と外交を任せていれば、危機は乗り切れる」

「またアグニカとガセルの間で問題が生じたら？」

さらに進行役が突っ込む。

「そうさせないように我が国とピュリスとガセルとアグニカとの間で枠組みをつくる。もちろんつくったからといって、完全に防げるわけではない。だが、枠組みをつくれば、少しはましになる。あと、親父がやろうとしていた、ガセルとアグニカ両国との関係を深めることもやりたい。両国との強い絆があれば、両国の衝突を阻止しやすくなる。残るのは誰を選ぶかだけだ。おれはヒロトに両国を訪問してほしいと思っている。二人を派遣するよりも一人を派遣した方が、ブレはなくなる。おまけにその一人がヒロトならば憂いはなくなる」

10

（そうよ、今のは凄くいい答えだったわ）

とフェルキナはステージ脇の席で高揚を覚えた。ステージ真ん中のソファへ行くまではレオニダス王子は緊張していたが、今はまったくの自然体だった。ヒロトの馬鹿な励ましが――マイナス方向への煽りが効いたのかもしれない。

（今のような返答を重ねていけば、票差は縮められる）

問題はどこまで縮められるかである。エルフたちはレオニダス王子に対して偏見を懐いている。傍若無人。自分勝手。その偏見を、たった一度の御審問で覆すのは難しい。まずはヒロトに投じられた票をすべてレオニダス王子に向けさせたい。そうすれば、二十票対九票になる。

　それから逆転を狙う？

　それもまた難しい。二十票対九票からは六票動かせば勝ちになるが、推薦人演説だけで六票動かすのは至難の業だ。推薦人演説は、推薦人が候補者の王としての美点を褒めたたえるのだ。推薦人演説で票が動くとは思えない。残るは最後の最終対論だが、最終対論で果たして六票も動かせるのか。

（いくらヒロト殿でも、無理ね……）

　進行役が公爵に顔を向けた。

「公爵閣下は、アグニカとガセルの問題についてはどのようなお考えを？」

11

　ハイドランはまた緊張を覚えた。いよいよ、自分が糾弾されるジャンルに移ってきた。エルフたちも、自分がアグニカ贔屓をしていることはわかっているはずである。アグニカの問題は自分にとっては落とし穴だ。泣きどころである。慎重に振る舞わねばならない。

「アグニカとガセルの問題は、新しく我が国に降りかかってきた問題だ。これにどう対処するかが、今後の我が国に関わってくるだろうと思っている。幸い、わたしにはリンドルス侯爵との深いつながりがある。そのつながりも駆使して、両国の関係を平和裡に導いていきたい」

とハイドランは不充分な、腰砕けな答えをしてしまった。一言で言えば、批判されるのを恐れて逃げの手を打ってしまったのである。

「アグニカとの互助協定を強化されるおつもりは？」

（やはり、来た）

進行役はさらに踏み込んできた。エルフたちは自分がアグニカ贔屓だと感じているはずだ。自分が決してアグニカだけを考える人間ではないことを示さねばならない。

「きっとわたしがアグニカのことばかり優先してしまうのだろうと危惧されているのだと思うのだが、そのようなことはない。もちろん、アグニカとの関係性は強めたいと思っている。だが、互助協定については枢密院の意見を尊重したいと思っている。まずは枢密院の意見を聞いて、その上で互助協定の強化が必要なのか必要でないのか、見極めたいと思っている」

とハイドランは、また含みを持たせた言い方で答えた。見極めたいと言っているが、互助協定を進めるとも進めないとも答えてはいない。曖昧なままである。明確に返答せずに、曖昧な回答に逃げ込んでしまったのだ。

「では、トルカ紛争のことでお聞きします。あの時、辺境伯に同行するという提案に、公爵は同意された。両雄並び立たずということはご存じだったはずですが、功名心がおありだったのでは？」

ハイドランはうつむいた。

逃げられぬと思った。エルフは自分の暗部を引き出そうとしている。

ごまかす？

もう無理だ。すべてさらけ出すしかない。ようやく、ハイドランは開き直った。

「お恥ずかしながら、あった。自分の方がうまく解決できるという自負もあった。うまく解決して、次の王にはわたしがふさわしいという誇示もしたいという気持ちがあった。実に恥ずかしい限りだ」

12

よい答えだ、とベルフェゴルは満足げにうなずいた。アグニカの問題については、正直腰砕けな、逃げの手を打っていたが、ようやく開き直って実直に答えてきた。

壇上から窺う限り、エルフたちの表情は変わらない。だが、変わらないのがいいことなのだ。失望の色は浮かんでいないということだ。

（さきほどの逃げの返答で、多少票は失ったかもしれぬ。だが、予想の範囲内であれば問題はない。順当に行けば、王子は最大で九票までしか得られない。その程度で抑えられればよい）

「マギアについてはどのようにお考えを？」

と進行役がハイドラン公爵に尋ねた。

「賠償問題についてはすでに片づいているというのがわたしの認識だ。だが、マギアにそれを伝える必要はない。伝えて我が国の外交的損失を招く必要はないだろう」

（うむ、よい返答だ）

ベルフェゴルはうなずいた。ハイドラン公爵は、逃げの手からようやく率直な手に移ってきた。怖がらずにずばりと答えるようになっている。よい傾向だ。

「マギアが賠償問題は片づいているのかと確認をしてきた場合には？」

「その場合は、片づいていると承認する」

とハイドラン公爵は即答した。

（そうだ。そのように言い切ればよい）

「殿下は？　マギアの賠償問題については？」

「今のうちに賠償問題を片づけるべきだ。賠償問題は片づいてはいない」

とレオニダス王子はきっぱりと言い切った。

思わずベルフェゴルは笑みを浮かべた。エルフの空気が大きく動いていた。また好戦的な、挑発的な物言いの王子が現れたか、と警戒態勢に入ったのだ。

（ついにボロを出したか。いいぞ。進行役よ、突っ込め突っ込め）

ベルフェゴルは笑みを噛み殺した。

「マギアとの間に問題が生じるのでは？」

と進行役がベルフェゴルの期待通りに突っ込む。だが、レオニダス王子は雄弁だった。

「今なあなあにする方が問題が起きる。おれはレグルスで、ウルセウスと五年間ほどいっしょだった。ウルセウスの性格はよくわかっている。ウルセウスは巨漢だが、臆病なのだ。あいつはしょっちゅう臆病風と友達になる。ウルセウスは、もしこうなったら……と色々と気に病む男なのだ。その悪い側面が出たのが、空の力への警戒感だった。ウルセウスは自分の臆病さから血迷い、レグルスを巻き込んで我が国に喧嘩を売ってきた。今はラゴスが宰相に復帰してウルセウスの臆病に手綱を掛けているが、ラゴスも歳だ。十年以内には死ぬ。五年以内に死ぬ可能性が高いとおれは見ている。死んだら、手綱が外れる。ヒュブリデは賠償問題を言い出してくるのではないかとまたウルセウスは臆病風に吹かれて、またろくでもないことを仕掛けてくる。そうなる前に、ラゴスが元気で宰相を務めている間に、マギアとの賠償問題は正式に片をつけておくべきだ」

会議場は沈黙していた。レオニダスのまさかの論理に、皆、息を呑んでいた。ベルフェゴルも唸った。

（まさか、そう返してくるとはな……。今のは大きいぞ……十票までいったか……？）

13

シルフェリスは座席から、人は見かけによらぬという言葉を噛みしめているところだった。

いつも女二人を連れて歩いて、性的にだらしない男だと思われていた王子が、誰よりもまともな見識を披露するとは、誰が予想しただろうか。マギアについての王子の説明は、実に見事だった。好き嫌いでいえば、シルフェリスは王子のことは好きではない。だが、好きではなくても、褒めざるをえなかった。

枢密院にヒロトはいらないという考えを修正したのにつづいて、枢密院に王子はいらないという考えも、修正しなければならないようだ。

（物腰は、確かにハイドラン公爵の方がやわらかい。けれども、曖昧で、具体性に欠ける傾向がある。王子の方が具体性がある）

そうシルフェリスは感じた。ハイドラン公爵は、ずばりと答えることに対して怖がっているようだ。きっと緊張しているのだろう。

「お二人とも、ピュリスとの平和協定については維持するおつもりで？」

と進行役が話を振る。

「無論だ」

とハイドラン公爵が即答する。

「そのつもりだ。ただ、もしイーシュ王が崩御してフレイアスが即位したら、平和協定自体が破棄されるかもしれぬ。それには備えておくべきだ」

とレオニダス王子が答える。

（外交については、王子が上ね。王子の方が実情を把握していて、中身がある。ハイドラン公爵は、中身がない）

とシルフェリスは辛辣に評価した。ヒロトがバックについているのも大きいのだろう。

「ところで、公爵閣下にお聞きします。ベルフェゴル侯爵はあまり辺境伯と仲がよいようには感じませんが、どのように舵取りを？　辺境伯の地位はご変更を？」

「辺境伯は我が国の外交と防衛にとって非常に重要な方だ。ひきつづき、重要な役職をお任せしたい」

まただ、とシルフェリスは思った。重要な役職と口にしてはいるが、具体的にどういう役職なのかを明言していない。ハイドラン公爵は明言を避けるきらいがある。

「辺境伯はベルフェゴル殿と対立されるのでは？」

進行役の突っ込みに、

「国を思う気持ちは二人も同じ。わたしが二人の関係の橋渡しになりたい」

とハイドラン公爵は答えた。

（具体性のない、曖昧な言い方ね）

レオニダス王子はずばずばとものを言い切っている。だが、ハイドラン公爵は、「〜したい」や「思っている」という言い方が目立っていて、明言することが少ない。そのために、無難に答えて逃げようとしているような気配を感じてしまう。

「ヴァンパイア族についてはどのような対応を？　まず公爵閣下から」

進行役に話を振られて、

「ヴァンパイア族は我が国の国防にとって、大変重要な方たちだ。前王もヴァンパイア族との関係を維持していた。わたしもヴァンパイア族との関係を維持したいと思っている」

とハイドラン公爵が答えた。具体的にどのようにしてという明示はない。

「殿下は？」

「実はこの十日程、ずっとヒロトとラケル姫とフェルキナとヴァルキュリアといっしょにいたのだ。一つわかったのは、ヴァンパイア族の女はまったく遠慮がないということだ。ずばずば言われたぞ。おれが御審問の練習をしても無駄だと弱音を吐いたら、『弱っちいやつ』と思い切りからかわれた」

「つまり、あまりいい印象はお持ちではない？」

進行役の問いに、レオニダス王子は首を横に振った。

「ラケル姫にも、あなたは何をしているのですかと説教された。ヴァンパイア族の女は、ラケル姫ばりに芯が強い。ずばずば言う。ヒロトは、だから付き合いやすいと言っていた。気持ちがすぐにわかるから、探らなくていいと言っていた。その代わり、こっちも率直に返さないといけないと言っていた。おかげで女のことは少しはわかった。だが、男のことはさっぱりわからん。連中の腹を見たことがあるか？　凄い筋肉だぞ。女だって、凄い筋肉だ。きっと飛ぶ時に身体を支えるんだろう。ヴァンパイア族の男も女も、めちゃめちゃ引き締まった身体をしている。だが、それ以外わからん。わからんから、当分はヒロトに任せる。その後で、親父がしたようにおれの方からヒロトといっしょに会いに行って、距離を縮められればと思っている」

実例を豊富に見せた、よい返答だとシルフェリスは思った。自分のみっともないところを見せている部分も、評価できる。かっこつけてばかりの者は自分の過ちを認めない。その結果、国家の政策において充分な反省ができず、次の政策決定でも間違う可能性が高くなる。

王にはもちろん、品行方正さも求められる。だが、同時に正しい選択肢を選ぶ決断力も、そして家臣の助言を聞き入れる力も自己反省の力も求められる。決断力があっても、一切助言を聞き入れないのではただの独裁者になる。道を誤った時に指摘されても指摘を受け入れられず、国の進路を間違わせる。

王子と公爵と、どっちが聞く耳を持っているのか。どちらが自己反省する力を持っているのか。

（今のところ、能力的には王子の方が好印象。公爵は逃げている感じね）

「ところで殿下はよく暴言を吐かれますが、そのことについては？」

進行役が痛いところに切り込んできた。

（どう答えるつもり？）

「なぜそんなに死刑を連発するのかとヒロトにも聞かれた。たぶん、きっかけはおれが子供の時だ。みんな、兄が後継者だと騒ぎ立てていた。おれは全然当てにされていなかった。その時に、ふざけて家臣の一人に死刑だと言ったら、お許しを～と冗談で応じてくれた。たぶん、それが最初だ。おれの欠点だ」

　レオニダスの正直な告白に、議場は静まり返っている。

「即位すれば、死刑は口にしなくなる？」

　レオニダス王子は首を横に振った。

「おれは口が糞悪い。だから、きっと言ってしまう。でも、死刑にするつもりはないのだ。今まで本当に死刑にさせたこともない。別に死刑にしたくて言ってるわけじゃない」

　ふりなのだろうか、とシルフェリスは疑った。伝え聞いていたイメージとは違う。傍若無人で自分勝手な暴言野郎。おおよそ自己反省とは縁遠い人物。それが風評から来るイメージだった。

　だが――。

　反省しているふりをしている？　国王推薦会議だから、猫をかぶっている？

　でも、ふりでは、自分のみっともないところは言えない。弱っちいと言われたなんて、お芝居で言えることではない。自分をよく見せようとしているのは、むしろハイドラン公爵のように感じる。

「大長老のことも、ハゲとおっしゃると？」

レオニダス王子は詰まった。少し困ったようにうつむく。

（どうしたの？　さすがに素直に答えられない？）

シルフェリスが注視する中、王子は答えた。

「ユニヴェステルは、子供の頃から怖かった。いつも威厳があって、厳しい顔をしていて、おっかなかった。ハゲというのは、きっとその反動だ」

進行役がうなずく。

やはりレオニダス王子は素直である。

「ところで、殿下にはお二人の女性がいらっしゃる。即位された後には、二人を？」

「あの二人は妃には向かぬ。宮殿を去ってもらうことになる」

とレオニダス王子は即答した。潔いほどの、明言の連続だった。王子には素早い判断力と決断力がありそうだ。

「ご自身の一番の強みは？」

「人の性格や考えていることがわかる。こいつはこういうやつだなというのがわかる」

とレオニダス王子が答える。

「公爵閣下は？」

「余裕と経験だ。いかなる時にもわたしは余裕と冗談を忘れることがない。それは危機の時に大いに役立つだろう」

「では、欠点は？」

「気取っているように見えるところだ。優雅にという癖が抜けぬ。父親から、おまえは王族なのだから、いかなる時も余裕を持てと強く教えられた。いかなる時でも笑みを絶やすな、悲しくても怒っていても微笑みを忘れるなと教えられた。その教えが抜けぬ」

とハイドラン公爵が答える。

（今のはよい答えね。本音を言った感じ）

「殿下は？」

「暴言だ。これでおれは一度、枢密院を追放になった」

進行役がうなずいた。

「御審問は以上です。少しの間、休憩をいたします」

議場がざわつきはじめた。エルフたちが隣に顔を向けて、話を始めている。

うまく終えられた、とレオニダスは満足を覚えた。ヒロトが馬鹿な冗談(じょうだん)を言ってくれたせいか、ヴァルキュリアやラケル姫やフェルキナたちとたっぷりと話ができたからか、凄く素直な気持ちで自分のことを話すことができた。ヴァルキュリアに弱っちいと言われたことも話すことができた。自分でやれることはやりきれたように感じる。

少しは挽回(ばんかい)できた？

わからない。エルフがどう感じるのかはわからない。やはり自分は王には不適格だとエルフは感じるのかもしれない。そう判断されたらそう判断されたでおしまいだ。あとはヒロトに任せるのみだ。

ヒロトに顔を向けると、ヒロトが親指を立てて「グー」のサインを見せた。レオニダスも親指を立てて「グー」のサインを返した。

15

ハイドランはほっと一息をついたところだった。

正直、緊張した。最初の言葉が出なくて、余裕を、笑みをと呪文を唱えてようやくまともに発言できるようになった。だが、充分に答えられたのかはわからない。とにかく、予想以上にレオニダスの返答がよくて、余計に焦ってしまった。

焦るな。余裕を持て。笑みを見せろ。

呪文を唱えながら、進行役の質問に答えていた。それでも、うまく答えられたという実感はない。レオニダスの方がよい答えをしていたように感じる。

(差は縮まったか?)

わからない。不安だが、もうどうすることもできない。ベルフェゴルに任せるしかない。

16

すばらしい、とヒロトは思った。王子は実に見事に御審問をこなした。ヴァルキュリアに弱っちいと言われたことを暴露したくだりでは、拍手を送りたくなった。王子がかっこよく振る舞うことを捨てて、自分の真実の姿をエルフたちにさらけ出したのだ。エルフたちは相当、王子へのイメージを揺さぶられただろう。傍若無人で自分勝手でわがままな暴言野郎というイメージを、覆されただろう。

一気に逆転までいく？

それはない。最大でも十一票だ。恐らく、現実的には九票。それでも大成功だ。残り六票を勝ち取るのは自分に懸かっている。だが、相変わらず十五票の予感はない。

（たぶん、推薦人演説では差がつかない。差がつくとしたら、最終対論――）

最終対論で覆せる？

正直、わからない。ハイドラン公爵は、確かに御審問でアピールに失敗した。だが、それで一気に逆転までもっていけるという確信はない。ステージから窺っている限り、ハイドラン公爵の曖昧な物言いに対して批判的な表情を浮かべたエルフはいなかった。レオニダス王子の返答には驚いている者がいたが、公爵に対してほとんど表情の変化はなかった。公爵支持のエルフたちに、心境の変化は起きていない。票を動かすほどの変化は起きていない。その変化を、最終対論で起こせるか。

ヒロトにも未来はまだわからない。勝利は依然として見えていない。でも、突っ込むべきところは見えた。大きな穴が――弱点が――一つ開いている。その穴をどんなふうに広げられるか。広げても逆転はできないかもしれないが、自分は自分の仕事をするまでだ。

ヒロトは、王子に自分が放った言葉を思い出した。

（華々しく散ろう）

17

推薦人のために演壇が用意されている間、エルフたちは隣同士でひそひそと話し合っていた。

「意外とよかったですな」

と一人が言う。よかったとは王子のことである。

「うむ。自分の弱さもしっかりさらけ出していて、非常に好感が持てた。だが、芝居かもしれぬ」

「芝居で失敗談までは話せぬのではないか？」

「公爵は緊張していたな。本音を語っている感じがなかった。もやもやする感じだった」

「前回とあまり変わらぬ。もやもやとするがな。ただ、王子には不安がある。思ったよりもよい感じだったが、いざ王になるとどうなるか」

「確かにそこは不安だ。ただ、候補に出るだけのことはあった」

と他の者がうなずく。

「では、推薦人演説を始めます。ベルフェゴル侯爵閣下」

進行役に呼ばれて、ベルフェゴル侯爵は立ち上がった。

18

ベルフェゴルは演壇に進んだところだった。

（間違いなく、票は詰まっている。仮に始まりが二十票対九票だとすれば、二票は動いたであろう。つまり、十八票対十一票。わしの読み通りだ。辺境伯に関係する者の数は、最大で十一。それ以上の票の積み重ねとなると、途端に難しくなる。常人ならばそれ以上の積み重ねはないが、ヒロトならば多少は動くはず。それでも三票以内に抑えれば我々が勝てる）

そう冷静に分析してベルフェゴルは口を開いた。

「殿下と公爵閣下と、一番何が違うのか。わたしは、年齢だと申し上げたい。正直、二十歳そこそこで国をまとめるのは不可能と言ってよい。北ピュリスが滅亡した時、王は二十四歳だった。レオニダス王子はそれよりも若い。だが、ハイドラン公爵は四十代。人を知り、国を知るには充分な年齢だ。王を任せるには一番の年齢と言える。そしてその年齢ゆえに、暴言も吐かぬ。アグニカに対して自分の主張とは違う策を王が選んだからといって、暴言を吐くということはせぬ。年齢がある分、精神的に安定しておる。これもまた、公爵閣下の美点だと言ってよい。そしてアグニカと強い絆があること。これも、美点の一つだと思っておる。先のトルカ港の事件では、辺境伯とピュリス将軍メティスとの強い絆が、平和的解決の糸口となった。同じことが、公爵閣下にも言える。公爵閣下とアグニカの重臣リンドルス侯爵との間には強い絆がある。今後、我が国はアグニカとガセルの問題で悩まされることになろう。その問題を解決する際、必ずや公爵閣下とリンドルス侯爵との強い絆は我が国を助けてくれることになる。もちろん、ピュリスとの関係を犠牲にしてまでアグニカとの関係を深める必要はない。そのようにはさせぬと、このわたしが保証しよう。公爵閣下は非常に慎重な物言いをされるが、まずは現実を認識して、そして対策を探るという公爵閣下の知性がよく表れている。世の中にはずばりと直言せぬ方がよい時の方が多い。直言せぬことによって、柔軟な針路変更がしやすくなる。公爵閣下の物言いはまさにそうだ。なんでもかんでも直言するのは児戯に等しい。含みを持たせた言い方ができるのもまた、年齢的な成熟さがもたらすもの。これもまた、王にふさわしい資質だとわたしは思っている。我が国が繁栄を迎えている今、必要なのは豊富な経験を持つ者だ。若く道を切り開く者、突進力のある者ではない。安定して従来の方針を踏襲しながらゆるやかに国を進ませることができる者だ。それができるのは、公爵閣下しかいらっしゃらぬ。

動乱の時には突破力のある者が必要だが、今は動乱の時ではない。安心感を与える者こそが、国の繁栄を持続させることができる」

ベルフェゴルは一旦、言葉を切った。

「このたびの国王推薦会議は、安定性と安心感のある者を選ぶのか、洞察力はあるが若く不安がある者を選ぶのか。どちらを選ぶことがヒュブリデの未来につながっているのか、試されているように思う。わたしからの言葉は以上だ」

とベルフェゴルは深く頭を下げて、引き下がった。盛大な拍手が鳴る。

よい感触だった。エルフたちの心に充分訴えることができたのだ。ハイドラン公爵の、曖昧さの残る回答に対するフォローもできた。票の損失は、最低限に防げただろう。

問題は、ヒロトである。

（この男、どのような演説をするつもりか……？）

ベルフェゴルは席に着いて、ヒロトを睨んだ。ヒロトが立ち上がる。いつもの突き抜けた、明るい表情はない。最高法院で自分の企みを打ち破った時のような、笑顔もない。

ヒロトが演壇に到着し、頭を下げた。いよいよヒロトの演説開始である。

「候補者として名前が読み上げられた後、自分が殿下の推薦人になりますと申し上げると、殿下にはやめろと断られました。負けるのは目に見えている。おれにつけば、おまえは失脚(きゃく)する。おまえが失脚すれば、この国に未来はない。おれに味方するな」

ヒロトは一旦、言葉を切った。

「暴君の言葉でしょうか?」

議場は静まり返っている。

「殿下が枢密院から追い出された時、自分は殿下は枢密院にいなければならない方だと申し上げました。その時にも、おれの味方をするなと言われました。十六の時に、同じようにおれに味方して失脚した者がいる。そいつになるな、と。果たして暴君の言葉でしょうか?」

議場からの反応はない。だが、場は静まり返っている。

「先日、キュレレ姫が誤って壺(つぼ)を割ってしまいました。その時、殿下は自分が割ったことにしておけと言ったそうです。自分は悪名高いから、自分が割ったことにすれば信じる、と。果たして暴君の言葉でしょうか?」

やはり反応はない。だが、吸い込まれるような静けさがある。

(憎(にく)らしい畳(たた)みかけだ)

とベルフェゴルは思った。ヒロトは、レオニダス王子が暴君ではないことを印象づけようという戦略らしい。

「殿下はとても人間らしい心を持った方です。陛下が亡くなった時も号泣していました。弱気になって、自分は国王推薦会議に出ても勝てないと弱音を吐いていました。それに怒ったのがラケル姫でした。北ピュリスが再興する可能性と、殿下が即位する可能性とどちらが高いのですか、それでも王子ですか、と。叱責されて、殿下は黙っていました。果たして、殿下はただ傍若無人なだけの人間なのでしょうか？」

もちろん、エルフは答えない。だが、エルフがヒロトの演説に聞き耳を立てているのはわかる。

「御審問の予行演習をする時、実は殿下はいつもいっしょにいる二人の女性に席を外させています。果たして殿下は、女と快楽に溺れるだらしない男なのでしょうか？」

またヒロトが問いかける。

「殿下はまだお若い方です。その若さは、暴言に出てしまっています。激しい物言いに出てしまっています。けれども、ウルセウス王の性格を見抜く目、異国の真意を見抜く目には、注目すべきものがあります。国が傾くのには、内側からの動きと外側からの動きがあります。内側からの動きには、敵国の悪意を見抜けないというものがあります。自分が元いた世界には、かつて近隣の国を侵略しまくろうとした国がありました。その国の元首は、奪われた領土を取り戻すだけで、侵略の意図はないと嘘をついていたのです。その時、それが嘘だと見抜いた者がいました。でも、見抜いた者は元首ではなかった。見抜けなかった者が元首だった。そして、後に、その国は侵略を受けました。殿下には人を見抜く目があります。それは、我が国に対して悪意を持つ者に対して、最大の防壁となります。思い出してください。モルディアス一世とハイドラン公爵閣下が国王推薦会議で競い合った時、お二人は二十代でした。でも、モルディアス一世は立派に国を治めてこられた。それが殿下にはできないと言えるでしょうか？　小さなヴァンパイア族の娘をかばい、失脚を心配して自分に味方するなと言い、人の性格を見抜く。そのような人間に、王は務まらないと言えるでしょうか？」

ヒロトが一旦言葉を置く。

「このたびの国王推薦会議は、新しい時代を背負った人を選ぶのか、古い時代を背負った人を選ぶのかの選択であるように感じています。ハイドラン公爵とベルフェゴル侯爵という、十年前に現役だった方、十年前の時代を背負った方を選ぶのか。それとも、レオニダス王子という、今の時代を背負った方を選ぶのか。ヴァンパイア族との関係性が薄い古い時代の者を選ぶのか、ヴァンパイア族とすでに交流している新しい時代の者を選ぶのか。次の王にも、ヴァンパイア族との関係維持は求められるでしょう。ヴァンパイア族との関係をうまく構築できるのかということも、充分考えるべきことだろうと思います。ヴァンパイア族なき古き時代の者か、ヴァンパイア族前提の新しき時代の者か。どちらを選ぶのがヒュブリデの未来につながっているのか。今回の会議はその選択を迫られているように思います。自分の演説は以上です。ありがとうございました」

とヒロトは深々と頭を下げて壇を降りた。盛大な拍手が鳴った。ベルフェゴルの時よりも大きな拍手だった。そして、拍手はベルフェゴルの時より長かった。

（くそ……そう来おったか……）

ベルフェゴルは唇を噛んだ。

安心感を選ぶのか、不安を選ぶのかという問いかけをしてせっかくエルフの心に波紋を投げかけたのに、ヒロトが波紋を上書きしてしまった。古い時代の人間を選ぶのか、新しい時代の人間を選ぶのか。ヴァンパイア族との未来を選ぶのか、選ばないのか。

（やはり、曲者か。簡単には勝たせてくれぬな）

「さすがだな」

とラスムス伯爵も軽く手を叩いた。

「まったくだ」

そう答えて、ベルフェゴルも軽く拍手した。

「どれだけ票は変わったかな」

「前にも言った通りだ。ヒロトと殿下を支持するのは、辺境伯と関わりのあるところだ。サラブリアの二つとオルシア、ハガル、アンスル、ノブレシア、オゼール、ルシャリア、エキュシア、シギル、ルシニア。十一票は確実に入る。だが、それ以上となると壁が立ちはだかる。我々は票の積み上げを三票以下に抑えればよい」

「どこを攻める？」

　とラスムス伯爵が尋ねる。

「世界の中心」

　ベルフェゴルの答えに、ラスムス伯爵はうなずいた。進行役が口を開いた。

「では、候補者と付添人と推薦人の方はご退席を。推薦人の方は、あとでお呼びいたします」

19

　候補者たちが退室してエルフだけになると、中間表明が始まった。一人一人中央の壇上に上がって、簡潔に自分の考えを述べ、候補の名前を言う。そして、脇から壇を降りる。実際の投票では一人一個の玉を王にふさわしいと考える候補者の箱に投じることになるが、

中間表明は宣告するだけである。

（どうなるのかしら。ヒロトは、いつもみたいに勝つ時の顔をしていなかった……）

心配しながらエクセリスは、議場の隅から表明を見守った。

先陣を切ったのは、クリエンティア州の支部長だった。

「両候補とも、候補にふさわしい人物だと思う。特に王子は、前評判を見事に覆してみせた。王子に拍手を送りたい。だが、やはり王子への不安は拭いがたい。安心感と安定感を選ぶべきだと思う。わたしは公爵だ」

そう言って壇を降りる。つづいて壇上に上がったのは、ルシニア州の支部長である。

「ご存じの通り、我がルシニア州はマギア軍に侵略される危機を味わった。その危機を救ったのがヒロト殿だが、ヒロト殿と王子は別だと思っていた。だが、王子とヒロト殿の演説を聞いて、わたしは考えを変えた。わたしは王子を推す。ヒロト殿が推す王子を推す」

力強く宣言して降壇する。次はシギル州の支部長である。

「我がシギル州はフェルキナ伯爵が治めている。もちろん、わたしとフェルキナ伯爵とは同じ考えではないが、十年前の者たちをこの国の中枢に据えて、何のよさがあるのだろうか？　わたしは王子を推す」

と降壇する。代わりに登壇した支部長は、

「公爵は緊張していたと思う。この手のものは苦手なのだろう。得手不得手に左右されて候補を決めるべきではないと思う。今、この国に不安はいらぬ。わたしは公爵を推す」

と短く言って降壇した。次に登壇した支部長も、

「わたしも同感だ。確かに公爵の発言には具体性が欠けていた。王子の発言には具体性があった。だが、あの口調はどうだろうか？　公爵は終始丁寧であるのに対して、王子はぞんざいだった。そこは問題にすべきだろうと思う。わたしは公爵を推す」

と公爵を支持した。次の登壇者も同じだった。

「王子が予想外によかったゆえ、正直迷った。だが、まだ不安は拭えぬ。現段階では、公爵だ」

と降壇した。

エクセリスはずっと数えながら表明を聞いていた。王子を支持したのは、今のところルシニア州とシギル州の支部長のみ。ヒロトと関わりがあるところだ。大勢は公爵である。

楔を打ち込んだのは、ノブレシア州の支部長だった。

「皆の者、よく思い出されるがよい。ベルフェゴル侯爵は、幾度となく辺境伯を封じ込めようとした男だ。最初は最高法院に訴えて仕留めようとした。次には王令改正を持ちかけて、辺境伯は枢密院に入れないという条項を改正案に盛り込もうとした。そのような者が

再び宰相になってよいのか？　わたしは反対だ。わたしは王子を推す」

ノブレシア州につづいて、エキュシア、ルシャリア、オゼール、オルシア、ハガル、アンスルと王子支持がつづいた。次はマニエリスの番である。

「ヒロト殿と最も付き合いの深いエルフとして、申し上げる。ハイドラン公爵とベルフェゴル侯爵がヒロト殿と良好な関係を結べるとは思えぬ。それがどういう未来を我が国に招くか。王子には不安があるが、ヒロト殿との深い信頼関係を築いているように見えた。わしはヒロト殿に全幅の信頼を置いて、王子に投票する」

マニエリスが降壇すると最後にアスティリスが登壇した。

「この数年間を見れば、我が国には毎年のように外国との危機が襲いかかっている。危機への対処能力が高い布陣を選ぶべきだ。わたしは、王子とヒロト殿との布陣の方が、危機への対処能力が高いと思う。わたしは王子支持だ」

シルフェリスとユニヴェステルはずっと座席に着いていた。高位の者が意見を表明すると追随者が現れる可能性があるため、中間表明では意思表示をしない。

（十一票……）

エクセリスは胸の中でつぶやいた。公爵は十六票、王子は十一票。シルフェリスとユニヴェステルが公爵支持だとすると、公爵は十八票。逆転のためには四票が必要だ。

わずか四票？

されど四票。

王子を支持した者は、ヒロトとフェルキナと関わりのある州の支部長である。それ以外は王子を支持していない。王子の御審問での態度については、多くの者が感銘を受けていたはずなのだが、ヒロトと関わりのない州の者で、支持を公爵から変更した者はいない。

つまり、十一票の壁を突き破っていないということである。

（やっぱり壁は高い……）

推薦人同士が互いの候補者の欠点を指摘し合う最終対論で、ヒロトはどれくらい挽回できるのか。指摘される欠点は、遥かに王子の方が多い。それでもヒロトは、公爵支持者から四票奪えるのか。

たかが四票。されど四票。四票には、王子への不信感という最悪の重しがついているのだ。ヒロトにも動かしがたい最凶の重しが――。

20

フェルキナはレオニダス王子とともに控室にいた。部屋は鍵が掛けられ、外にはエルフのだ。

の衛兵が立っている。ヒロトはすでにいない。最終対論に呼び出されて、出かけていった

フェルキナの見立てでは、ヒロトたちは善戦の末に負ける。だが、レオニダス王子はやりきった表情を浮かべていた。

「ヒロトはいい演説をしてくれた」

と王子は満足した表情を見せた。王子の中では、ベストを尽くせたらしい。だが、だからといって勝てるわけではないのが、国王推薦会議だ。

最終対論の後は投票が行われて、次の王が決まる。大長老が呼びにくれば、次期国王。護衛隊長ならば、敗北。自分たちを呼びに来るのは――。

21

ハイドランは落ち着きなく、控室を歩き回っていた。とてもではないが、じっとしていられない。またしても、自分は御審問で失敗してしまったのだ。ラスムス伯爵とベルフェゴル侯爵に言われたことを、忠実に実行できなかった。きっとエルフは悪印象を懐いたことだろう。

「少しは落ち着かれたらどうだ？」

とラスムス伯爵が声を掛けた。

「とても落ち着いてはおられぬ」

「そういう時こそ、家訓の余裕の笑みではないのか。いくらヒロトでも、十一票の壁を越えることはできぬ。壁を越えて四票を上積みすることは不可能だ」

22

再び壇上に二人の推薦人が呼び出されていた。ベルフェゴルとヒロトである。ベルフェゴルはヒロトの表情を見た。相変わらず、いつもの突き抜けるような明るさはない。

（勝てるとは思っておらぬな）

ベルフェゴルは見破った。つまり、ヒロトは自分を負かす秘策を持っていないということだ。だが、自分は持っている。いざという時には、女のことをばらしてやればよい。ただ、そこまでせずとも勝てるだろう。最終対論で四人もエルフが支持を変更するとは考えがたい。

ベルフェゴルは、演壇のそばにヒロトと少し離れて立った。この最終対論を乗り越えれば、あとは投票だけである。

「では、ベルフェゴル殿からどうぞ」

と進行役が言い、ベルフェゴルは口を開いた。

「まずは、殿下に対して称賛の言葉を送りたい。殿下は実に優れた知見を披露し、自分の弱さを披露した。さすがモルディアス一世のお子だ。きっと天国でモルディアス一世も喜んでいらっしゃるだろう」

とベルフェゴルは長口上を始めた。

「ただ、やはり王となると、不安が残るとわたしは感じている。気になったのはまず口調だ。我がハイドラン公爵はかなり緊張されていたが、常に丁寧な口調で答えられていた。だが、殿下はどうか？　『おれは』『おれは』『おれは』。正直なところ、あまりに偉そうなのではないか、この場にふさわしくないのではないかと感じた。御審問を受ける者は、もっと丁寧に答えるべきではなかったか？　丁寧に答えられぬというのは、自分が世界の中心であり、へりくだる必要はないと考えているということだ。そのような者が、耳に痛い助言を受け入れられるだろうか？　わたしの答えは否だ。死刑を連発することも気になる。本人は家臣が皆ユリアヌスに向かっていたからだと話されていたが、死刑を連発するのもまた、自分が世界の中心であることを味わいたいからだ。世界の裁判官のような気がするのだろう。そして死刑を連発する癖は今もなお直っていない。つまり、今もなお、世界の中心であることに強く執着しているということだ。そして、この子供じみた精神がすべての元凶、不安の元なのだ。さらに言えば、殿下には亡き兄ユリアヌスへの劣等感もある。世界の中心でありたいという執着。劣等感。この二つから導き出される帰結は、殿下が権力を握れば世界の中心、世界の裁判官として横暴を極めることになるということだ。間違いなく、国王資格の剥奪が宣言されることになる。すでにモルディアス一世により、枢密院顧問官の資格剥奪が行われたように――」

議場は静まり返っていた。壇上から見えるエルフたちの表情は、真剣そのものである。中には、その通りだとばかりにうなずく者もいる。ベルフェゴルは、自分の言葉がしっかりとエルフの胸に伝わったことを実感した。

（この勝負、ほぼ勝ったな。票差は縮まらぬ。これで無事逃げきれる）

23

（出だしとしては最高ね）

とエクセリスは、議場の端から進展を見守っていた。恐らく、下書きを書いたのはラスムス伯爵。非常に論理性が高く、エルフ好みの議論である。

ヒロトはどう論駁するのか。ヒロトが明るい顔を見せていないのが気にかかる。ヒロトが勝つ時には、いつも表情が明るくなるのだ。でも、その突き抜けるような明るさが、ない。このままでは、ヒロトは負けてしまう――。

「ヒロト殿、どうぞ」

と進行役が話を振った。ヒロトが前に進み出る。

「不安は何色をしているか、ご存じですか？」

突然、ヒロトは妙な質問から始めた。

「黒色です。黒を他の絵の具に混ぜると、色が濃くなるのではなく、真っ黒になるのです。ベルフェゴル侯爵が今なさった説明は、不安という黒で塗りつぶすことです」

「わたしを黒の権化として侮辱するつもりかね？」

すかさずベルフェゴル侯爵が割り込む。

「ぼくの話はまだ終わっていません。今、侯爵は中断という黒でぼくの反論を塗りつぶそうとされましたね」

ベルフェゴル侯爵は黙った。反論しなかったのは、これ以上反論すれば進行役の介入を招き、自分の印象を悪くすると判断したからだろう。この辺りの判断は、さすがに老練の政治家と言うべきか。

　ヒロトがつづける。

「侯爵は非常に重要なことを見落とされています。殿下は当初、ぼくを宰相に任命するつもりでした。しかし、フェルキナやラケル姫たちの説得を受け、翻意している。世界の中心という考えに取り憑かれている者が、果たして翻意するでしょうか？」

「辺境伯は付き合いが短いから素朴に信じてしまうのだ。殿下は必ず約束を破る」

とベルフェゴルが冷水を浴びせる。エルフたちの表情に変化はない。つまり、ヒロトの反論は票を動かすまでには至っていないということだ。

　ヒロトが反論を始めた。

「劣等感を持つ者は自分が優秀であることを示そうと躍起になります。でも、殿下は軍事と外交はぼくに任せるとおっしゃった。ヴァンパイア族のことも自分はわからないからぼくに任せるとおっしゃった。劣等感に支配された者の言葉でしょうか？」

　ヒロトの反論を聞いていたエルフたちの身体が動いた。ヒロトの反論に興味を示したのだ。

　上手い、とエクセリスは思った。非常に有効な反論である。だが、身体を動かしたのは王子支持派の者だった。公爵支持派の者ではない。

（まだ票を動かすには、全然足りていない……）

ヒロトがつづけて畳みかける。

「ハイドラン公爵は、自分が活躍して王の道に近づきたかったとおっしゃっていました。ぼくよりも上手くやる自信があったと。自分の優秀さを示そうとしたのは、殿下なのかハイドラン公爵なのか、どちらなのでしょう？　重要な政治的判断を行う時、自分の優秀さを示したいという心は、味方になるのでしょうか？　邪魔になるのでしょうか？」

すぐにベルフェゴル侯爵が反論に出た。

「何事も過剰は判断を誤らせる。自分の優秀さを示したいという気持ちは、このわたしにも公爵にもある。貴殿にもあろう。だが、果たして公爵の気持ちは過剰であろうか？　わたしはそうは思わない。過剰というのなら、むしろ殿下が口にする死刑の方ではないのか？　気に入らないことがあればすぐに死刑を口にするような者が、果たして家臣の助言を聞き入れ、善政を敷くだろうか？」

うまく返された、とエクセリスは悔しがった。せっかくヒロトがいい突っ込みをしたのに、侯爵にうまく返されてしまった。これでは票は動かない。

「侯爵は再び不安という黒で塗りつぶそうとされています。多くの人が、仕事を辞めたいと思った経験を持っています。ぼくが元いた世界でもそうです。でも、『辞める』を連発する人に限って辞めない。口にしない人の方が、いきなり辞めます。同じことを、死刑に当てはめると?」

「王位継承者は、軽々しく死刑を口にすべきではない」

　ぴしゃりとベルフェゴル侯爵がやり込める。

「ぼくの話はまだ終わっていません。また中断という黒でぼくの反論を塗りつぶそうとされましたね?」

　ベルフェゴル侯爵は押し黙った。エルフたちの表情は変わらない。ヒロトの突っ込みを不当とも思っていなければ、侯爵の中断をやりすぎとも思っていないということだ。票が動く気配はまだない。

　ヒロトがつづける。

「最近、殿下が『死刑だ』を一番連発している相手は、実はぼくです。この間もこんなことがありました。『おれが退屈しているのに来ぬとは、けしからん。おまえは死刑だ』。ぼくは死んでいるでしょうか?　殿下が久しぶりにレグルスから帰国された時も、こんなことがあったそうです。パノプティコスが迎えに来ていないことを知って、『けしからん。死刑だ』。さて、宰相は亡くなっているでしょうか?」

「まるで子供だな」

とまたベルフェゴル侯爵が中断する。

「また中断という黒で塗りつぶそうとされましたね？」

とヒロトが指摘する。

（そんなにむきに指摘しなくても……）

とエクセリスは思った。さすがに国王推薦会議という場で、ヒロトも神経質になっているのだろうか？　それとも、何か戦術的な意味がある？

ヒロトが再開する。

「殿下の『死刑だ』は、『クソ！』という程度の意味です。もし殿下が本気で殺すつもりで死刑を連発しているのなら――本当に暴君候補者なら――枢密院から追放された時こそ、死刑を実行しているはずです。世界の中心という考えに殿下が取り憑かれていたのなら、枢密院という世界の中心から追放された時こそ、復讐なり謀叛なりを起こして死刑を実行していたはずです。少なくとも、企図していなければおかしい。ところが、殿下は陛下に従いました。法に従ったのです。殿下は暴君候補者なのでしょうか？　最も王位から遠ざけねばならない危険人物なのでしょうか？」

「それでも不安は拭えぬ。拭えぬ限り、王位に即けるべきではない。考えてみるがいい。露出度の高い淫らな服を着た女二人を侍らせ、死刑を連発する。自分の意見が通らなければわめき立てる。そのような子供みたいな者に王冠を載せるべきだと思うか？　淫らな女を侍らせることもなく死刑を口にすることもなく、自分の意見が通らなくてもわめき立てることもない者を、王冠から遠ざけるべきだと思うか？」

と即座にベルフェゴル侯爵が突っぱねる。エクセリスは目を細めた。エルフたちの表情はまったく変わらない。せっかくヒロトがうまく切り込んでも、侯爵はそれに負けぬくらい反論を返している。舌戦の戦線は膠着状態だ。議場にも、ヒロトの意見も侯爵の意見も、どっちもどっちだなという空気が漂っている。

（ヒロト……あなた、このままだと本気で負けるわよ？　負けるつもりなの？）

ヒロトが少し違う方向から切り込んできた。

「侯爵閣下は、新しい王の話をされているのですか？　それとも、新しい大司教の話をされているのですか？　王の選定基準は品行方正であって、決断力や洞察力や助言を聞き入れる力は重要な基準ではないと？」

「そのようなことは一度も申しておらぬ。貴殿は誹謗という黒色でわたしを塗りつぶそうとしているのか？」

とベルフェゴル侯爵がヒロトの言葉を使って攻撃してきた。

「それこそ非難という黒色です。ぼくは確認の質問をしたのです」

とヒロトは難なく弾き返す。そして侯爵に確認を求めた。

「では、決断力も洞察力も助言を聞き入れる力も、品行方正と同等に重要だということですね？」

「重要だが同等ではない」

とベルフェゴル侯爵がただし書きをつける。

「合わせて十点になるように点数を配分すると、品行方正が四点、決断力が二点、洞察力が二点、聞き入れる力が二点という感じでしょうか？」

「そのようなものだ。そして重要なことは、ハイドラン殿は枢密院会議においてマギアとアグニカについて提案を行ったが、すべて貴殿の意見を受け入れておるということだ。つまり、充分に聞く耳を持っておる。さらにいえば、フィナスが国王候補の条件について提案した時、それはエルフの専権事項を干犯していると言って、即座にハイドラン殿は反対された。ハイドラン殿はそういう方だ。しかし、かたや、大長老をハゲ呼ばわりする候補がいる」

と侯爵がチクリと刺す。エルフの心を揺さぶる指摘だったが、ヒロトも即座に返した。

「聞く耳を持つのは、ハイドラン公爵も殿下も同じです。追放を命じられて相当思うところがあったはずなのに、激昂の中で殿下は陛下の命令を受け入れています。また、フェルキナやラケル姫の意見を聞き入れて宰相をパノプティコスにすると明言しています」

「実行するかどうかは怪しい」

（このままだと押し切られておしまいよ。聞く耳が同じだって言っても、公爵の優位は動かない。うまい反論じゃないわ。あなた、ほとんど負けてるのよ⁉）

　エクセリスが悲痛な危機感を持ったその時だった。接戦を繰り広げてきたヒロトが、長口上でずばりと切り込んできたのだ。それが、すべての始まりだった。

「侯爵の予想の方が怪しい。そしてハイドラン公爵の決断力と洞察力は、もっと怪しい。公爵の返答を、いくつか拾ってみます。『まずは枢密院の意見を聞いて、その上で互助協定の強化が必要なのか必要でないのか、見極めたいと思っている』。『わたしにはリンドルス侯爵との深いつながりがある。そのつながりも駆使して、両国の関係を平和裡に導いていきたい』。具体的な答えは明示されていません。具体性を欠いた抽象的な物言いをする最大の利点は、あとで解釈を変更して言い訳できること、つまり、逃げの手を打てることです。たとえば、ぼくのことについて、公爵はこう答えられています。『ひきつづき、重要な役職をお任せしたい』。重要な役職がどういう役職か、具体的な指摘はありません。ぼくとベルフェゴル侯爵との対立についてどうするかという問いに対しても、公爵はこう答えられています。『わたしが二人の関係の橋渡しになりたい』。具体的にどうやって？

具体性の部分は欠落しています。ヴァンパイア族との問題についても、公爵はこう答えられています。『わたしもヴァンパイア族との関係を維持したいと思っている』。どのようにという具体性が欠けています。そして具体性がないことによって、逃げる隙間が生じている。後々ヴァンパイア族と距離を置いたとしても、『現時点で適切と思える状態で関係を維持している』と逃げの言い訳ができる。『思っている』という言葉を付け加えているので、『あの時はそう思ったが、状況が変わったので適切な距離に変更した』と逃げの言い訳ができてしまう。つまり、逃げの手が打ててしまうのです。しかし、決断とは、逃げの手を封じることです。何かを決断すれば、もう逃げの手は打てなくなる。それは非常な勇気を要求するものです。決断には勇気が必要なのです。特に国の重要な決断となれば、御審問に挑む時と同じほどの緊張が襲いかかります。御審問に臨む時以上の大きな勇気が必要となります。でも、公爵は御審問に緊張して、逃げの手を連発された。進行役の問いに対して、逃げの手を連投された。御審問の緊張に打ち勝てぬ方に、御審問で逃げの手を打ってしまった方に、果たして国の危機において重要な決断を行う力は期待できるのでしょうか？　オレサマ口調だけど、御審問の緊張感に打ち勝ち、逃げの手を打たずに普段通りの自分を出せた殿下には、王としての決断力は期待できないのでしょうか？　決断力と洞察力を考えた時、王の資質があると思える者、秀でている者は、果たしてどちらなのでしょう？　公爵でしょうか？　殿下でしょうか？　どちらが国家の未来が懸かるような重要な決断において、王らしい仕事ができるのでしょうか？」

24

エクセリスはその場で手を叩いて跳び上がりそうになった。ついに、ヒロトの雄弁が——数々の危機を撥ね返してきたヒロトの弁舌が、炸裂したのだ。

ヒロトが指摘したのは、ヒロトが王子を支持し、公爵に反対する一番の中心点だった。そして国家の意思決定において中心となるポイントだった。

議場は恐ろしいほど静まり返っていた。世界からすべての音を奪ったかと思えるほど、静まり返っていた。ヒロト支持派の者も、公爵支持派の者も、皆、身動きせずに固まっていた。ヒロトの言葉に圧倒されていた。ヒロトが指摘した点こそが、まさに最も考えるべきことであり、重視せねばならないことを改めて再認識させられて、沈黙していたのだ。

完全に議場の空気が変わっていた。ヒロトと侯爵の意見に対して、どっちもどっちだなという空気は消え去っていた。

25

その空気の変化を、ベルフェゴルもはっきりと感じていた。沈黙の質が変わっていた。壇上から見るエルフたちの目つきが変わっていた。副大司教シルフェリスも、大長老ユニヴェステルも、他のエルフたちも、真剣な眼差しをヒロトに向けている。ヒロトの言葉を、エルフたちが皆、真正面から受け止めているのだ。それが向かう先はわかっている。

——票が、動く。

一票、二票？

それくらいでは済むまい。四票以上動くかもしれぬ。

やられたとベルフェゴルは焦った。議場がヒロトによって一変させられている。何としても覆さねばならない。だが、どうやって？　何を口にしてヒロトの鉄壁の理屈を撥ね返す？　ヒロトの能力論に対して、どう切り返す？　対処法はまるで浮かばない。

ヒロトがつづけた。

「まだあります。決断には勇気と同時に洞察力が必要です。マギアの件を是非思い出してください。殿下と公爵、どちらが洞察力があるのでしょう？　公爵でしょうか？　殿下でしょうか？　不充分な洞察力から導き出された国家的な決断は、我が国を善き未来へと導くのでしょうか？」

四名のエルフたちが、同意したかのように何度もうなずくのが、ベルフェゴルの目に飛び込んできた。うなずいていたのは、ヒロトとは関わりのない州の支部長だった。おまけに、勝負ありねとばかりにシルフェリスが息を静かに吐くのまでが見えた。

（まずい……！）

ベルフェゴルはさらに強い焦りと危機感を覚えた。敗北の予感が背中を駆け昇る。

（このままでは四票が入ってしまうぞ！　逆転負けをしてしまう！　何か反論を――）

だが、思いつかない。寸前まで勝利はほぼ確実に思えていただけに、自分が動転してしまっている。御審問で見せたハイドラン公爵とレオニダス王子の差――。資質的には、レオニダス王子の方が王に向いているのだ――品行を、暴言をのぞけば。

（そうだ！　あれを使うしかない！）

この時のために取っておいたヒロトの弱みを、ついにベルフェゴルは話しはじめた。

「人徳が、品行方正が軽視されることに対して、わたしは大いに危惧を懐いている。もし殿下が即位するようなことがあれば、不道徳の者たち、女にだらしない者たちがこの国を牛耳ることになる。外国からも誹られることになろう。殿下が二人の女と戯れていることはもはや公然の事実だが、推薦人も同じ穴の狢なのだ。彼が住むドミナス城の側近が明らかにしたところによると、辺境伯は四人の女と深い関係があるという。そのうちの一人は、ヴァンパイア族のようだ。幸い、他の三人のことはヴァンパイア族には洩れていないようだが、洩れればどうなるのか。そもそも、四人の女と深い関係をつづけるとはどういうことなのか。そのような者の言葉に、果たして説得力があるのだろうか？」

議場の隅でエクセリスが赤面したが、ベルフェゴルは気づかなかった。純粋に見えなかったのである。

議場は静まり返っていた。ベルフェゴルの暴露は、衝撃の波となってしっかりエルフの心に届いているようだ。

（四票がヒロトに覆るのを三票に止められればよい。それですべて片がつく）

ベルフェゴルはヒロトを見た。

（さて、ばらされてどう返す？　また辞任するか？　その手はもう使えぬぞ？）

ヒロトはため息をついた。

（効果ありか）

ベルフェゴルは胸の裡で冷笑を浮かべた。さすがにヒロトも、自分の私生活をばらされて動揺したか。これでエルフたちもヒロトに悪印象を懐き、王子への投票を控えるだろう。

ヒロトはもう一度息をついた。

「今のではっきりわかりました。ハイドラン公爵が即位してあなたが宰相になれば、あなたがぼくをどう処するかが――。推薦人の個人的な問題ではなく候補者の資質について真剣に問うこの神聖な場において、このようなことをするあなたが、宰相としてぼくを重用することも枢密院に置くことも、ない。最高法院でのあなたは誇り高かった。でも、マギアが無理難題を押しつけている時に、辺境伯が枢密院に入る資格がないという条項を追加しようとしたあなたが、ぼくの行動範囲を四州だけに制限しようとしたあなたが、そして今、ぼくを道徳的に排撃しようとしているあなたが、何度も中断という黒色を繰り返しているあなたが、ぼくを重用することは一切ありえない」

ベルフェゴルは沈黙した。

思わぬ反撃だった。ヒロトは辞任を口にするのではなく、ベルフェゴルの攻撃を使ってハイドラン公爵の答弁に――ヒロトを重用するつもりでいるという答弁に――最大の打撃を加えてきたのだ。ヒロトが何度も中断を口にしてきたのは、このためだったのである。

エルフたちが何人か腕組みをしてうなずいた。ますます風向きが悪化している。

(ここで負けてはならぬ。ここでヒロトを逃してはならぬ)

「枢密院顧問官として、潔くお答えいただきたい。四人の女と深い関係があるのか」

ベルフェゴルは糾弾に掛かった。だが、ヒロトの楯と矛は強かった。

「真偽を答えれば、ハイドラン公爵に王の資質があるかどうかがわかりますか？　殿下に王の資質があるかどうかがわかりますか？　どちらに決断力と洞察力があるかわかりますか？　あなたはこの国王推薦会議という場が、推薦人という個人を糾弾し、推薦人に悪印象を与えて票を左右する場だと考えていらっしゃるのですか？　それが十年以上宰相をつづけて手に入れられた答えなのですか？」

心の内臓をえぐるような指摘だった。ベルフェゴルは疼きに似た痛みを感じた。それでも反撃しようとして、ベルフェゴルは胸を突き刺すような冷たい視線に気づいた。自分の指摘に最も共感してくれると思っていた副大司教シルフェリスが、恐ろしいほど冷たい非難と軽蔑の視線を向けていたのだ。ユニヴェステルは軽蔑を通り越して呆れの視線を向けていた。他のエルフたちも、視線は冷たかった。視線は非難の色を帯びていた。

（負けた……）

これ以上追及すれば、エルフたちが牙を剥くのは明白だった。進行役からも手痛い反撃を喰らうだろう。自分は失策を犯してしまったのだ。

ベルフェゴルは息をついた。自分に残されているのは、これ以上事を荒立てず、大貴族らしくおとなしく引き下がることだけだった。大貴族として、これ以上醜態をさらすわけにはいかない。

「わたしからこれ以上申し上げることはない。議論は充分に言い尽くされたように感じる。辺境伯についての個人的な事情に対する指摘については、正式に撤回する」

そう言って口をつぐんだ。ベルフェゴルは事実上の敗北宣言を行ったのである。

「ぼくからもありません。発言を撤回された侯爵に、感謝と敬意を表します」

とヒロトも矛を引っ込めた。待っていたように進行役が声を張り上げた。

「以上をもって、最終対論を終了いたします。両推薦人は、控えの席で結果を待つように」

26

すぐに投票の準備が始まった。エルフたちに玉が配られる。玉を受け取りながら、シルフェリスは、愚かな……と唾棄した。愚かとは、ベルフェゴル侯爵のことである。

(不道徳は咎められるべき行為。されど、今ここで咎めることではない。自分が不利に回ったからといって、相手を個人的に攻撃するなど……そのような者が宰相など、あってはならぬ)

投票する相手はすでに決まっていた。少なくとも、公爵ではない。公爵に投じて、ベルフェゴル侯爵を宰相に返り咲かせることは、あってはならない。それこそ、精霊の呪いを呼び起こすことになるだろう。

27

すでに投票は始まっていた。最後尾は大長老ユニヴェステルである。

(やはり、ヒロトはヒロトであったか……)

それが正直な感想だった。

ベルフェゴル侯爵のスタートは完璧に思えた。レオニダス王子と、世界の中心たることへの執着とを結び付けて、レオニダス王子は王位に即けるべきではないという考えを展開していた。品行方正の観点から、レオニダスの王位失格を印象づけようとしたのだ。

ヒロトは正直、苦戦していたと思う。反論しても返されて、公爵の優位を覆せなかった。終始、リードされていた。だが、最後の最後で、決断力や洞察力といった能力の観点からハイドラン公爵が王には不適格であり、王子の方が適格であることを指摘したのだ。公爵に対してエルフたちが感じていたもやもやの正体を、重要な局面において逃げの手を打つこととして明確に言語化してみせたのだ。大逆転だった。あの時点で勝負は決まっていた。

だが、ベルフェゴル侯爵は、ヒロトの私生活を持ち出した。ヒロトが否定しなかったところを見ると、事実かもしれない。だが、事実かどうかは問題ではない。候補者の問題を問うべき場において、推薦人の問題を問うたところが問題なのだ。それも、勝利のために、得票のために場違いな糾弾を行ったことが問題なのだ。宰相になるべき人間がそのようなことをしたということが、一番の決定的な問題なのだ。この問題を、エルフたちが見逃すことはないだろう。

投票は着々と進んでいた。迷う者はいない。ユニヴェステルの前はシルフェリスである。シルフェリスが玉を入れた。どちらに入れたかはわからない。公爵かもしれない。だが、自分は――。

ユニヴェステルは、レオニダス王子に玉を投じた。そして座席に戻った。箱が閉じられ、すぐに計算が始まった。進行役が確認をしている。

立ち上がった。ついに結果が出たのだ。

「結果を発表します。投票の結果は、十八票対十一票。次期国王は――」

28

ハイドランは控室でラスムス伯爵とともに結果を待っていた。前回の国王推薦会議では、エルフの隊長が部屋に入ってきた。その瞬間、自分が敗北したことを知った。王位を継ぐ者には、大長老が挨拶に来るのだ。

今回は大長老が来るのか。

（テルミア……わたしが王になれるように祈ってくれ……）

ふいにノックの音が鳴った。ハイドランは最高潮に緊張した。扉が開き――。

29

レオニダスは控室でフェルキナ伯爵とともにその時を待っていた。ヒロトは出掛けたきり、帰ってこない。がっかりした表情で戻ってくるか。それとも、大長老といっしょに戻ってくるか。

「落ちたら、おれはどうすればいいのだ？」

レオニダスはフェルキナに声を掛けた。

「余裕の笑みを浮かべればよいのでは？」

「おれは叔父か！」

フェルキナに突っ込んだ時だった。ノックの音が、レオニダスの心臓を凍りつかせた。

怪奇現象に出会った人間のような目を、扉に向ける。扉が開いた。

入ってきたのは、大長老ユニヴェステルだった。後ろにはヒロトがいる。

「殿下、おめでとうございます。殿下が次の王です。すぐに戴冠のご準備を」

レオニダスは凍りついた。

頭の中が真っ白になった。

（おれが……王？）

実感がない。

夢ではないのか。これは夢ではないのか、という気がする。

「あれ、殿下が止まってる。殿下、殿下の暴言のおかげです。さすが暴言王子」

「誰が暴言王子だ！」

ヒロトに言い返して、そこでようやくレオニダスは生き返った。それから、はっとして大長老に顔を向けた。

「本当におれが王なのか？」

「国王推薦会議は殿下を王に推挙します」

大長老の後ろで、ヒロトが親指を立ててみせた。

奇跡だ……とレオニダスは思った。奇跡が起きたのだ。絶対に勝つはずがなかったのに

――ヒロトは一度も勝てるとは口にしなかったのに――自分が大逆転で王になったのだ。

「ヒロト……」

恩人の名前を口にした途端、ふいに感情が込み上げてきた。自分が泥船という意識。兄君と違って出来損ないという意識。レグルスでヒロトがヴァルキュリアといっしょに訪ねてきてくれたこと。その後も再訪してくれたこと。ヒロトがただ一人、自分を褒めてくれたこと。かばってくれたこと。公爵の罠から自分を守ってくれたこと。自分以外に仕えたくないと言ってくれたこと。もろもろの記憶と感情が自分の中で激流となって込み上げて、レオニダスは表情を歪ませ、ヒロトに抱きついた。

声は出なかった。涙をこらえるのに精一杯だった。それでも、涙は溢れてきた。

馬鹿者。

泣くな。ここで泣くのが王子か。

そう叱咤するのだが、涙が止まらない。

「よかったですね、殿下」

とフェルキナが声を掛ける。レオニダスは涙を流しながら、無言でうなずいた。うなずきながら涙を抑えようとするが、やはり止まらない。

ヒロトが口を開いた。

「殿下、泣いてます？」

「泣いておらん！」

涙声（なみだごえ）で答えて、レオニダスは嗚咽（おえつ）を洩らした。

30

ハイドランは控室で、敗北の衝撃と絶望に打ちのめされていた。自分の中を嵐（あらし）が駆け抜（ぬ）けたみたいだった。国王推薦会議に二度臨（のぞ）んで、二度とも敗北――。またしても、王になるという願いは叶（かな）わなかった。またしても、王になれなかったのだ。

結果は十一票対十八票――大敗だった。事前投票では二十票対五票と圧勝だったのに、大逆転されてしまったのだ。精霊は自分に王冠を授（さず）けてはくれなかった。

「わたしの力不足です。閣下に王冠をかぶせることができませんでした。すべてはわたしの不徳、わたしの力不足です」

とベルフェゴルが頭を垂れた。詫（わ）びられても、何もうれしくなかった。一万回詫びられようと、自分が王になれなかったことに変わりはないのだ。

（なぜなのだ！　なぜまたわたしが落ちるのだ！　わたしが有利ではなかったのか！　な

ぜ精霊はわたしを王冠から遠ざけるのだ！　わたしに恨みでもあるのか！）

心の中では、醜い憤怒と怨嗟の叫びが響きわたっていた。だが、ハイドランは家訓にしたがって柔和な笑みを浮かべて、精一杯柔和な声で答えた。

「これも、精霊の導きだ。精霊が、わたしが王になることを望まなかったのだ」

終章　贈り物

1

エンペリア大聖堂で戴冠式が行われ、シルフェリス副大司教によってレオニダス王子の頭に王冠が載せられると、モルディアス一世の時と同じように精霊の灯が強く輝いた。精霊が王子の即位に対して歓迎の意を表明したのである。

ベルフェゴルは大貴族の義務として、ラスムス伯爵とともに大聖堂に参列した。フェルキナ伯爵もラケル姫も参列していた。二人とも、顔が輝いていた。自分たちが応援した者が勝ったのだ。気分も明るいだろう。

ハイドラン公爵の姿はなかった。体調不良で欠席だという。

仮病だろう。二度もつづけて敗北して、二度もつづけて勝者を祝う気になれなかったのだろう。相手が年下のレオニダスだっただけに、プライドが許さなかったのかもしれない。

「これで完全にわしらは終わったな」

とラスムス伯爵がつぶやいた。

「若さは必ずいつか現れる。我々が絶望すべきは、絶望は永遠につづかぬということに対してだ」

とベルフェゴルは答えた。

「またヒロトにやられたな」

とラスムス伯爵が独り言のように言う。ベルフェゴルはうなずいた。

「さよう。まただ」

2

戴冠式の後、レオニダス王は馬車に乗って首都エンペリアを行進した。パレードにはシルフェリスも随行(ずいこう)した。レオニダス王が先頭で、すぐ後ろに大長老とヒロト、そしてパノプティコス、そしてシルフェリス。すぐ後ろはフェルキナ伯爵とラケル姫である。ヒロトをすぐ後ろにしたところに、レオニダス王の気持ちが見えるとシルフェリスは思った。レオニダス王を勝たせたのは、間違(まち)いなくヒロトだ。最終対論でヒロトが王の能力について整理したところで、勝負がついていた。ヒロトはレオニダスの美点として洞察力を挙げていたが、恐らくこの国で一番の洞察力の持ち主はヒロトだ。もちろん、レオニダス王自身が御審問で自分をさらけ出したところも大きい。

（国王推薦会議を開催していただいて、本当によかった）

と改めてシルフェリスは思った。開催前に、誰が真逆の結果を予想しただろうか？　精霊様？　精霊様にはわかっていたのかもしれない。だが、人には無理だ。

（新しい王がどのような国づくりをしていくのか。どんな形であろうと、わたしは不道徳は許さない）

そう決意して、シルフェリスは悪戯っぽい、やわらかな笑みを口許に浮かべた。

3

パレードの後、レオニダスは三名の重臣とともに王の寝室に戻った。大長老ユニヴェステルと宰相パノプティコス、そしてヒロトである。王として最初の仕事が待っている。宰相の任命だ。

「パノプティコス。親父の時と同じように宰相としておれを支えてくれ」

レオニダスの言葉に、パノプティコスは驚き、それから、「はっ！」と短く返事してみせた。大長老は満足そうにうなずいた。ベルフェゴル侯爵は、レオニダスは約束を守らないと言い放ったが、レオニダスは守ってみせたのである。

それから、レオニダスはヒロトに顔を向けた。こうして王になって王の寝室でヒロトを前にすると、熱い感情が込み上げてくる。殿下は枢密院に必要ですと言ってくれたあの時の顔。自分は殿下にお仕えしたいと言ってくれた時の顔。国王推薦会議で緊張していた自分にもっと緊張しろと言って緊張を解いてくれた時の笑顔――。自分という泥船をまともな船にして王位という港に着けてくれたのは、ヒロトなのだ。

「おまえには何度礼を言っても言い足りぬ。おまえはおれの人生を救ってくれた」

レオニダスの言葉に、ヒロトは微笑んで答えてみせた。

「殿下、悲しんでください。これからお気楽な暴言王子とはおさらばです。品行方正な君主としての窮屈な厳しい道が待ってますよ……って、殿下じゃなかった」

「おまえになら、ずっと殿下と呼ばれてもよい」

とレオニダスは微笑んだ。王になった今でも、気分は王子でヒロトはヒロトである。

「おまえには何でもくれてやりたい。何が欲しい？　遠慮するな。何でも言え」

「一億回の暴言を」

「言うか！」

とレオニダスは笑った。ヒロトも笑う。いつでもヒロトは笑いを見せてくれる。叔父はいつも心に余裕の笑みをということをモットーにしていたが、それを完璧に体現しているのはヒロトだ。

「おまえにはいろんなものをくれてやりたい。だが、まだ頭の中がまとまらぬ。ひとまず、住む場所を変えろ」

とレオニダスは命じた。

「どちらに？」

4

その部屋は、かつて王子が住んでいた部屋だった。部屋は入り口から入ると一室に見えるが、さらに奥につづく扉があった。ダイニングルームがあり、専用の台所につながっている。寝室からは窓を開けて外に出られるようになっていて、外には大きな中庭が広がっていた。バスケットボール二コート分の広さがある。そしてその中庭に大きなプールがあった。プールの脇には美しいオレンジ色のタイルが敷かれている。プールの向こうにはマウンドがあって、人工の滝がある。滝の向こうは温泉になっていた。

（この部屋、こうなっていたのか……）

ヒロトは改めて驚いた。ミミアとソルシエールは、目を見開いて見つめていた。王子——否、新しい王からの贈り物は、部屋と庭と温泉だった。

ヒロト自身は、今回の勝利について自分の手柄だとは感じていない。自分と王子との共同作業——さらにいえば、ヴァルキュリアやフェルキナやラケル姫と王子と自分との共同作業だと思っている。みんなで予行演習ができたから、勝利を手にできた。ヒロト一人では到底なしえなかった。ヒロト自身も、当日になっても勝つ予感はなかったし、推薦人演説の後にも勝利の予感はなかったのだ。最終対論でも、これで勝てるとはまったく思っていなかった。勝利を予感したのは、自分の長口上が終わった時である。議場の空気が変わったことを実感した。さらにベルフェゴル侯爵が自分に対して個人的攻撃を加えてきた瞬間、勝利を確信した。だから、ヒロトにとってはヒロトの手柄ではなく、みんなの手柄なのである。

「さすがね」

とエクセリスが横に並んだ。クールな口調である。ミミアやソルシエールほどは驚いていない様子だ。それとも、クールを装っているのか。

「これからここで暮らすのか？」

とヴァルキュリアがヒロトに尋ねる。

「そうだよ」

ヒロトが答えると、や〜〜っ！　と声を上げて、ヴァルキュリアがヒロトに抱きついた。後ろは温泉であった。うわぁぁっと声を上げて、ヒロトは着衣のまま温泉に落ちた。

「うわぁっ、あったけ〜っ！」

ヒロトの反応に、エクセリスやソルシエールたちが笑う。

「ヒロト、ふがふがの時間だぞ♪」

とヴァルキュリアが胸を押しつけてきた。顔面がロケットオッパイで塞がれて息が詰まった。

「わたしも！」

とエクセリスも飛び込んできた。ヒロトに抱きついて胸に顔を押しつける。

（クールに振る舞ってたエクセリスまで！）

「わたしも！」

ソルシエールも、そしてミミアも遅れて温泉に飛び込んだ。後ろの方で、一部始終を見ていた骸骨族のカラベラとエルフのアルヴィが爆笑した。ヒロトは温泉の中でずぶ濡れになりながら、ようやく王都での生活に楽しい未来を期待しはじめていた。

あとがき

つくづく、城主シリーズは持っているなあって思わされます。

第十五巻は、令和元年初日五月一日発売。そして今回第十七巻は、令和最初の閏日——令和二年二月二十九日に店頭に並ぶという——。

持っていますね。サッカーの本田選手にも負けません（笑）。いや、負けてるか（笑）。

ちなみに二月二十一日がぼくの誕生日でした。あとがきを書いている今は誕生日前ですが、店頭に並んでいる時にはすでにバレンタインも誕生日も過ぎています。

ぼっち誕生日？

その通〜〜〜り！

でも、「また今年もぼっちか……」ってマイナスには感じないんですね。「誰か祝ってくれる人いないかな……」って受け身で待ってると、ぼっちの誕生日ってつらいんですね。馴染みの喫茶店に出掛けても、「今日がぼくの誕生日だって気づいてくれないかな……」なんて待ちの姿勢に徹しちゃうと、ドツボを踏みます。誰も気づいてくれなくて、誰もおめでとう言ってくれなくて、夕方が迫り、さらに夜になると、誕生日なんかいっそ来ない方がいいとかやさぐれちゃって……。

でも、自分からぼっちの誕生日を楽しみに行くと、意外と楽しめちゃうもんなんですね。たとえば、超〜〜〜背伸びしてミシュラン二つ星の天ぷら屋を予約して、「うめえ〜〜っ！」って帰ってくるとか。馴染みの喫茶店に行って、「今日、誕生日なんです」って自分からアピールして「おめでとうございます」って言われて、美味しいケーキと美味しいコーヒー（カフェロワイヤル）を楽しんで帰ってくるとか。

ぼっちの誕生日は攻めです。攻めあるのみです。自分からアピールする。ぼっちをいいことに、ちょっと贅沢をする。でも、琵琶湖にはダイブしない（笑）。もちろん、琵琶湖の支流・野洲川にもダイブしない（笑）。

聞いた話では、誕生日に風俗に行って「今日ぼくの誕生日なんだ」って風俗嬢に言うと、風俗嬢にめっちゃ喜ばれるそうです。風俗嬢曰く、そういう大切な記念日はお客さんは家族とか彼女といっしょで、自分のところには来ないからと。だから、とても大切な記念日にお客さんが来てくれるのはとてもうれしい、と。

風俗って言うと顔をしかめちゃう人もいるけど、そういう声もあるんですね。考えたら、自分の誕生日って自分の視点からしか考えないけど、自分が訪れたお店側の人の視点から考えないものね。お店側の視点から考えると、意外と面白い側面が見えてくるんですね。
　意外といえば、先日ネットにある認知特性のテストを受けてみたんです。視覚優位か言語優位か聴覚優位か、大まかに分けて三つあるそうですが、自分がどの認知機能が一番強いのかがわかるんだそうで、結果は、自分的には意外なことに。
平面映像（写真）……30
三次元映像……29
言語映像……34
言語抽象……39
聴覚言語……33
聴覚&音……6
満遍なくあって、聴覚&音だけがずば抜けて低いという。それで執筆中は音楽を聞かないのか、それで高校の時に音楽を選択せずに美術を選択したのか……と納得しました。ぼくはゲームの仕事を二十五年間やってますが、ＢＧＭの指定でいつも、ぐぎぎとなります。
というわけで、ついに第十七巻です。
　今回は、ほぼヒュブリデ国内です。っていうか、最近、これほど外国の重臣や外国の王が出てこない巻はなかったんじゃないかな。第十七巻は、ほぼ国内の人物です。ほとんど国内の人物だけで物語が進みます。

実に珍しい。

今回の内容については、ずいぶんと前から考えていました。いずれ、こうなるだろうなって思ってました。ある意味、覚悟を決めてました。それだけに、やっと……という感じです。ちょっと、じ〜んとくるものがありますね。

実は、今回のお話にはプロットが二つあったんです。最初にプロットを提出して、その三日後に「最初に出したやつ、おもしろくねえな。こっちの方がおもしろいんじゃねえか?」って勝手に自分でプロットを立て直して、二つ目のB案をお送りしたんです。で、ぼくと編集さんの共通見解は「B案の方がいい!」。

さて、恒例の地名&人名ネーミングです。

ダエグ州……ルーン占いの「ダエグ」という文字から。実は『城主』シリーズでは、いくつもルーン文字から名前が取られています。シギル州のシギルもそうだし、アンスル州のアンスルもそう。フェオもそうです。ハガル州のハガルもそうです。

シルフェリス……最初の名前は、キルデリアでした。ちょっとケルトっぽい感じにして、司教らしい雰囲気を出そうとしたんです。でも、「キ」で始まる名前だときついイメージになっちゃうなあと、ひねってヒルデリアに。ごばん先生からのキャラクターラフにはヒルデリアってなってました。でも、ラフが来る前に「この名前も違う」ってうんうんうなって、シルフェリスに落ち着きました。実は、シルフェリスの名前については、ホラー作家の館山緑さんのご助力をいただきました。名前が決まらないんだという話をして、館山さんから「シ」で始まる名前の案をいただいて、その案のおかげでシルフェリスという名前に辿り着けました。この場を借りて館山さんにお礼を申し上げます。

キルデリス……シルフェリスの没名、キルデリアから。

テルミア……まだ名前として使っていない「最初の文字」を考えて、「そうだ、テで始まる名前はまだない！」。

最後に謝辞を。ごばん先生、いつもステキなイラストをありがとうございます！　キュレレかわいいい！　編集さん、今回も本当にありがとうございました！

では、最後にお決まりの文句を！

じ～～～～～～～～～～～～～～～～～く・ぼいん!!

https://twitter.com/boin_master

鏡裕之

HJ文庫 http://www.hobbyjapan.co.jp/hjbunko/
867

高1ですが異世界で城主はじめました17

2020年3月1日　初版発行

著者――鏡 裕之

発行者―松下大介
発行所―株式会社ホビージャパン

〒151-0053
東京都渋谷区代々木2-15-8
電話　03(5304)7604（編集）
　　　03(5304)9112（営業）

印刷所――大日本印刷株式会社

装丁――木村デザイン・ラボ／株式会社エストール

Printed in Japan

ISBN978-4-7986-2141-8　C0193

ファンレター、作品のご感想お待ちしております

〒151−0053　東京都渋谷区代々木2−15−8
(株)ホビージャパン HJ文庫編集部 気付
鏡 裕之 先生／ごばん 先生

HJ
ＨＪ文庫